GAEA

Gaea

THE UNIQUE LEGEND
vol. 09
特殊傳說 III
護玄——著

特殊傳說 III

vol. 09

目錄

特殊傳說 III

THE UNIQUE LEGEND 人物介紹

Atlantis 學院

姓名：褚冥漾（漾漾）
種族：妖師
班級：高中三年級C部
個性：平時有些被動，但堅毅善良。對各種事物很常在腦內吐槽。
喜好：好吃的食物
身分：凡斯先天力量繼承者

姓名：颯彌亞．伊沐洛．巴瑟蘭（冰炎）
種族：精靈、獸王族混血
班級：大學一年級A部
個性：凶暴、謹慎。
喜好：書、睡
身分：黑袍、冰牙族三王子獨子

其他

姓名：米納斯妲利亞
種族：？
個性：冷靜睿智，在守護主人上極具耐心與溫柔。
喜好：教化另一個幻武兵器
身分：褚冥漾的幻武兵器之一

姓名：希克斯洛利西（魔龍）
種族：妖魔
個性：直爽嘴賤，喜歡有趣的人事物。
喜好：？
身分：褚冥漾的幻武兵器之一

姓名：雪野千冬歲
種族：人類
班級：高中三年級C部
個性：有點自傲，只對自己承認的人友善。
喜好：書、朋友、哥哥
身分：情報班

姓名：萊恩．史凱爾
種族：人類
班級：高中三年級C部
個性：性格沉穩，日常瑣事上很隨意。
喜好：飯糰、飯糰、飯糰
身分：白袍

姓名：藥師寺夏碎
種族：人類
班級：大學一年級A部
個性：溫柔鄰家大哥哥，但其實個性淡泊，不太喜歡與人深交。
喜好：養小亭、研究術法與茶水點心
身分：紫袍

姓名：西瑞．羅耶伊亞（五色雞頭）
種族：獸王族
班級：高中三年級C部
個性：爽朗、自我中心，一根筋通到底。
喜好：打架、各種鄉土戲劇與影片
身分：殺手一族

姓名：米可蕥（喵喵）
種族：鳳凰族
班級：高中三年級C部
個性：善良體貼，人緣極佳。
喜好：喜歡學長、烹飪、小動物，以及很多朋友。
身分：醫療班

姓名：哈維恩
種族：夜妖精
班級：聯研部 第三年
個性：嚴肅，對忠誠的事物認真負責，厭惡腦殘白色種族。
喜好：術法研究、學習
身分：沉默森林菁英武士

姓名：莉莉亞．辛德森
種族：人類、妖精混血
班級：高中三年級Ｂ部
個性：以家族為傲，些許驕縱，其實相當善良。
喜好：可愛的小飾品
身分：白袍

姓名：殊那律恩
種族：鬼族
個性：安靜少言，偶爾會隨意地捉弄人。
喜好：術法鑽研
身分：獄界鬼王

姓名：深
種族：無
個性：沉穩，堅毅寡言。
喜好：百靈鳥、黑王、毀滅世界
身分：陰影

姓名：式青（色馬）
種族：獨角獸
個性：美人希望是怎樣就怎樣！
喜好：大美人小美人
身分：孤島遺民

其他

姓名：白陵然
種族：妖師
班級：七陵學院大學部三年級
個性：不太隨便與人打交道，只和有興趣的人互動。
喜好：泡茶、茶點
身分：妖師首領、凡斯記憶繼承者

姓名：褚冥玥
種族：妖師
班級：七陵學院附屬假日研修生
個性：冷靜幹練，氣勢強悍。
喜好：逛街、漂亮的飾品
身分：凡斯後天能力繼承者、紫袍巡司

姓名：西穆德
種族：血妖精
個性：認真、忠誠。
喜好：無
身分：鬼楓崖菁英戰士

第一話　初次見面

「你知道嗎，蜃光大祭司的味道，非常美好喔。」

夏姆特倒飛出去。

陣地結界前，所有人尚未來得及做出反應，女異靈已被一股猛烈巨力狠狠擊飛。瞬間爆發的恐怖凶勁直擊她的腹部，先前無比殘忍的異靈甚至毫無抵抗力，整個身軀被打出極長一段距離，沿路撞碎好幾顆大小不一的岩石，最終掀起砂土泥石，發出沉重的聲響嵌進了地面。

摠飛異靈的殺手家族新首領瞬間閃現在夏姆特面前，令人驚懼的血色本源瘋狂散逸，可以封閉他人生命、甚至魂靈的戾氣，重重包裹異靈整副身軀，邪惡的手腳來不及動作便立時石化凝固。無視己身遭到的攻擊仍不斷發出笑聲的喉嚨被男人的膝蓋重壓，傳出清晰的骨骼凹折聲，隨後毫無防備的腹部被銳利成爪的十指插進，並左右撕開，眾多光明術法急速湧入帶毒的皮肉裡。

大哥一連串如迅雷般的動作前後不到兩秒，等我們稍慢一步反應過來，他已把異靈整隻開膛破肚，腐黑的內臟腸子流了一地，體液血水在顫動的軀體周邊飛濺，腐蝕土壤，發出讓人頭皮發麻的滋滋聲。

遭到巨大打擊的異靈暫時失去行動力，像個破爛人形面天仰躺，背脊後猛地轉出巨大法陣圈，不知何時抵達的羽族大祭司張開羽翼，懸停在她上空，轉動出更多精密銜接的術法輪，急速牽引各式元素能量捲入。

高空與地面的兩人沒有任何對話，極具默契的流越與大哥牢牢扣住夏姆特，更多符文不斷沉入異靈的血肉骨骼裡，連隙縫都不放過。很快地，他們從一堆污穢骯髒中挖出數顆殘存的微弱光點。

這些光點的數量比先前異靈供稱的還要多，不知出於什麼心態，可能是還想留下來繼續吞食，總之她並沒有在數量上說實話，悄悄掩藏體內殘餘之物，以至前後兩次弄出來的光點竟然足足有十多個。

曾經的幻獸島上，這點數量在滿滿成堆的大小居民裡或許不算什麼，但對如今的倖存者們來說，卻是多到讓人慶幸又心酸的悲哀數字。

此時公會等人包括千冬歲才趕上前支援，眾人聯手把夏姆特死死固定在原地，發狂瘋笑的異靈被掏空僅剩的小光點，依舊不忘記用尖銳的聲音囂張地放話噁心別人——

「你們不想聽聽，其他靈魂的味道如何嗎——」

千冬歲一個咒文甩在異靈嘴巴上，終於讓這傢伙安靜了。

流越自高空俯瞰著被暴力壓制的異靈，術法旋繞引動的風微微掀動他的黑色面紗，隱約露出一小片滿是傷痕的下頷。或許因長年不見光及身體損傷，布料遮掩的肌膚近乎死白，這也讓縱橫交錯的傷疤更爲怵目驚心。

自離開孤島重回現世，時至今日，其實他有無數機會可以治癒傷痕，多得是願意提供修復資源的各勢力或是個人，包括式青、黎沚在內，抱持著期待勸說好多次，但他依舊沒有選擇治好數百年累積的創傷，直至現在，連原本的聲音都還無法好好發出。

在大祭司的內心裡，這些傷痕究竟是作爲某種悼念，或者具有什麼無法磨滅的意義、原因，沒人知道。

當我靠過去時，大哥正把手上的靈魂光點交給九瀾安置，很可能會按慣例偷偷扣押一點的慣犯難得沒有露出邪惡的表情或反應，意外老實且乖巧地收好光點。

雖然無法知道大家目前的內心活動或文藝掙扎，但我猜十之八九和我差不多——這下尷尬了。

原本眾人還在頭痛要怎麼用傷害最小的方式溫和地向流越解釋靈魂持續被垃圾東西當口糧吞噬，結果現在都省了，異靈根本沒給我們這個緩衝機會，正面衝過來直往人心狠狠戳一刀，按照大祭司和我不同的智商，他光是這樣聽兩句，應該已瞬間搞清楚發生什麼事。

高空補充完幾個術法陣，流越在一片死寂靜默與戰戰兢兢的氣氛中下降高度，被氣流拱著來到大哥身邊，一如往常收起泛著術法流光的黑色羽翅，這才看向九瀾手上塡滿靈魂的水晶。

這一刻，整個陣地結界裡裡外外、不分種族，默契地超級無敵安靜，連棚內其他重傷患都大氣不敢多喘兩下。

若要問爲什麼，大概就是這片區域的空氣冰凍到了頂點，連路過的螞蟻都能感受到大祭司身周擴散出來的實質痛苦與情緒——眞的是實體，周遭氣溫降到極低，飄浮在空氣裡的污穢雜質被凝聚成一顆顆大大小小的碎塊，嘩啦啦地掉在地上，很快便是滿地細細碎碎的小顆粒，另外好像還隱隱聽見某種類似靜電的聲響，一絲一絲到處迸發劈啪音效。

提心吊膽的時間持續約半分多鐘。

充當木頭人之一的我開始出神思考接著會不會元素暴動，畢竟四周各種不穩定，沒想到流越收拾情緒的速度非常之快，並且在短短幾十秒內釐清前因後果，根本開掛直接跳到我們所知的情報點，還繼續發展劇情。

「……果然嗎。」

重新直起身，流越偏開頭，似乎將視線從那些靈魂光點上轉開，法杖底端敲叩地面，隨處鋪滿的細碎雜質塊倏地全面粉碎。他看向被捆得連一根頭髮都無法動彈的異靈，發出理性的電波。「是這樣啊……一直以來，妳果眞只是在玩耍。」

異靈微微瞇起眼睛，對於大祭司的話做出很開心的反應。

雖然被禁言、強制封鎖，整體破碎得像被掏空棉花的布娃娃，異靈的聲音還是流進每個人的腦袋裡。

是的唷。

大家都是一邊吃吃喝喝，一邊在廣大的世界中尋找有興趣的事情，看到喜歡的，就捏在手心裡。

否則，這個世界太無聊了，所有的事物，都很快消失，無趣無用且不怎麼吸引人。

太讓人失望。

小流越是第一個陪我那麼久，不管怎樣都沒有放棄殺我的人，好想殺掉你，好想留著你。

想讓舍斯弭大人見見，這和他說的小朋友很相似。

想讓你們很絕望，想讓你們成爲我們。

想讓你們永遠都記得我們。

無論如何，都想讓你永遠忘不了。

我們，一直玩下去吧。

流越看著異靈，女性在各種大陣的限制與作用下，被核彈轟過的殘破身體無法如先前可以高速再生，後續又經歷幾次重攻擊，眼下漸漸出現了分解的跡象，若沒有及時擺脫困境，很快就會落得和我們上次肢解的那隻異靈相同下場。

不曉得是想藉由蠱惑找到生機抑或是最後的瘋狂，總之夏姆特看上去徹底不正常了，急於把流越從天空拖進塵埃，如同她這幾百年以來做過的事。

「……妳好像誤解了一些事。」

羽族大祭司高舉起法杖，散發毛骨悚然感的符文能量在異靈臉上凝聚，杖底形成尖銳的錐狀體，隨時都可貫穿那張還在笑著的面孔。與致命洶湧的術法感不同，面紗下傳來的情緒與話語極度平淡。「我們從未後悔，即使時光倒流逆轉，知曉生靈猶存，我等依舊不會爲此退卻。因爲這是瑟菲雅格全體的希望；無論付出什麼代價，勢必誅盡邪惡、換取生者們的未來。既然是我們留下，便做好魂飛魄散的準備，哪怕親自揮刀斬往昔日同伴也在所不惜。」

「以及，我的記憶區塊殘破，許多地方皆有不可逆的損傷，將比任何人更快遺忘妳——就如同，現在的我早已忘卻大多關於妳的事。」

異靈猛地瞠大眼，似乎聽見什麼不可思議的話，突然一反剛才悠哉的模樣，開始劇烈掙扎，看來流越話中有讓她不悅的敘述。

「異靈夏姆特，永別了。」

流越收攏起所有在周圍擴張流動的符文與氣流，將外溢力量一絲不漏地全灌注到尖錐，即將擊殺異靈的最後瞬間，不知爲何夏姆特拋棄精神溝通，刻意耗費精力解開言語封鎖，狡詐的女性嗓音響起，發出令人無法忽視的內容：「你不想知道星瀑在這裡留下什麼嗎？」

術法在異靈的眼球上煞止。

「因爲吞噬了蜃光大祭司還有好多的月守眾，所以我獲得他們的清晰記憶，包括那些他們沒告訴過你的各種事物，甚至某些人背後連你都不了解的另一面……截然不同的一言、一行，或者會顛覆你想像的記事。」夏姆特緩緩露出笑容，快被術法燒灼的眼睛眨也不眨地越過空氣波動看向上方的流越，如蛇般向人們吐出誘惑：「你們眞的不想知道，星瀑在這裡藏匿了什麼？機會只有這麼一次唷，小流越～」

「……」握著法杖的流越似乎在沉思，暫時沒有做出反應。

異靈的眼珠微微轉動，詭異地瞥了我一眼，故意悠哉緩慢地開口，透露出讓我們意想不到的名字，揭開屬於她的鬼牌一角。「這可是，會讓所有人大吃一驚的事呢，關於千眾忘月。」

魔龍曾說過，星瀑長老與千眾忘月是好友，在當時的環境與歷史背景，知道這關係的人恐怕不會太多，眼下異靈拿出這兩個名字，可信度不會太低。

即使如此，我還是做了另個選擇。

「殺掉異靈。」無論怎樣，都不能讓異靈拿妖師的事情來脅迫流越，甚至整個聯合進攻隊伍。夏姆特必須死在這邊，而星瀑的舊事——現在公會許多菁英都在這裡，若是島上眞的另有祕密，只要日後細心查找，必定可以找到殘存的線索。

「……你們好無情啊。」聽見我的話，夏姆特露出消沉可憐的模樣，幾秒後很快又打起精神，繼續向流越蠱惑：「殺掉我，你就永遠不知道星瀑當初做了什麼，消失的千眾託付給月守眾的遺留物，真的不重要嗎？」

流越沉默了片刻，最終在我強烈不贊成的目光下，一點一點慢慢移開法杖，猛烈的擊殺術法原地散開。

見狀，周邊的公會等人加強了對異靈的牽制，按住她想起身的動作。

「條件？」羽族大祭司冷冷地問。

「你的記憶，永遠都得保留我的位置、記得我，就像我在你身上留下很多很多痕跡一樣。」夏姆特無視周遭幾乎實質化想把她大卸八塊的視線，帶著彷彿無害又柔美的笑容繼續說：「你必須記得我拔掉你眼珠的感覺，也要記住我割破你喉嚨的感覺，還有折斷你手腳……很多很多次，不同時期的記憶與感觸，你一個都不能忘掉，直到舍斯弭大人甦醒了，見過你身上所有刻印。」

原先我以為她是想要留命，沒想到我還是太單純了，她提的要求在某方面來說更加惡劣變態。

大哥走過來微蹲下身，抬手直接按住異靈的腦袋。

夏姆特微微仰頭，以一種看穿對方所想的猖狂態度大笑：「竊取記憶是沒用的喔，舍斯弭大人替我們設下防護，我的大人會經由我的任何一切，進到入侵者的意識裡，你若是敢觸碰我的記憶，就將成爲舍斯弭大人降臨的橋梁。」

九瀾抓住大哥的手腕，強硬地讓掌心從異靈的頭殼移開。

「說吧，關於千眾的事。」

流越的聲音沒起任何波瀾，平靜默許了夏姆特的條件。

我選擇放棄千眾的事抹殺異靈，而羽族大祭司選擇以自己來作爲交換。

他堅守大局，我只希望他不要再受傷。

然而選擇權不在我手上，於是我唯有旁觀他們交換條件，難以在這場交易插足。

渾身破破爛爛、隨時都可能分解的異靈露出滿足的笑靨，終於開口——

「星瀑手裡握有千眾忘月的交託，就在這座島上，羽族神殿內藏祕密空間夾縫。」

※

星瀑與忘月熟識的事並不廣爲人知。

所以，當初身爲月守眾首領的星瀑來到幻獸島，出於某些因素，在某年某月某日悄然切割空間的事情也沒有多少人知道。

夏姆特之所以會窺見這點隱密，是流螢大祭司從前一代大祭司那邊聽聞過一、兩句，以及她在胡亂進食靈魂中，從不同的高階月守眾記憶斷續拼拼湊湊得來。

不知該說是命運或是厄運，夏姆特在孤島封鎖這數百年裡不斷消化各種靈魂，無聊時按照那些靈魂的記憶剝解月守眾殘留的遺跡，經過經年累月的積累，竟眞的讓她誤打誤撞得到些許眞相。

星瀑曾製作空間術法，將某種帶有黑色種族氣息的封印之物藏於其中，直到卸退職責時才隱晦地告知接任首領幾句相關交託，其餘最高階大祭司們陸續多少也知道有這個封印的存在，即使不太清楚內藏了什麼，依舊盡職地加固並守護。

這個祕密好似被死守，卻又在有心的祭司們默契下暗暗傳承。

「小流越當時太年輕了呀。」夏姆特露出了異樣的溫柔笑容，面目跟著扭曲出一絲詭異的慈愛，彷彿眞的像個爲小輩考慮的羽族長輩，語氣和藹地說道：「還不到完全繼承所有事物的時間，所以很多月守眾的事得再等一些時日，直到小小的祭司成熟了，才可以依序慢慢告訴你。」

這時大陣外傳來波動與聲響，異靈分神看了眼不遠處趕來的式青，很快失去興趣，再度將視線放到身邊的羽族大祭司身上。

式青的表情前所未有地不爽，一點都沒有以往賤賤的模樣，如果不是有人事先告訴他正在逼問情報，他應該秒衝過去把異靈的腦袋當成西瓜踩爆。

「垃圾異靈死全家！#@%！$##@！」

喔，式青的內心已經瘋狂飆髒話了。

但異靈大概是沒有全家的，除非她上司算進去。

不曉得是否圍觀群眾變多，夏姆特突然語氣一改，冒出了我沒聽過、翻譯器也無法解析的語言，站在一邊的流越不爲所動，看來依舊完全聽得懂。

妖師褚冥漾。

我緩緩抬起頭，與夏姆特似笑非笑的眼神相對，這道聲音沒有任何人聽見，如同流越偶爾會和特定人士私下溝通，直抵我的腦海。

現在的你，有一點點接近……

比起現在其他妖師，更像眞正的妖師。

你不打算……取回該有的名字嗎？

舍斯弭大人……

還在等待你們。

就在我想進一步追問她是什麼意思時，人群那邊再次迸發高度緊張的氣氛，以及大量蔓延的毒素與黑色氣息。

島上的邪惡存在們顯然沒打算眼睜睜讓我們屠滅異靈，大批妖魔鬼怪從四面八方、天上地下瘋狂擁出；整個營地很快被一圈圈奇奇怪怪的東西圍繞，空氣中的毒素濃度急遽上升，預先設置的幾座淨化法陣瘋狂運轉，速度快得讓人不安。

「舍斯弭大人——」

夏姆特見縫插針，在雙方陷入危急僵持之際，身軀噴炸出紫黑色毒氣，原先快被裂解的異靈含著一口氣，以銳利刺耳的聲音高呼魔神之名，同時配合外面的魔怪們準備掙扎逃逸。

她的爆鳴如同某種進攻信號，層層疊疊包裹營地的魔怪瞬間爆發，凶猛沉重地衝擊幾座防禦陣及陣地結界，到處都是地動和轟然巨響。

短短幾秒又產生新的變化，好幾股強悍的黑暗壓迫感自空中急速下沉，突如其來的驚人氣勢與殺意震盪戰場，營地周圍濃濁的毒素被螺旋氣流反向抽往高空，魔怪群紛紛抬頭，只見漆黑的天空裡，隱隱浮現幾頭巨大猛獸，各自乘載發散著深黑力量的人形生物。

「哈……」

這力量感我眞是熟到不能再熟。

曾經也覺得他們的高度我可能此生無法企及。

然而在古戰場接觸過眞正妖師、並在回來後血脈純化，此時此刻我清楚察覺到他們的力量並沒有原本想像的那麼純粹，各式各樣種族的氣味混雜交融，有黑有白、有馴服有衝突，層次與強度也遠不如曾經所羡慕的。

理解了。

當時，古戰場的妖師們看著我，大概就是一種到底看了鯊小的想法吧。

高空處白陵然與褚冥玥視線不約而同掃過我，就親人來說，這一眼不能算得上熱切，甚至稍微冷淡；他們周邊有幾名妖師族人，在天空的落點顯然是布局某種陣法的相對位置，彼此間距離整齊到像是有強迫症。很快地，妖師們張開術法大網凌空罩下，正好把滿坑滿谷的魔怪等物罩住了大部分，霎時引起全場沒完沒了的憤怒吼叫。

變故也在此時突生。

原先因爲魔怪們救援，夏姆特趁隙暴起掙扎想逃跑，不過被周邊的公會術師們快手迅速箝制，讓其他人暫時安心。之後爲了抵禦外面的攻擊，戰士們轉移視線，全副精神放到數不完的魔物上。

現在，大多人的注意力被妖師一族的到來吸引，看似打算暫時先留異靈半條命的流越突然有了動作，尖厲的叫聲從羽族權杖下傳來，持杖的大祭司沒有給異靈更多掙扎的機會，重新凝聚的殺戮術法狠狠穿透那顆唯一完好的頭顱。

爆開的濃稠毒素瞬間被下方陣法吸收，灼熱滾燙的黑色血液融化掉好幾塊符文，又眨眼自動填補，術法圈在不斷催動下運轉速度飛快。

遭刺穿臉部的異靈渾身抽搐，受制於大陣及種種術法，她幾乎無法移動更多距離，只能被越來越多攀爬到崩毀軀殼上的符文啃食、消融瓦解。

突如其來的行動讓其他協助陣法運作的公會成員一驚，但依然輔助大祭司的動作，對異靈灌入破壞性咒法。

整柄羽族權杖綻放出驚人卻不刺眼的柔和光芒，鑲嵌其上的術法石隱隱幻化出虛影，凝構出一條條飄飛的符文帶，而在權杖頂端出現了另外一團小小、散發著清淨氣息的眼熟東西。

獨角獸的白月泉心？

藉由展露出的高強淨化力，我很快認出那東西同為逃離孤島時帶出來的物品，但沒想到會被流越使用，畢竟先前去天空島時，式青帶回獨角獸一族了，或者之後重回孤島時會置放在他身上，看來因為要肅清孤島，所以最後將力量石交到更能發揮的大祭司手中。

傳承的祭司權杖與獨角獸淨化石交互共鳴，爆出連我這個旁觀的黑色種族都感到靈魂震顫的巨大壓迫感，密密麻麻的純白力量掀起悚然波動時，周遭氣流像針頭刮過皮膚，帶來陣陣刺痛，更別說位於中心直接被戳腦的邪惡。

其實到這裡也知道夏姆特不可能逃得了了，即使她真的握有再多情報，流越必定不可能縱虎歸山，無論外面的魔怪們衝撞結界多狠多急，羽族大祭司握著法杖的手都不為所動，堅定地一點一點持續下壓，幾乎把異靈的腦殼壓迫到爆，被抵在術法圈的後腦慢慢被陣法磨成灰粉，又被淨化之力燒融成無。

「慢著。」

大陣外黑影一閃，白陵然倏地進入這個為了處理異靈搭建的結界裡，向來溫和的面孔帶著從戰場歸來未退的殘留殺意，身後背景是尚在殲滅魔怪的其他妖師成員。帶領妖師隊伍的首領微微看了我一眼，便把視線放到大祭司身上：「這個異靈……」

「不須要存在。」流越打斷白陵然剛起頭的話，非常淡漠且堅定地再次強調：「異靈，不須要存在。」

我猜然很可能也接收到異靈傳去的某些垃圾話，就類似我剛剛聽見的那些，否則他不會這麼貿然出聲，在被流越秒拒後，他倒也沒有繼續說什麼，很識時務地爽快退開，讓大祭司和周邊的公會袍級們將夏姆特徹底了結。

外面有了黑暗種族協助壓制，殲滅妖魔鬼怪的速度明顯快了一大截，很快那堆想要來劫走夏姆特的邪惡們被處理得七七八八，部分帶有點智商的傢伙見打不過，在前頭整排砲灰被擊殺時，轉頭加速逃逸。

陰錯陽差被困在孤島的異靈最終沒能逃脫這座失落島嶼。

雖然耗費些許時間，但流越與公會終於徹底瓦解這個糾纏幻獸島數百年的陰影，在所有人見證下，異靈軀體逐漸裂散，點點化為粉塵飄落地面，於術法作用中連塵埃都被完全淨化，再也不留痕跡。

協助弄死夏姆特的其他人頓了好幾秒，確定邪惡真的死到不能再死後，動作一致地悄然退開，默契地把空間留給此座孤島僅剩的大祭司及倖存者們。

式青向前兩步抓住流越的手臂。

接著是雷妖精、綠妖精……重回孤島的倖存者與後代們包圍在兩人身邊，各式各樣悲傷、喜悅，或者哀悼等等的情緒縈繞，他們早先一步得到公會刻意傳遞的消息後，便從四處戰區趕來親眼見證異靈毀滅。

或許一個異靈的死亡不能對他們的傷痛帶來什麼彌補，但可以給他們一個小小的「結果」。

我將目光移向仍沉浸在黑暗的孤島。

兩隻異靈基本上都已經處理掉。

剩下的，就是盤踞的那些妖魔了。

❀

被屍塊碎體等污染物圍繞的營地陷入稍微低落的氣氛。

趁著營地進入半歇息狀態，我打算趁隙把九瀾撿屍貝爾的事告訴大哥，之後九瀾會發生什麼事情就交給命運了。

我剛轉頭，赫然發現大哥那邊不太對，最明顯的變化是他一反常態地沒有在前線或流越附近繼續湊熱鬧，而是在後方被好幾個醫療班圍堵，其中甚至還出現匆匆趕來的高階黑袍。

「發生什麼事？」拽著旁邊的西瑞，我壓低聲音詢問。

「臭老大去碰那隻髒東西了。」西瑞的臉色不太好。

我驚覺剛剛我可能意會錯某件事，流越暴起對異靈下手或許不全是因爲異靈想逃、他要守住唯一擊殺異靈的機會，而是大哥爲了不讓我們繼續被異靈拿著記憶要脅，仍舊對異靈採取掠奪記憶的舉動。

稍微往包圍圈靠近一些，可以聽見醫療班與袍級們正在商議如何製作更有效的隔離結界與守護術法，隱約其中有幾句修正了我的猜測，他們提到大哥擅自掠取及流越動手滅殺的主要原因：異靈被戳爆前趁著混亂呼喚魔神。

雖然在孤島內暫時不必擔心魔神意識追來，但有貝爾的前例，難以防止其餘異靈會不會喬裝混入，然後在切割結界打個洞，屆時眞的被魔神連結上，恐怕整座孤島會極度危險。

……

關於這個……

我猛地想起貝爾就是連通病毒球，所以我在病毒球搞事下才會火燒屁股衝進來，按照那玩意的做法——舍斯弭搞不好馬上就會出現了！

我轉過頭，正想抓個醫療班透露事態嚴重。

不知道究竟是我的霉運持續作用，或是大家今天就是如此衰小，當我伸手拉住匆匆路過的醫療班那一刻，混濁又帶著腥血氣息的大地劇烈一盪，讓部分人毫無預警地一個踉蹌。震動並非來自地底，而是不遠的天空中，有某種龐大沉重的物體衝破雲層，將烏黑厚重的天幕撞破一個大洞，隨即狠狠砸在地面，引起大範圍的強烈震顫。

暴風從遠處颳來，邊發出吼叫邊全面砸在所有保護結界上，霎時地面陣法全數一亮，在破壞性的衝擊下高速運轉，強行抵禦。

咯咯咯咯⋯⋯

蒸發的病毒球幻影出現在我的視線一角，它的顏色變得很淺淡，彷彿電力即將用盡。

異靈的呼喚⋯⋯

你們把⋯⋯

他的視線吸引過來了……

誰的視線？

颶風引起鋪天蓋地的塵暴很快被各種術法清除。

層層被撥開的沙土、塵灰，甚至碎骨與血液之後，針對我們直撲而來的是令人心驚無比的極度壓迫感，或者說是高壓到讓人窒息的視線感。

幽深冰冷的視線自天幕垂降，如冰山雪崩傾瀉，完全籠罩重壓到所有生命的身軀、靈魂上，殘酷且冷血地捕獵一切存在，這瞬間無論是種族、公會，或者各式妖幻獸，全被釘死在原地。

下秒，我眼前一白，原先快被夷平的混濁戰場突然被荒謬地鋪上一層藍白，變成天氣晴朗的雲端景色。可以清楚看見所有的人都在，還維持著被壓制的僵硬動作，連陣地結界和各式法陣都被裹在當中；無數隱藏的術法符文被迫赤裸裸暴露在空氣裡，顏色、彩光多到有種光怪陸離之感。

如果不是那道幾乎掐碎任何聲息的恐怖視線，我可能會以爲是什麼惡作劇幻影；偏偏就是在這種高濃度邪惡的威壓裡，藍天白雲風光無限美好，數不盡的術法環轉得像幾十顆同時運作的夜店燈光球，充滿極度割裂與荒誕之感。

病毒球發出竊竊的嗤笑，在一團彩色光影中再度緩緩消失。

在病毒球退駕的下一瞬，藍天裡出現一抹白色逆光的輪廓，兩側各展開三片巨大羽翅，微光在他周遭勾勒出淡淡的金色線條，猛一看好像是那種會出現聖堂之上、相當具神性的六翼形象。

然而視覺美好的外殼卻與早前魔龍隨意勾勒給我看的魔神外貌重疊，分毫不差地相符。

舍斯弭。

當這個名字在我心底浮現的同時，白色輪廓彷彿聽見似地，重如巨山的壓迫感迅猛朝我擠壓過來，強大壓力讓全身的內臟骨骼都發出哀號，伴隨一口血噴出，我差點被按趴在地。意識到說不定會被碾碎這秒，米納斯的幻影突然擋在我面前，分擔掉部分壓力，水藍色小飛碟則是貼到我身邊快速運轉，優先修復會危及生命的重創處。

視線感仍持續固定在我身上，上上下下地掃視，讓人極爲不適。

我咬牙招來黑暗時，一身的重力束縛突然完全鬆開。

「原來在這裡。」

冰冷無機的聲音聽不出男女，像一道「聲」刻印進我的腦袋。

還沒搞清楚對方這句話的意思，某種怪異又陰冷的觸感在我身上快速掠過，霎時好像有什麼從我的靈魂或意識深處被剝掉，伴隨一陣細微又短的尖叫聲急速消逝，我的腦殼整個爆痛。

接著，一搓突如其來的灰在我面前散開。

「他」把病毒球藏在靈魂的投影搞掉了？

莫名地，我冒出這種感覺。

接著，碾壓的視線感緩緩轉走，似乎對我失去興趣。陸陸續續，周圍的種族或袍級們紛紛出現倒地或吐血反應，最嚴重的是個較弱的支援種族，這倒楣妖精族發出慘叫，整個癱軟在地上、手腳凹折扭成一團，不自然地劇烈抖動，形容猙獰嚇人。

我下意識看向其他人，大哥身邊的公會人員大多被壓到地，西瑞倒是還好好的，另外就是流越與千冬歲不知何時張開守護結界……其實魔神意識爆出時其他人也做了同樣的事，但

新術法全被壓爆，詭異的陣地結界與先前的布置倒是完好無損，不曉得是不是魔神的惡趣味，「他」只搞破後來建立阻擋「他」的這些。

唯二倖存的流越和千冬歲同時設置的結界上發出被巨力按壓的聲音，下方是剛碾碎完異靈後依然在運作的神魔陣，以及部分聯盟軍成員。

「……夏姆特想帶走之物嗎？」

「……算了，你們必定會來。」

「屆時，帶著他回來。」

這次幾句不明所以的話響遍整個營地，視線感再度壓至我身上，好像魔神掃視一輪後又重新看向我，並且說出更謎的話語。

「帶回來，還給我。」

被異靈瀕死喚出的魔神並沒有弄死在場所有人，僅僅只是「看過」現場全部生命體，可能還在個別意識裡講了幾句話，總之出乎意料地沒造成任何死亡，頂多一片重殘。

天空上的白輪廓緩緩消退。

一直到藍天白雲的幻境完全解除，所有人才全都力竭跪地。最快恢復過來的是藍袍與一些等級較高的公會人員，守護大陣迅速被加固，地面的醫療陣法緊急大張，他們簡單吃了傷藥後，帶傷急迫地先處理近乎瀕死的重傷患。

雖然沒有人員死亡，但瀕危卻是不少，例如那個衰小妖精只剩下一口氣，顯現實力差距過大的壓制可怕。

無人知道這抹魔神虛影是怎麼出現，究竟是島上原本就有休眠的力量碎片？還是聽見異靈的呼喚衝破了孤島禁制？

老實說，選項一大家應該會比較安慰，至少可以安慰是異靈以前攜帶的碎片甦醒。

選項二就很可怕了。

……但細思還是好不到哪裡去，萬一這塊碎片把我們踩踏完沒有消散而是跑去島上其他地方呢？

不過不管哪一個，舍斯弭在眾人眼前現身卻是不爭的事實，「他」甚至可以在第一時間回應異靈死前的靠夭，這也說明了被撞爛鎮壓的魔神舍斯弭——意識活躍。

是個非常嚴重的訊息。

但對我來說，除了受傷以外，出乎意料被刮掉病毒球反而是得益……這個魔神到底？

如同無法理解病毒球的中二暴躁，我也搞不清楚舍斯弭的行爲與他最後留下的那些話，我們必定會去找他嗎？確實，如果世界種族打算清除魔神，最終一定會去找他，不過我不一定會參與就是。

所以他是指被夏姆特看上的「流越」最後會去找他？然後他到時候再把流越帶走的意思嗎？

吃大便。

祝全天下的魔神都吃屎。

區區一群外來者還想拿什麼好東西！趕快死回你們老家吧！

第二話　隱蔽的埋藏

魔神的快閃讓醫療班營地陷入超級忙碌。

醫療班們加碼更多的治療陣法，層層疊疊鋪滿結界內所有地面，有效輔助延緩傷勢的惡化，但他們更想的可能是弄個八爪術法，畢竟傷患太多了，到處都是半坐或躺著的人，畫面相當淒慘。

外圍被擴增的小結界裡依舊持續運轉神魔陣，並沒有因為異靈往生與魔神來襲而停下動作，時不時有人去補充能量，讓術法不會停斷。

雖說這樣有點不太對，但某方面好像應該感謝魔神手下留情，沒針對整個主營地、包括神魔陣結界大肆轟炸破壞，因此不用重建陣地結界和眾多輔助術法，留給所有人一口氣可以及時救治——畢竟我們都知道，當下魔神真要動手，至少有一半的人現在只剩骨灰。

因營地遭到異靈魔神魔怪等連串攻擊，公會方緊急重新編列人手與警備隊，巡邏的陌生面孔變得更多了，間或有高等袍級穿梭，更有不少清剿隊伍時不時路過，大概被賦予某些指令，例如靠近這邊營地的話就過來巡察一圈，確保醫療班主營地不會再被進攻等等。

透過妖師一族，我把魔神和異靈可以通聯視線的消息隱晦地告知公會，也提醒他們舍斯弭很大機率可以通過媒介從外部窺探，如此一來術法層疊加得更厚了，不知道有沒有效，總之有加有保庇，偶爾就有人想到可以多添點什麼，持續把蛋殼塗厚。

因爲大哥那邊情勢較危險暫時過不去，孤島組又在協助公會處理緊急事態，我轉頭確認過哈維恩狀況穩定——不知道爲什麼魔神居然放過這些昏迷的傷患們，一批原本就在接受治療的種族傷患成爲漏網之魚，沒受魔神突然出現的影響，也有可能是魔神覺得再碾下去這些人會直接上天，就跳過。總之夜妖精依舊在醫療班維持被弄暈休眠的狀態，我才拿著公會發放的飲料走向另一邊帳篷裡的白陵然，順勢把杯子遞給他。

魔神出現時，妖師一族自然也被捲入，扣除那些遭跳過的重傷患，幾乎公正平等地全面捱打，人人有份，就不知道魔神有沒有向他們說什麼額外的幹話。

「好久不見。」白陵然接過制式水杯，露出淡淡溫和的微笑，似乎沒被魔神襲擊影響，一如往常。如果他身上不要沾著那麼濃厚的死亡氣味，會更像在本家老宅悠閒度日的模樣。

「啊，確實。」我點點頭，加上古戰場經歷，都快有錯覺和他最後一次見面是很多年前的事，雖然對他們來說僅僅只有兩個月。「那些凶獸是……」

陣地結界外有幾頭巨型猛獸乖乖等待著帳篷內的妖師們，偶爾還會咬一口不知從哪冒出來的小魔物。

這畫面倒是有點像古戰場那些人了。

「一些被馴服的變異巨獸，有機會你也可以試試接觸。」白陵然稍作解釋：「通常被用來幫助長途移動，或針對某些特殊地域進行穿梭。」

褚冥玥站在帳篷陰影處，雙手環抱在胸，背靠著幾個大箱子，我進來時她略瞇眼睛，給了我一點陌生又熟悉的驚悚感，不過也就出現一瞬間。我朝我姊點點頭，她嗤了聲，並沒有第一時間上前給我拳頭。

嘖嘖，不得不說，因爲冥玥的出現，我原本有點游離在現實之外的那種隔閡感覺又消散了些。

白陵然先是就魔神一事寬慰我幾句，接著詢問了先前我們與異靈接觸的細節，是否有什麼與妖師一族相關的重大情報；我想想也反過來試探他們有沒有和魔神進行其他溝通，又或者當時異靈對他們說了什麼，以至於他當下貿然進結界想攔阻流越動手格殺異靈。當然雙方都各自有所隱瞞，問不出個所以然，畢竟我不太想講，這位血親的妖師首領同樣一臉不是很想多提。

行吧，大家一起當謎語人，繼續互相猜測。

「路……決定好了嗎？」動作優雅地喝口茶，即使那茶水只是醫療班統一製作的藥茶，並不怎麼可口。妖師現任首領淡淡地開口，像極平日品茗閒聊，沒有絲毫壓迫感，也不帶多餘情緒，只是單純地提起一件我們心照不宣的事：「若是按照你現在的決定，開始執行後，我將不再提供任何支援給你，也不會再有人悄悄幫你壓制其他黑色種族或清理掃尾。」

「嗯。」在一邊空位坐下，我點點頭，這些我先前都想到了，倒也不意外他的直白。

「啊，哈維恩也算一份，他已經是我的人了，希望你們今後不要再指使他做事情，也別試圖從他口中探詢我們的行蹤。」

「西穆德不帶著一起嗎？」白陵然將杯子放在身旁空位，釋出屬於兄長的關心。「我建議你再帶一人，即使你身邊助力不少，但你需要更單純、不受外力影響的兵刃。他其實已向我提出脫離血靈，現在血靈們糧食足夠，陸續有其他血靈甦醒並離開棲地，正在各個戰場收集戰爭氣息，西穆德不須繼續揹負重任。」

「我沒有把他當什麼兵刃……跟不跟看他吧。」我歪頭想想，西穆德確實隱約有表現出那個意思，但我很猶豫。

帶走哈維恩很簡單，畢竟沉默森林的夜妖精那麼多，有本族據地還持續繁衍後代，沉默森林並不會因爲少去一名戰士發生動盪；並且哈維恩有自我意識，他雖然服從我，但也沒有完全服從我，視情況會有不同的選擇與判斷。

然而血靈並非如此，他們種族特殊，又瀕臨絕種，加上西穆德在族內有地位也有輩分，怎麼看都覺得拎走一隻高階戰士會造成不小的影響；最可怕的是他過度耿直，那個沒感情的兵器論，即使到現在我感情缺失了都覺得不太行。

大概就等於養兩個小孩，哪天自己掛掉會知道一個有能力可以過得很好、不用擔心，另一個則是直接沒頭沒腦為你殉葬，連世界有什麼好玩的都不知道，太讓人擔心了。

「比起夜妖精的榮譽，血靈純粹是只為戰爭而生的種族，他們對種族歸屬並沒有你想像的那麼看重，離開也不會出現難以接續的後果。情感上……你還是不要以正常人類的方式衡量，最好是開口問問吧。」妖師首領如此說：「另外你在蒐集的東西，不管是哪一種，都不用繳回來了。我有預感，那些必然得放在你身上，之後要如何運用，就聽聽其他長輩的建議吧。」

「啊，全權交給我了對嗎？」這麼一來，收集完畢後直接公開藥譜就簡單很多了，不用經過妖師一族或其他雜七雜八的白色勢力評估或審核，說不定可以第一時間印個幾百份發給全部醫療班和擅長醫療的各大種族，看那群小渾蛋還要從哪邊劫殺起。

但想想也是很虧，不管再怎麼說，這些藥譜都是千眾的最高機密，放在正常年代甚至可以說是人家吃飯與奠定世界地位的祕方，搞不好送印批發都可以賣個天價；結果現在情勢所逼要便宜那堆白色種族，不然不要發給那些明顯歧視黑暗種族的傢伙們好了。

……等等，換個方式想說不定可以先發給他們，然後讓他們被那堆壞東西殺一波，之後再給其他友善和平愛的好種族。

越想越覺得好像應該這樣幹！

「……咳。」

大概發現我腦內的扭曲想法越來越不對勁，米納斯發出點聲音，打斷我借刀殺人的歪主意與陣陣冒出的壞水。

看來還是不能隨便搞業障，雖然想要全世界爆炸，但還是要正常合理地爆炸。

「總之，即使脫離妖師一族，平常也還是要來吃吃點心喔。」然微微一笑，拍拍我的肩膀，表現得好像脫離家族不是什麼大事，甚至還有心情閒聊家常。「辛西亞一直期待你來玩，學習了很多新食譜。」

「好唷。」是要變成休息點的概念嗎，雖然之前好像也差不多。

「那麼……」白陵然原先溫和的眼眸稍稍降了溫度，抹上些許審視，也帶了點與年紀不符的深沉打量，不遮掩地評估我現在所擁有的力量。「現在到了哪個地步了呢？」

「大概隱隱可以看見你真正實力的地步喔。」我回以掃視目光，盯著環繞在妖師首領身邊冰雪色與黑帶流金的各式術法，以及因繼承記憶，而鍛練得比其他妖師成員更加凝實的黑暗能量……實力遠超許多天生強悍的種族，至少可與燄之谷拚搏不落下風，再加上族長天生具備的心咒，徹底就是會讓各大種族強者忌憚的高度。「冥玥的已經看見了。」

站在一邊的褚冥玥身上圍繞著很類似的保護術法，可能因爲公會袍級的因素，還額外有一些與其他袍級差不多的調節符文，大概是用以維持元素穩定，一定距離內的氣流都非常安定，隨時可以接受調動或擴充。

冥玥也很強，她身上的白色力量維持著一定的佔比，相較白陵然的明顯很多，而黑暗則是較少，似乎不常調用。黑色的部分應該大半都是從凡斯那邊來的後天力量吧，感覺攻擊性沒有我最早想像的那麼強，反而是白色氣息的戾氣更爲刺人、濃厚，是慣性使用的跡象。

所以其實，她更多時候是用白色力量在做攻擊？

喔，仔細想想也是，畢竟主要使用幻武兵器，又遊走公會，想當年我還不是拚命仰賴米納斯，所以當時的我應該同樣以白色力量爲主。

我把發散的思緒拉回，重新與白陵然對看。

妖師首領在我回到現世後，不須詢問，一眼對望就知道我即將脫離妖師一族。我不想再因爲某些白色種族的堅持而束縛手腳——應該說，見識過古代戰場，還有那些自由翺翔的背影，就不可能再向現在這種畸樣的狀況妥協。

我逐漸擁有一戰的能力。

我洗去白色種族血脈，一身純黑無比的血液能夠完全吸收黑暗力量，包括魔神核裡蘊含的能量，遲早有一日這件事會被外人所知，接著成爲更被忌憚的對象。爲此，白色種族會想出更多辦法要求我重啣枷鎖，致力於把我像馴狗一樣閉鎖在他們掌心，連頭都抬不起來，被追殺只能倉皇逃命。

再也不想那樣了。

但白陵然顧及妖師一族的存續，就算擁有凡斯的過去，讓他的起步點可以遠超於同輩，他還是選擇妥協於現況，儘可能融入世界，守護殘存的妖師族人。

他沒有錯，原因只在於現在的妖師太弱了。

弱就是原罪。

即使白陵然和褚冥玥兩人很強，卻強不過古代戰場首領身邊的副官，也憾不動那些蠢蠢欲動的獵殺隊，指向他們的刀刃夠多，他們就會失去想要保護的一切，如同被登堂入室殺害的那些至親，所以他們唯有艱難委屈地繼續守護下去。

因此，不想再受控的我必須脫離妖師一族，不讓妖師族人被我牽連，也不讓白陵然這位現任首領被白色種族刁難，隻身成爲流浪的「炸彈」，甚至是見人就咬的狂犬。

未來白色種族可以隨意殺我，黑色種族也可以，我背後不會再有原生種族站出來代爲討公道，我只能走往遠離他們的另外一端，也許某些狀況下成爲敵對。

可以嗎？

可以。

我想要拿回愛恨生殺自由。

「……總有一天，他們會求你的。」白陵然沉寂了片刻，突然淡淡笑了聲，這時候的他又變回兄長的樣子，意有所指地溫和開口：「我們有所忌憚，無法放手一搏，必須妥協低頭，但可以選擇不當你的絆腳石。從今往後，你將走到我和冥玥到不了的地方，不用擔心我們、不用回頭，站穩世界強者之位後，就是他們求你了。」

「褚冥漾，有機會就拿回妖師眞正的名字吧。」

⁂

目送白陵然離開帳篷的背影，這一刻我有點百感交集。

——眞正的名字？

——是的，妖師族人爲了存活，放棄許多，包括歷史、包括族地、包括力量、包括名姓。

——以及，最初的自己。

「百塵、千眾。」

褚冥玥從陰影處慢步走出來，明亮美麗的眼睛微微彎起，雖然看起來好像在笑，眸裡卻沒什麼笑意。「你應該不會以爲白陵或者褚，象徵妖師本家吧。」

「實不相瞞，我認眞想過會不會是十或萬之類開頭。」先前聽另外兩支分族的姓後，我還眞有一瞬想過，比較可疑的就是個十百千萬這種排列了，畢竟老梗都是這樣演的，但應該沒有這麼靠杯吧……等等，說不定就是這麼靠杯，畢竟這世界的人十之八九都有毒。

「喔，那倒是不會。」褚冥玥換了個比較放鬆的動作，身體有點懶洋洋地微彎，就像在家裡一樣，知道我不會對她造成任何威脅，沒絲毫警戒。「據說封鎖本家姓的咒印在世界的某處，去吧少年，破壞那個傳說中的封印，你就可以得到最終的寶藏。」

靠，古戰場忘記詳細詢問我祖先的眞實姓名了。

目前只知道我祖公單名一字「連」，其餘副官或是隊員們雖然有各自的名姓，不過還眞的沒有確切說過他們的種族本姓……還是其實當時有說，只是我被祖先刮腦忘記？

這又是什麼後代逃命逃到連本姓都消失在世界的人間疾苦？

「應該不是逃到忘記，起源本姓有天賦附加，不可能遺忘，尤其是這種古老種族的眞實姓名，沒意外通常都有世界意識的祝福，以及世代的傳承力量，很類似血脈傳承，但更偏向靈魂與精神。」魔龍大概是發現我太過無言，實在是忍不住了在聊天室裡面插嘴：「失去眞姓的原因有兩種，大多是保護性的世界術法，或者惡意詛咒……當然你們的狀況肯定是詛咒。」

「啊，是被很多種族攜手設下某種詛咒，刻意把含有力量的本姓抹掉，誰都想不起來也不知道嗎。」被這麼一說，我恍然大悟，就和那種把人家碑上名字磨掉，詛咒有今生沒有來世什麼的手法一樣。歷史上有很多這種傳聞，別說世界種族，區區人類就幹過不少次，看來古代各地人類流傳詛咒對手要先破壞他的名姓，居然是有某種根據的嗎。

「你知道啊？」冥玥有點訝異地挑眉，她不知道我腦殼裡聊天室開著，以爲我只是在有感發言。「嗯，是被世界級咒術擦掉。我和然找尋過，也嘗試用某些時間回溯的方式想取回，但

成效不彰，在凡斯的年代也沒太多斬獲，或許按照你那個詭異的運氣會有契機可以觸碰到，並破壞掉。」

說完，我老姊非常隨便地拍拍我的肩膀，美麗的臉露出誘惑眾生的笑容，毫無人性地推坑。

「解開詛咒對整個妖師一族都有好處，全村的希望就交給你啦，反正現在你即將被妖師一族驅逐，你搞事和我們都無關。」

「……」是親姊姊無誤。

我突然覺得然放生我是不是有七分刻意兩分隨意和一分看好戲。

推卸完責任，冥玥才說另外一件事情：「總之，你離家出走如果很閒的話，記得去看一下老媽老爸。」

前陣子，老媽包袱款款去老爸那邊了。

美其名是順便旅遊，但出去的隱性原因我不用猜也知道。

附帶一提，因爲她去投奔老爸，我猛地想起還有個爸爸在遠方工作中，這個存在感和萊恩差不多了，從小到大我多半只有逢年過節可以看見他吧，不能怪我們平常都沒想到老子，我們遇到他的時間眞的比隔壁鄰居還少。

仔細想想，其實這根本不正常吧？但以前我竟然都沒懷疑過幾次嗎？

我帶著疑問看向老姊。

「座標給你。」冥玥沒做任何解釋，隨手丟了座標點過來，「然和辛西亞在周圍設置了遮蔽結界，一般人不會注意到那個地方。」

「謝了。」我收起座標，感覺又多了點沉重的東西得求證。

冥玥盯著我，突然一笑。「出門在外，自己小心點吧。」

聽著關懷的話語，有那麼一瞬間我感到胸口酸澀。

其實脫離家族這件事情，我並沒有想到會這麼順利，當年妖師族人相當不看好我，他們也憂心我在外搞事會惹來牽連，或者與族長搞分裂對立，一度想把我拴緊，再來就是一般常識裡大家族都是不能隨便逃跑，所以原先預計脫離家族可能要付出某些代價……但這些事情然隻字不提。

他或者他們可能早就有感我在變強後會跑路，已經替我準備好相應的代價。

我看著冥玥，下意識地啞聲開口：「老姊……你們付出什麼代價？」我的兄姊們，依然還擋在我的面前，儘可能讓我按照本心想法生活。

冥玥微微一愣，隨即彎起唇：「沒有啊，你不要想太多。」

他們不打算說出來，我只能乾澀地吐出一句謝謝。

也唯有一句謝謝。

我姊搧搧手，語氣沒什麼變化，就像以往在家似地隨便交代兩聲：「自己快樂最重要，讓你不快樂的，直接打到爆，反正現在脫離妖師，沒人能管你。」

「ＯＫ。」

就是為了這個打到爆，我肯定也要脫離本族的！

※

後續戰場繼續向島中心推進。

世界不會因為誰受傷、誰的本源力量受損，或者哪裡降臨魔神而停止轉動。

所以我們滯留醫療班營地時，數個戰場持續掃蕩各處的妖魔鬼怪，很快便接連聽見某個魔將軍被抹滅之類的消息快速傳遞，場內瞬息萬變，眨眼又是數十條情報更新，大多是令人欣喜的捷報。

各處都急需人手，沒有受傷的人來來去去，千冬歲也有了其他徵召，一臉猶豫地與萊恩啓程前往下個需要他們的地方。

幸好沒有再聽見魔神與異靈現身的消息，碎片可能再度甦醒論暫時被擱下，但眾人依舊保持警戒，畢竟比起滿島的妖魔鬼怪，這兩種殺傷力巨大的存在更爲可怕。

哈維恩當日沒多久就清醒了，大概是因爲常常遭醫療班昏睡攻擊，久了有抗體，這次醒的速度很快，醫療班還沒來得及第二次下毒手，他就迅速衝到我面前。

「你可以再睡一會兒。」我看表面鎮定但透出緊張的夜妖精，再度仔細確認他沒有被魔神出現的事影響或是加重傷情，才忍不住補了句：「我又沒亂跑，你先把身體養好啊。」

剛講完，夜妖精的怨念完全不掩飾了，徹底對我散發一股「我聽你在講屁話」的負面情緒。

行吧，做人沒信用了。

丟包丟出信任障礙。

「我沒事了。」哈維恩冷酷地回應我的補充句。

正想說點什麼彌補夜妖精越來越明顯的鄙視，西穆德毫無預警從某個我沒注意到的地方竄出來，高大的血靈介入我們兩個中間，迅雷不及掩耳地在我面前屈膝，氣勢非凡、十足驚人，頂著無表情的臉快速開口，打了我一個措手不及：「吾爲血之戰爭種族，願成褚冥漾驅使之刃，一往直前，即使死亡也必用殘魂為效忠者鋪路。」

……

……

好喔，已經不給拒絕的機會了。

而且後面那句誓言為什麼有點可怕？

我自認人格魅力沒那麼強，目前消極又厭世，天天都在腦內沒營養，戰力菜逼八，所以說為什麼要這麼快就宣誓效忠？

是因為我身邊比較多異常的架可以打嗎？

想想，我開口詢問西穆德心裡到底是什麼想法。

剛宣誓完的血靈思考了片刻，大概沒想到投誠還要提出理由，他自我評估完內心活動，很認真地回答：「你需要戰爭之刃。」

……

有講跟沒講一樣。

我放棄和血靈溝通，反正看起來他是決定跟哈維恩陪我一路下去了。

「行吧，王朝、馬漢。」就很想試著講兩句懷舊梗。

哈維恩聽不懂什麼王朝馬漢，但露出一個很嫌棄的反應。

血靈則是回我一臉問號。

沒法對梗有點痛苦。

因爲西穆德的堅持，最終我們也交換了效忠誓言，血靈就這樣沒有前兆地脫離他自己的種族，加入我們孤僻邊緣小隊伍，成爲三之三，準備和世界上大部分生靈爲敵。

當然，前提是這些生靈先來惹我們。

「你們躲在這裡幹嘛？」西瑞從帳篷外蹦進，極其自然地一手搭到哈維恩肩上，夜妖精秒避開，退到我的右側邊。

「大哥如何了？」我站起身，隱約看見治療帳篷裡頭的袍級少了很多，只剩兩、三名治療師，旁側還有名妖師成員在與他們交談。

「可以過去啦，臭老大沒啥問題，據說大概會變成吸引魔神或異靈的體質，要貼幾個封條防止之後被一堆怪東西找上門。」西瑞指指治療帳，他到剛剛爲止都還在那一帶，先表示一下對封條的鄙視、他可以來一個打一個，接著補句更重要的話：「叫大家過去，臭老大讀到髒東西的記憶。」

我們依序進入治療帳篷時，流越和式青也走過來了，其餘的孤島夥伴在接受一輪治療完，短暫停留後就陸續離開去虐待各處妖魔鬼怪——異靈掛了他們得到某種精神撫慰，魔神降臨他們又得到某種精神攻擊，雙重情緒包夾下，他們決定碾魔物發洩。

流越周邊環繞的元素群很穩定，看不出情緒浮動，反而是式青比較焦躁，大概又一次重回孤島再疊加異靈的糾纏與魔神蹦出，讓他終究精神負擔高度上升，即使他沒打算表現出來，但可從他發給我的髒話電波頻率增高窺見一二。

原本討論治療方案的藍袍們與其他人順勢退出帳篷，把空間讓給我們這群小圈圈。

剛剛還被好幾人包圍的大哥身邊瞬間淨空，隨即又被我們這些新訪客塡滿。他的眼睛被一條黑色布料蒙住，隱隱可見個眼形輪廓，原本身上沾染的血腥與戾氣被濃重藥味掩蓋，各式各樣醫療與淨化術法在空中來回飄蕩。

醫療班與袍級們設下大量術法圈想減去大哥身上的負面隱患，但還是遮掩不住異樣的淺淡腥氣與絲縷惡毒的感覺。

與夏姆特有八七趴相似。

「太危險了。」

羽族大祭司發出嘆息，對於大哥奪取異靈記憶的行爲不怎麼支持。「雖說情況緊迫，但我

們能夠先阻斷，或者以不傷害到任何人的方式……」

「沒關係。」大哥對於之後可能會再找上他的魔神或者其他危險沒表現出一咪咪恐懼，語氣自然，甚至略有點期待意味：「我不害怕，羅耶伊亞家族從不懼戰。」

「沒錯！要來就讓他們來！戰就戰！」西瑞秒站他哥，完全大無畏，兩兄弟散發相似的好戰氛圍。「來就搞死他們！」

……可以，就是他們的思考模式，正常運作，沒毛病。

都忘記大哥就算是大哥，他本質依舊是獸王族。

大祭司八成同樣瞬間想起獸王族某些不受控制的天性與行為，沒繼續在這個話題糾結。

即使被認定是重傷患，大哥依然保持筆挺的辦公室姿態，謎之堅持端坐在床邊，跳過動不動手的事情後，他直接開口說重點：「關於異靈夏姆特的記憶。」

因為搶奪時間相當短，大哥擷取到的部分其實不能說很多，幸好當時夏姆特正在翻閱相關記憶，所以他不用費太大的工夫入侵到更深處，只可惜來不及複製全部記憶，主要原因是異靈釋出劇毒後瞬間被流越擊開，迫使斷開連結。

那時我們的注意力放在外頭妖師一族來臨，所以沒注意到轉瞬變化，隨即而來便是流越直接滅殺異靈的動作，以及舍斯弭在異靈死前的呼喚下現影。

我看著大哥，按照那些邪惡東西的行爲模式，不論是舍斯弭或是夏姆特，都會在大哥身上做靈魂記號，加上剛剛西瑞說他未來會變成容易吸引那些東西的體質……

無論獸王族是否好戰，撇去開玩笑那些話，這些是無法預知並讓人很擔心的未來威脅。

不像其他人充滿憂慮，接受一切的大哥很平靜地說道：「星瀑設置在島嶼的空間切割一共有兩處。」

第一處就是當初被夏碎學長召喚龍神爆破的羽族天空島遺跡，喔現在已經夷爲平地了，不過既然是切割空間，應該沒有被夏碎學長一起轟掉，眞是不幸中的大幸。

——除非龍神連空間都爆，那我們就只能哭夭了。

第二處則是在星瀑生前的住所，位置很靠近大神殿，同上，也被夏碎學長爆了。

那個平常待人溫和、切開超黑的夏碎學長可能沒想到，當初無心之爆，受害位置藏著世紀祕寶。

好消息是，因爲當時紅龍王給了該地一爪與吐息，殘留強烈的炎之氣息與龍神霸悍的破壞力，目前那地方還沒被大妖魔們重新污染，所以藉機收回並重塑結界、傳送點的速度比其他地方更快。

這是當初萬萬沒預料到的後續。

不知道該說夏碎學長當年的叛逆還眞叛得恰到好處嗎？

但空間究竟有沒有被破壞呢？去了才知道。

同樣經歷過上回孤島事件的哈維恩沉默了兩秒，和我一樣被死去的記憶攻擊完，就安靜把座標記錄下來。

除了座標以外，我猜大哥應該還有得到一些攸關羽族內部的記憶，但這些他就沒說了，畢竟與我們無關，十之八九事後會私下與流越溝通，現階段我們的目標就放在那兩個空間切割點。

「可以直接過去。」流越身上還保有連接那一帶的術法，加上威脅性比較大的妖魔及異靈被消滅許多，所以我們這批人短時間內不會在空間轉移時遇到危險。

「啊，要通知千冬歲嗎？」說到紅龍王，乘載龍子力量的千冬歲說不定更方便處理該地，或者預防我們被殘留的氣息誤傷。

「暫時不用，我曾複製過他與夏碎身上的龍神境力量，只是一道氣息不會有影響。」流越抬起手，一個棒球大的氣流圈轉出來，蘊含著龍王的淡淡力量感。

見狀，大家紛紛起身。

床邊蠢蠢欲動的大哥下秒被大祭司通知沒有參與權。

眼睛無法視物的霸總默默轉向大祭司，發出無言的抗議，然而被無視。

「啊哈哈哈哈~體虛的臭老大關在這裡吧！」沒良心的弟弟發出嘲笑之聲，並且很賤地在大哥附近得意跳動。

「……」大哥完全沒有鳥他的意思，把對方當返祖的小動物。

「嗯，十分鐘後出發吧。」流越說完便提杖往外走，不給反駁。

「好快！」

我們快速散開去準備出行。

雖說是準備，其實多半就是去找醫療班領取公會發的藥物和術法道具小包裹，畢竟不管去哪邊都要清剿妖魔鬼族等物，所以可以合理拿取公會物資。我的那部分哈維恩會處理，因此我只要等時間到過去集合就好了。

也就是說……

我很有空閒時間可以告訴大哥關於九瀾撿屍的事情欸嘿！

❀

從醫療班營地離開時，大哥正要去追殺他家老三，不知道最後會不會把對方背包裡的異靈肉塊刷出來。

告狀的我沒看到過程，只能臆測一點結局，並對無法親眼見證感到些許遺憾。

不知道殺手家年度兄弟鬩牆有多精彩，流越很認眞地重新製作與連結被轟炸的天空島路徑，上次搞爆破的凶手沒有參加這次故地重遊，於是以羽族大祭司爲首，我們幾個人轉瞬被傳出醫療班營地。有很短暫的數秒我發現陣法結構發出一點怪異的聲響，魔龍說是因爲外面有東西試圖撕開轉移術法，有點類似我之前在草地鎮被打飛那樣。

畢竟一路上妖魔眾多，能影響空間能力的魔將軍自然會察覺異狀，意圖強行破壞捕捉，這就是施術者們之間的拚搏了。

當然最後沒有被入侵，流越非常穩地將所有人送抵目的地，我們直達一片還冒著絲絲火苗的灼熱焦土。

腳一踏到地面，不用多講，每個人即刻有所行動。

流越就地展開大結界，式青輔助大祭司散出淨化術法，西瑞、哈維恩與西穆德第一時間衝出去，迎面將最快衝來外圍的魔物擊斃。

我伸出手，黑色雲霧在天空、地面翻騰攪動，細絲如雨般飄落，拉出成千上萬黑暗力量織線不斷擴張延展，密密麻麻在結界外編織出一張巨網，絞住一隻又一隻魔物，逼停魔將軍等級以下的大型生物。

體內第一階段的力量塊徹底吸收完畢。

黑獅子從腳底浮起，我站在振動翅膀的獅背，視線跟著獅子飛高而轉至半空，俯瞰著更遠處的濁黑與各式各樣極惡、貪婪、破壞、暴虐匯聚而成的存在們。

這些全都是孳生更多黑暗力量的養料。

瞬間我突然理解祖先爲什麼那麼喜歡衝去妖魔界攪動人家的老巢，因爲無主的黑色力量取之不盡，殺他們幾個來回都不成問題，最初始的妖師基本就是天生剋黑色的種族，整個妖靈世界說不定對原始妖師而言就是個快樂天堂。

只要沒有邪惡增生的話。

妖師不畏懼黑暗，但會被邪惡與毒素腐蝕。

意識到焦土裡有個純黑的存在後，外面的魔將軍與各種魔物停止進攻，我可以通過與他們接觸到的絲線得到傳遞來的疑問、不悅、莫名其妙，他們很一致地質疑理應同一陣線的黑色生物，爲什麼和公會的白色生物混在一起打他們。

好的，萬年老問題。

現在我有個更好的解答給他們。

因爲我爽，不管做什麼都不須向他們解釋，敢把腦袋伸過來，就剁。

恐嚇加上紅龍王殘留的氣息，終究讓被隔離在結界外頭、不懷好意的各路邪惡夾著尾巴乖乖蹲在原地，短時間內不再試圖撞進來找麻煩。當然，也有外圍西瑞他們三人殺得很凶猛的因素，看看短時間內疊了一圈屍塊，就很驚人。

極佳的默契配合讓結界裡面的搜索變得很順利。

這段期間，回到地面的我讓哈維恩去讀取看看周邊的黑暗有沒有什麼資訊，西穆德則是繼續累積口糧，順帶吞蝕掉一些比較嚴重的戰爭污染。

西瑞……西瑞就野放奔跑，反正他誰也不會聽。

盯著他們辛勤分工一會兒，我正打算看看西瑞狂奔到哪裡去了，扭頭直接與一雙馬眼對上。「……」這傢伙什麼時候恢復馬體了？

微微往後避開差點戳到我腦袋的角，我皺眉看著莫名整個湊過來的馬臉。

「嘖嘖嘖，你味道越來越純了。」色馬噴了下鼻子。

是在公鯊小？

推開肥大的馬頭然後退開三步，並沒有很想與獨角獸討論什麼純不純的問題，話說回來，靠這麼近不怕等等被污染嗎你這個愛好純粹的糟糕生物！

在獨角獸還想靠過來時，趴在地上的黑獅子站起身，身軀漲大一圈，把傳說生物擠開，以免他等等真的北七到被黑暗毒腦。

「只是確定一下，幹嘛這麼小氣。」獨角獸往旁邊跳開一大步，接著一馬蹄想踢過來，秒踹在黑獅子以黑暗力量捏出來的身體，砰的聲引起其他人注意，幾道視線紛紛看過來，發現是傳說生物在幹智障事後又轉開。「聞聞又不會死，確認你現在血液的變化，我也是聞過很多黑色種族好嗎！」

「……滾蛋。」從他嘴裡講出來感覺就很不對勁，到底基於什麼理由要主動去聞黑色種族！這隻臭色馬！

本來在分析一塊黑色碎片的哈維恩走過來，一掌掐住獨角獸的脖子，把還想擼人的沉重臭馬拖開。

「痛痛痛痛！大美人小力一點！」獨角獸發出各種嘶嘶聲。

「他叫你大美人。」我向哈維恩實況轉播。

夜妖精改用兩手，用力掐。

「臭妖師！垃圾妖師！你家爆炸！」夢幻生物前肢抽搐後肢還想踹我。

我家爆炸不怕你講，但地獄梗層面，你家比我還早爆炸。

嚼著死亡氣息的血靈跑過來幫夜妖精一起將獨角獸架開，隨後兩人設術法把獨角獸綑綁在旁邊殘留的石塊上。

「你們不能綁我！綁得住我的肉體綁不住我的心靈嗷嗚……不過大美人……還是可以的……嘶哈……」

靠！這個腦部連結到底可不可以拔掉！

說好整個身體和血脈根源包括身上各種東西都重塑了，甚至連當時效忠妖師一族的誓言都拔了，為什麼這個顱內通話沒拔掉！

無線電有毒是不是！

馬的為什麼我年紀輕輕還要體驗精神分裂之幻聽症狀！

「幹嘛？要烤了嗎？」遠端不知道在幹什麼的西瑞興致勃勃地跑過來，掏出鐵棒與炭，打算就著紅龍王殘餘的地熱堆一個野外燒烤坑。

幫忙捆馬的西穆德看看哈維恩，又看看我，還未被完全同化成腦殘的正直血靈無法判斷我們到底想不想烤獨角獸，陷入讀條釐清的狀態。

「……幾位在幹什麼呢？」搜索告一段落的流越回首，疑惑地面對這令人滿頭問號的混亂一幕。

「他們很閒，隨便運動打發時間。」我拍拍黑獅子，獸形的黑暗力量瓦解，重回到我身體裡。

獨角獸撕開術法，飛速衝到大祭司旁邊，很委屈地貼上大祭司的肩膀準備討拍。

一腳踢在馬屁股上，把居心險惡的獨角獸踹得往前走好幾步，我卡到流越旁側空位，避免不要臉的傢伙又來偷吃豆腐。「找到了嗎？」

「嗯。」流越點點頭，沒反應過來獨角獸剛剛的動作，很認眞地從空中的術法圈拉下幾枚發光符文，帶著某種奇妙感覺的術法中有道扭曲空氣，約莫三十公分左右，呈現出漣漪的波紋。「幸虧星瀑長老設置了血脈連繫，可以跳過一些繁瑣封印。」

身爲星瀑後代子孫的流越食指點上波紋的中心點，血珠從指尖滲出，沒入無形無影的封印裡，圍繞在周邊的發光術法變得更亮，數秒後果眞開始隱約透出一縷黑色種族的氣息。

其他人都圍過來，連式青都轉爲人形。

這個一直沒有被發現過的空間封印在血脈破解後，裡頭保存的物體很快就被流越取出——是兩個巴掌大的木盒子，上面有著黑色種族與白色種族分別製作的封印條，效用除了隱藏還有防止破壞、保鮮貯存等等效用。

流越解開封鎖盒子的術法，輕輕打開蓋頂。

盒子並不大，也不深，其實就是個高度十公分左右的長盒，裡面裝滿一個個小布包或小葉子包裹。

大祭司用手指捏開一個翠綠色的葉子包裹，露出裡面一顆顆細小的黑色物體。

「……種子？」

第三話　星瀑的遺留

星瀑藏匿的盒子裡，放置著許多奇奇怪怪的種子。

「絕種的古代植物？」根據星瀑的年代，我只能想到這唯一答案。無論如何，這位悠久的羽族長老應該不可能給我們留一堆高麗菜或是蘿蔔種子吧。

……啊不，搞不好還真有可能，永遠不能用正常邏輯理解這世界的人。

我內心有三秒震顫。

「或許是。」不知道我內心開始擔憂的流越辨識了一會兒，發現這些種子他竟然幾乎都不認得，旁側的哈維恩等人看了一會後也紛紛搖頭。

我把魔龍和米納斯喚出來。

「好像有看過，但這種玩意長得都很像，不知道是不是。」魔龍瞇著眼睛，重複打量好幾次種子，但他是個大妖魔，這種自然物本來就和他絕緣，因此怎麼翻記憶都翻不出所以然，而米納斯則是沉思片刻搖搖頭，表示沒見過。

無法確定的魔龍難得猶豫地報出幾個種子名，但流越皆搖頭，魔龍提供的那些他在圖鑑上看過，並不是這些植物。

這下子，種子變得十分可疑，即使是高麗菜，很可能也不是普通的高麗菜。

「帶回去找人鑑定吧。」我想來想去，覺得搞不好學長知道，就算學長不知道，他後面有精靈王、狼王、鬼王，甚至度過各種世界軌跡的深，超古老生命們應該總會知道吧！除非他們不吃高麗菜！

流越點點頭，把盒子與封印蓋回去收好，接著帶大家前往第二個封印處。

有了第一次經驗，這次很快就把第二個藏匿物掏出來。

這次是一卷塗得漆黑的卷軸。

卷軸本體非常平凡，我在古戰場也見過類似材質，是很便宜又廣泛普及的材料，雖然當年不是做成卷軸，而是類似羊皮捲或是符紙等媒介物。那時使用者說這玩意生長速度極快，術法導性很強，從入門者到高階者都喜歡使用，因此現在拿到的這材質就看不出特別處。

「先離開吧。」我注意到周邊那些妖魔鬼怪又開始躁動，陣內幾個白色種族對他們來說是超誘惑的靶子，待得越久，外頭安分不了的邪惡越忍不住暴動，我也不想浪費時間心力壓制這些玩意，還不如回去再繼續研究。

我們轉移回去的位置並不是醫療班營帳，而是另一處紅袍比較多的區域，陣地結界前掛著屬於情報班等後備整頓的旗幟。

哈維恩把重新拿出來的種子分好樣本送去一名情報班小隊長那邊鑑定，順便帶了一小瓶還在燒灼的焦土當伴手禮。

意外地，理應知道大量事物的情報班竟然也沒能分辨出種子。

「唔……雖說我們這次駐紮的隊伍沒有植物大師，但一個都不認識也很奇怪。」這位戴著木頭面具的情報隊長露出一個微妙的眼神，剛開始被要求植物鑑定時，他可能覺得我們在搞事，現在發現異常後變得很認真。「可以請問種子是從哪裡得到的嗎？瑟菲雅格島？」

「暫時不便告知。」流越代表回答。

「好的。」情報班隊長在木桌上叩出一道小型綠色陣法，取了幾顆種子放在上方，溫柔的綠光攀附在小小的殼體遊走，凝聚的生命元素試圖催生這些樣本，但不管哪顆種子都毫無反應，依舊維持大大小小褐褐粉粉綠綠黑黑的模樣。「我只能告知幾位，這些未知種子無法吸收世界元素，甚至是自然本源，它們與現今大多數白色植物不同，但也非黑暗向植物。」

從小隊長翻動的十指與遊走在其中的綠色力量來看，我猜測他應該是一位自然系混血妖精，雖然他自己說這裡沒有植物大師，但從他接下我們的辨識工作來看，他必定有基本的植物鑑定能力。

「瑟菲雅格島的黑色植物很少，只有四、五種，藥用。」式青支著下巴，歪頭思考。

「是嗎？」記憶混亂的大祭司更不清楚孤島曾經有哪些植物了。

小隊長沒有插嘴，身為一個合格的情報班小隊長，他的眼耳嘴非常嚴謹，會視狀況使用。

看來當初星瀑收到這些東西後，沒在島上實驗種植，而是完整封印，直到今天被我們開箱……那麼，千眾將兩盒種子和這張漆黑的卷軸交給她，又是什麼原因？總不可能眞的是他媽覺得菜很好吃寄兩盒給朋友嚐嚐味道吧！

流越探查過卷軸，除了防止外人破壞的保護術法，卷軸本身被用特殊顏料覆蓋，難以判斷遭遮蔽的內容。

「你們需要更隱蔽的地方嗎？」小隊長看我們各自發呆，好心地將眾人帶進專屬的封閉營帳，並施放各種遮掩術法加固。「我滾？」

「不，需要你的幫忙。」流越將黑卷軸遞給對方。「這不是魔法卷軸，上面的物質軌跡也被破壞了，或許情報班具備還原污染物品的方法。」

「當然有，我可是復原過許多殘破又可憐的古代重要文件。」小隊長信心滿滿接過黑卷軸，轉身從營帳裡的櫃子熟練地翻找一些凌亂器具，然後又從空間裡拿出很多瓶瓶罐罐。「需要術法輔助、人力手工，還需要點時間與耐心。」

「點心時間。」西瑞一屁股坐到堆疊的收納箱上，提出一連串零食袋。

「……」無法反駁。

擅長術法的流越與哈維恩應小隊長要求，在旁邊輔助他拆卸卷軸上的漆黑。不弄不知道，一弄才發現塗在上面的怪異顏料比預想還多層，這些塗層裡附加超級多細細小小零碎的防窺符文，似乎致力於將內容整個抹消。照理說，動這手腳的人應該是想毀壞卷軸與內容，然而又反常地將卷軸保存並轉交給羽族保管，行爲相當割裂。

當然也有可能破壞的人與保存的人不是同一個。

旁側無事幹的我還眞的不像西瑞可以毫無形象負擔地大吃大喝，於是打過招呼從禁止他人進入的營帳離開，打算在情報班營地閒逛一圈，交換點情報與物資。

脫離妖師一族後，我背後沒人罩這件事傳得飛快。

一路過去，很快就發現脫離消息在這個情報班營地裡算是人盡皆知，我出營帳還走不到五十公尺，前後就來了四個戴面具的紅袍問我要不要跳槽加盟公會，「有加有福利，沒加沒保庇」云云。公會裡黑色種族數量不少，拆家賠償的ＳＯＰ很成熟，不怕天天搞大事。還訪問我的心情，以及希望我透露未來走向與動線，迫不及待想知道我這個異常的妖師會去哪兒遊蕩等

等八卦。

我統一拒絕。

並且試圖捶這些紅衣八卦仔。

馬的就算脫離家族，我至少還是個學院學生好嗎，講得好像被分屍沒人理似地，當心我向學院告狀求救揍人揍你們！

紅袍一哄而散。

與忙碌到炸裂的醫療班營地不同，情報班營地顯得比較有活力與謎之悠閒，隨處可見各種整備與整頓物資的小圈圈，不時可以看見三兩站在一角的人們低聲交流，竟然還有一堆堆奇奇怪怪的小地攤，提供歇腳的袍級和同盟種族在這裡交換或購買物品，更神奇的是，連小吃攤、飲料攤都有，在戰場裡形成了奇特的小市集畫面。

「嗨，流浪妖師。」見我蹲下來看東西，擺攤位的紅袍懶洋洋地揮揮手，他的面具有點敷衍，居然是張白雪公主的塑膠面具，上面沒遮掩或保護術法，一翻就可以看見真面目。聽聲音是個中年男子，沾了一塊詭異污漬的紅袍很隨意地搭在左側肩膀，一整個趁休息時間賺外快的模樣。

「什麼鬼。」我用兩指夾起攤位上一根乾掉的人面草，黑黑的草臉對著我，雙方相視無言。

「大家都在說，你脫離妖師一族，現在是個被放逐的流浪妖師。有意思的是，你似乎沒有付出脫離本族的代價？」白雪公主微微探向前，廉價面具眼洞裡的一雙碧綠色眼睛有著銳利的光芒，看穿我現在很健康的狀態。「最後一次明文記載，被驅逐的妖師一族成員除了削去血脈力量，還……」

「勸你少管閒事保平安。」我抬起手指，戳在白雪公主越來越靠近的額頭上，把他的腦袋推回去。

「厄盧卡歐斯畢草，通俗的叫法是臭臉草，搭配其他草藥可以製成有數種不同作用的治療藥物，主效用補血，當然也可以單吃，缺點是很難吃又很臭。」白雪公主坐回去，沒八卦可聽，他語氣平平地介紹那根人面草，彷彿索然無味唸台詞的ＮＰＣ。「獸王族特產，冬季才採得到，要買要快。」

我看著攤位上都是奇奇怪怪的植物，不知道是否攤主個人的怪喜好，想想哈維恩大概會有興趣，於是挑了一些長得很扭曲的，和這根臭臉草一起結帳。

「瑟菲雅格島目前處於封閉狀態，但下一次有人離開或進入時，新的訊息就會如同長了翅膀的鳥向外飛去，屆時外界就會知道有位具備眞正妖師力量的妖師脫離本該效忠的族群，不受任何人管轄。」慵懶的白雪公主把植物按各自特性打包好，最後拿個紙袋很隨便地一塞，拋給我。「落單的鹿，會有四面八方的野獸注視。」

知道攤主是好心提醒，我笑笑地收起植物，微翹起唇。「前提是，落單的是鹿。」或許兩個多月前的我是，但是現在的我，就說不定了。

白雪公主揮揮手，示意我可以走了，沒再繼續搭腔說話。

接著我又在幾個小攤位晃了晃，這些就比較普通，只是些特產食物，採購了幾種其他人會吃的，再次收到類似白雪公主給的善意提醒後，我就帶著食物返回大帳篷。

營帳內的工作還在持續。

西瑞已經不見了，西穆德的氣息也不在裡頭。

「還在忙喔。」式青鑽過來，邊腦袋攻擊，邊對著我手上的食物好奇。

「你們沒事嗎。」我把袋子交給對方，小聲地詢問。

沒事嗎？

在見到夏姆特與魔神之後？

式青笑了聲，聽出我的言外之意。

「再怎麼樣，小流越已經適應了八百多年，而我……」

整整數千年。

人形的獨角獸對著我微笑，眼裡並沒有悲傷，只有經過悠久時間沉澱下來的無奈與平靜。

壽命過長的生物，終究會在漫漫長流中失去些什麼，或許是一部分記憶，或許是某些親朋好友，又或許是沒被察覺的「自己」。

一個大大的巴掌拍在我的頭頂，式青似笑非笑地盯著我看了一會兒，開口：「嘛，再過兩年你可能也會是大美人喔。」

……瞬間全身雞皮疙瘩。

超噁。

「滾滾滾滾滾！」

「臭妖師。」式青提著我的特產跑了，直接跑去流越旁邊借花獻佛。

垃圾獨角獸。

小隊長處理黑色卷軸的方法說穿了其實很簡單。

就是無比的耐心與更多的耐心。

在術法和藥物的輔助下，幾層黑色物質和符文被手工清除，兩根類似細毛刷和髮針的特殊工具在操作下不斷分離處理後軟化並剝離的顏料，剝落的細碎殘料一塊塊地貯存在飄浮空中的玻璃球裡，大概是晚一點要送去分析成分。

最後得到一個泛黃破舊、多處被毀損的空白卷軸。

接著就是眼力大考驗了。

小隊長開始尋找卷軸殘存的細小痕跡，慢慢地一點一點修復琢磨。

確實得花時間。

「過於細微的痕跡，使用術法掃描很容易有疏漏，或是破壞。」流越接過式青遞給他的糕餅，放到面紗下。

「專業人才啊。」難怪人家會是情報班。因爲比較少看到千冬歲在做這方面的事情，所以乍看還眞有點新鮮。

哈維恩看看我，又看看情報班小隊長，似乎想說什麼。

「塡點肚子。」我遞了特產給夜妖精，據說是攤主在綠妖精那邊換來的草餅，聞起來有點中藥味。

雖然可以在旁邊以術法輔助，不過主要工作依舊落在小隊長身上，我們只好在桌邊圍成一圈，邊吃邊看他努力地用細針戳戳點點。

「……雖然我是不介意工作時旁邊的人吃東西啦，但起碼給我一個！」小隊長憋了半天，忿忿地冒出這句話。

我們連忙餵食小隊長土產。

術法輔助下，小隊長動作不慢，但花費的時間也不能說很短。

復原卷軸期間，我們又出去打了次怪。

妖魔潮的等級有變低的傾向。

甩掉斷刀上面的血污，我思考著藏匿在島上的其他大妖魔及近乎要成王的鬼族，有部分被殲滅了，有部分還在沉睡，針對沉睡的那些，公會大多是先封印，然後再逐一處理。具有一定程度的妖魔掛掉之後，如果沒第一時間完全淨化，會分解成各種小妖魔與細碎的存在。

所以等級低的妖魔潮增多是正常情況，畢竟到處都是戰場，分分秒秒都有邪惡被弄死，處處都有碎塊生成小魔物。

思考著剛剛這波腦袋裡只有吞噬生命的魔怪，確實是新生魔物，純粹就是想毀滅，沒有行動與規劃的智慧。

不得不說，這個進展真的非常順利。

我微微皺眉，看向病毒球先前常出現的幾個固定位置，現在空無一物，似乎真的被舍斯弭撕光了，希望他們之後因此結仇互毆。

「反撲嗎？」流越走過來，沿路加強了能見的所有結界與術法。

「嗯，我們去過天空城，那附近的毒素濃度很高，當時周邊的魔將軍或接近魔將軍等級的存在並不少。」我投出一團黑色物質，小團的黑暗在地面滾一圈，蹦成長翅膀的松鼠，展翅往外面飛走。

「是的，根據這些年我的記錄，確實還有幾位實力比較強大的妖魔，他們並不會輕易出來。」已經把這些妖魔所在位置和勢力都告知公會，流越用手指在空中畫出發光線條，簡易的地圖閃爍著小光點，表示還沒被清剿的魔物群。「不過按照公會目前派遣的部隊，應該不算是大問題了。」

嗯……前提是外來邪惡不搞事。

鬼知道到底還有沒有其他異靈跑進來。

回帳篷時，正好看見小隊長直起身，用力伸長雙臂拉伸筋骨。

……身材還不錯。

「啊，回來得非常剛好。」小隊長放下手，笑咪咪地捶捶肩膀，接著向後癱在椅背。「來看看唷。」

小隊長認眞戳針時已經把面具拿掉了，五官看著很年輕，意外地偏向斯文俊秀，面貌果然具有明顯的妖精特徵。

我們再次回到木桌邊，一樣出去幹架的西瑞和西穆德晚我們一步回來，兩人放好手邊東西，湊熱鬧似地也圍了過來。

被復原的卷軸，人工操作的部分是原內容的大致輪廓，爲了省時間，小隊長沒有百分之百純手工，而是確認好輪廓就以輔助術法銜接繪製，雖說可能會有點偏差，在一眾術法熟手前卻不怎麼影響。

出現在我們面前的是半幅畫。

應該說，半畫半文字記錄。

「這是……」

「治療記錄？」

流越和哈維恩一前一後辨認出黑色種族文字，後面靠過來的西穆德也點點頭。

「是的，如果沒有錯，是一張針對特定『個體』的治療記錄，以及少許的後續療養建議。」小隊長人很好地幫我們翻譯上面的文字：「一位『千眾』爲『水族』量身訂做。」

記錄上的水族當時因爲對抗邪惡存在被特殊毒素侵蝕，與他人的死傷或扭曲不同，他出現了某種不明變異，因而轉進千眾做治療，從記錄上看來，那年代治療他的，正好就是千眾忘月。

「這位叫千眾忘月的醫師，使用了數種難以培育的罕見植物，成功治好了該位王族屬的水族，這些植物名稱有的編寫在用藥方案中，但很多被暗碼替換，必須另行破解才知道眞正的用藥內容。」好心的小隊長將復原的上兩行前提文字說了一遍，之後抬起手：「當然，後面高度保密的內容，只有帳篷裡的各位知道。」

看來那盒種子就是當年使用的「難以培育的罕見植物」。

忘月把治療某位水族的診治記錄和相應的種子交給星瀑，由星瀑轉手保存。

爲何？

當時就已經發現妖師一族內部有問題了？

記錄與種子事關重大。

流越取走一部分樣本，複製了治療記錄，打算之後交由羽族聯合醫療班總部研究解碼方式，大概還會聯繫一直不怎麼出面的水族。

這讓我想起來我們還有一堆藥方拼圖。

哈維恩把剩下的種子和卷軸正本收起來。

說眞的，他身上現在攜帶一大堆隨時要核爆的東西，感覺危險度有夠高，但放我這裡更不安全就是，畢竟人家要打的話十之八九第一個打我，我捱打時至少還可以叫夜妖精先跑路，起碼被爆道具機率低一點。

小隊長幫我們處理完卷軸，下了個誓言術法，保證不會主動說出相關的事，拿完報酬就出帳篷繼續去執行他的公會任務。

進一步的其他確認，就得等出孤島了。

❀

星瀑留藏物的事後來是以流越向公會簡單呈報作結。

因與異靈有所牽扯，無論卷軸內容須不須要保密，還是得給個檯面上的說法。

隨後我們整頓好，再度陸續跟著加入幾次清剿隊伍。

接著，離與二十七的約定之日越來越近了。

這時收復孤島的進度已來到最後，所有勢力不斷聚集島內菁英，即將進行總進攻。

「不繼續剷平巢穴嗎？」

原先打算參加進攻的西瑞見我們開始整理行李，準備離開營地、應該是說準備離開孤島，不解地發出疑惑。

經過一段到處打怪的時間，我們目前落腳醫療班的一處小營地，暫時被默認歸屬在流越、式青的共同隊伍。當下所在營地位置非常靠近獨角獸聖泉，過往的夢幻之地如今是被毀掉的漆黑凹坑，早不復往日輝煌，整片區域污染得很嚴重，支援的種族們在式青的帶領下協力布置淨化大結界，努力磨掉毒素。

大哥他們重回殺手家族的營地，按部就班一個個推平負責區域。後來聽說大哥確實把九瀾刷了，掉出很多異靈肉塊，一點都沒留給他弟，隨即由公會接手，運轉神魔陣銷毀肉塊，致力將有可能復活的貝爾完全抹滅。

因爲我不在現場，遺憾地錯過某雙袍級的鬼哭神號，但貝爾終於被散成灰，算也了卻一顆隱性炸彈，反正事後某撿屍傢伙也沒因此扭曲，皆大歡喜。

「嗯，必須出去一趟。」雖然孤島裡的時間流速在恢復一些大陣後有所調整，但我還是有點緊張與二十七的約定將屆，既然現在只差最後進攻，大部分高階妖魔也清除得差不多，菁英集結與後續支援跟上，各地陣法結界設立，又有白陵然爲首帶領的妖師一族作爲黑暗代表鎮守，暫時不怎麼缺我這零星戰力，因此打算先離開孤島，略提前走一趟重柳族。

流越等人也知道這件事，大約三天前就已經開始催促我準備離開，現在他們身邊有很多人，讓我可以不必牽掛這邊。

聽完我的理由，西瑞想也沒想地立刻拋棄進攻隊伍和後面的大架，說：「大爺一起。」

「呃，會和重柳族起衝突。」畢竟是要去聖地，我完全可以猜到絕對又要和激進派槓一次，更別說上次我們引爆人家聖地還逃跑；但地方是絕對要去的，只能到時候看狀況動手。

「哈？所以大爺去把那些正義的一方打得哀爸叫母啊，然後拔皮拆骨，爆掉他們全族，沒啥問題吧。」西瑞理所當然地點頭，表示他要一起摧毀重柳族聖地的決心。

「先不要。」這樣幹就眞的要開啓新．逃亡之旅。

「有什麼地方需要幫忙嗎？」

我在反駁某殺手幹話時，羽族大祭司從帳外走進來，後頭跟著的是馬形的獨角獸。先前我們轉告他關於黑色獨角獸的情報，獨角獸果然決定還是優先處理孤島，等出去後再接續追蹤黑色獨角獸。

這選擇不太意外，收復故鄉在即，黑色獨角獸失蹤這麼多年還可以不斷活蹦亂跳傳出消息，多半是沒有急迫危險，加上外頭還有很多人追蹤盯著，大可等這邊收尾完再進行追查。

前幾日與流越商議好要離開孤島前往重柳族時，大祭司就預約好公會的人來接應，並抽時間幫我們製作一批術法水晶，加上這段時間在孤島領的或是交換到的各種物品，我們還眞的花了些許時間打包。

這次出去，我的「流浪妖師」身分就會被貼實。

孤島裡算封閉環境，雖然大家已知，但態度都較為和善，扣掉少數原先就憎恨黑色種族的傢伙們，並沒有被強力圍剿的威脅。

一旦離開孤島，我要面對的就是超級惡意的世界與更多帶著偏見的種族了。

想想，眞是有夠刺激。

希望我可以忍住不要把他們捏死。

隨後，我們跟著公會接應人，開始向島外撤出。

※

從孤島離開，回到正常時間流速的世界，離二十日尚有一點點緩衝，大概提前了兩、三日左右。

所以我先找到夏碎學長兩人打個招呼。他們目前還在調養創傷，雖然不必整天蹲在醫療班，但學長依舊須定時來接受治療——當然是被夏碎學長扣押拖去。

一回到醫療班總部，就聽見路邊有藍袍在碎碎唸某個被勒令休息的黑袍還在接小任務……總之我白眼之餘，確定他們大致上有乖乖地沒亂搞大事，才把島內狀況告訴他們，然後取了份種子樣本交給學長。

原先我認為學長可能也認不出這些種子，其實是打算要藉由他轉遞給背後那些長輩，沒想到學長竟然認出來了。

「你們應該見過，這是金雨花。」

借了醫療班的會議室，關門辨認那些樣本的學長捏起其中一顆黑褐色的種子，蒼白的指尖泛出一抹淡金，接著種子外殼突地碎裂，露出裡面淡金色且有點透明的眞實模樣。

……有點耳熟。

「那個亮亮的花。」西瑞拍了下手。

「我們尋得米納斯閣下心臟時，看見用來協助封鎖異靈的那些花。」哈維恩給我明確提示。

喔！想起來了，當時在地底伴隨異靈的滿棺金色小花，是上世紀光族遺留的植物，後來整個滅絕了。

因爲金雨花有鎮壓邪惡的效用，所以出現在治療方案裡並不奇怪。

前陣子開始變化運用神魔陣擊殺異靈後，那隻倒楣的沉睡異靈現在恐怕都不在人間了，滿棺的金雨花大概全數被公會接手，說不定早就出現在醫療班用藥當中。

「冰牙族有收錄記載金雨花及其種子模樣的書冊。」學長在桌上勾勒出透銀色的陣法，核心是很明亮的金色，將顯出眞實模樣的種子置入其中，很快地那點亮金被種子吸收後，原先不管怎麼催長都沒反應的種子微微動彈，發出很細微的生命氣息，以及讓我感到略刺的「光」能量。

「種得出來嗎？」我看著學長，思考他要從情報ＮＰＣ轉職成種植ＮＰＣ了嗎。

接著我就被拍了一下腦袋。

嘖。

「現今種不出來，這只是模擬上個世界已知元素，沒辦法長期供應。事實上，精靈族一直在嘗試培育已滅世界殘留的植物，但效果不彰，模擬元素是精靈研發出的一種手段，但並非自然生成，一個不小心會被世界排斥，進而出現反逆、引爆周邊元素等問題。」混血的學長話才說完，桌上陣法碎開，種子又重回死寂，甚至套回那身黑褐色的外殼。「其餘的我不太確定，但很可能還含有其餘舊世界的植物，待會兒聯繫精靈王詢問。」

既然學長可以辨認部分，想必精靈王將會給我們更多解答。

治療方案同樣拓印了一份傳遞給精靈們，不過在學長這邊還將兩種東西分交至獄界黑王，畢竟那裡有個比精靈更古老的世界兵器，同時進行節省時間。

兩邊暫時都沒有回應，可能在忙碌。

「看來你的黑色力量融合得很好。」處理完這些物品，學長盯著我看了一會兒，嘖了聲。

「是啊，已經開始吸收第二塊了喔。」戰場果然是最佳的進化區，我在孤島與魔物鬼族拚鬥時，汲取黑色力量的速度比平常在營地快很多，現在第二塊都吃過半了，小飛碟更是隱隱快要催生出新的類型，相信不用多久就可以完全吸收所有生命核能量。「感覺精神狀態越來越好了呢。」

「……」學長毫不留情地瞪了我一眼。

「所以，你們要好好保護自己，小心不要隨便受傷或死翹翹。」我支著下頷，笑著說：「不然我就會變成神經病了喔。」

「閉嘴，滾蛋！」

遭學長轟出會議室後，夏碎學長跟著我們出來。

「他恢復得不錯。」

穿著常服的夏碎學長關上會議室的門，隔絕氣噗噗的半精靈，對大家微微一笑：「冰牙族與燄之谷送來很多珍貴藥物，連兩位王的私藏品都出現了，相信很快就可以重返戰場。」

「嗯……」雖然很想吐槽那隻史前巨鱷不用完全恢復也可以上戰場，但不在本人面前就少了一種刺激感，於是我決定省掉口水。

「對了，你離……」夏碎學長頓了頓，約莫是覺得我們所處位置不算安全隱密，沒有說出後面的字眼，「孤島傳出消息後，目前有許多勢力蠢蠢欲動，情報班已經發現檯面下有人開始招兵買馬，組成獵捕脫離者的隊伍，你在外要相當小心。」

我比了個ＯＫ的手勢。

早先菜雞時期要脫離，白陵然絕對不會答應，現在我有一定的實力外加古戰場經驗，以及身邊有哈維恩、西穆德，包括我姊在內的人才放心讓我脫離，這也是對我具備能力的某種肯定。

總而言之，眞的打不過跑去獄界就好了。

我打不過還不會逃去投奔黑王嗎！

到時候聳恿黑王征服世界。

突然驚覺之前黑王說可以去找他們的約定，原先還因爲有白色世界的糾結和顧慮，如今血脈都清一次了，腦子裡的束縛也少了，捱打還眞的可以去找他們。

很棒。

非常棒。

關心兩句後，夏碎學長才轉到另個話題：「先前你們在尋找黑色獨角獸的蹤跡，我們也用了些關係，發現幾個可信度很高的傳聞，最近一件是在原世界，有公會人員在海上發現疑似身影。」

情報中，時間點是在西瑞小弟們調查有點眉目之後，推估起來，就是近幾日的事情。

大約六日前，公會在原世界據點的海上巡邏人員收到指示，前往出現異常狀態的海域驅散鬥毆的海獸們，這群海獸分屬不同族群，平日生活區域有些距離，不知爲何會碰在一起，直接雙雙暴起。

當時巡邏人員撞上暴風雨，環境因素造成能見度極差，以及海底族群火拚術法亂濺，他只隱約看見狂風暴雨籠罩的遠端天際出現若隱若現的黑色獨角獸身影，但也就僅僅那一眼，還來不及確認眞否，幻獸身影一閃而逝。

待風浪平息後，附近海域出現很淡的魔氣與黑暗氣息，但因爲這些殘留物質過於混雜，難以分辨種類與去向。

「你們回來之前，我與冰炎正在那片海域調查，沒找到任何線索。」夏碎學長想了想，彎起笑容附註，他們探索當下還遇到原世界的海獸，因爲太煩人了、纏著他們不走，被學長整隻拖出來打了一頓。「可能你們現在過去，會遇到暴躁的海獸。」

「……」前人打獸後人遭殃嗎？

還有，裡面那個須要休息的孱弱傷患，整隻拖出來打是什麼鬼！

這不是傷患該有的休閒吧！

我看著笑吟吟的夏碎學長，深沉地思考他究竟是說溜嘴還是故意賣學長。

結論，這些人越來越有毒了。

第四話　疑似陷阱

離開醫療班後，我們出發回一趟原世界。

除了黑色獨角獸的事，還有想要稍微定標我父母所在地，看看能不能在附近設置幾個小術法，儘可能確定不會有怪東西靠近。

雖說然和冥玥製作過了，但還是自己看一眼比較安心，加上白陵然未必會我在血脈傳承裡學到的某些反社會術法；那玩意可是能把不懷好意的入侵者炸上天，起碼可以在我爸媽所在區域周圍加幾個，到時候看看會有多少混帳被挫骨揚灰。

人生轉變，從居家埋地雷開始。

途中應哈維恩要求繞到幾個區域補給，其中就有先前哈維恩買核彈的地方，就是那顆連魔龍都垂涎的東西，這讓我也很好奇。可惜這次沒有遇到核彈商人了，西瑞還很失落，不甘心地在附近搜索好幾次，最終只能退而求其次購買其他黑市商品。

最後我們來到原世界沿海地區的一座濱海城市。

等待他們批發危險武器時，我拿著霜淇淋，靜靜蹲在好久不見的人類世界大廈頂端，由高處俯瞰著下方人類架構的繁密蟻巢，以及車水馬龍的繁忙街道。

還是很和平的模樣。

不過……

「好像越來越厚重了。」魔龍從旁邊飄出來，和我一樣看看下方密度極高的人類，接著抬頭望向半晦暗的天空。

如果是正常人類，現在仰望天空看見的應該是晴朗的藍天白雲，然後順手打卡標題好天氣好心情；運氣好一點的話，還能在海邊拍到漂亮的海天一線。然而覆蓋一層純黑色血脈後，眼前的世界直接是另外一種畫面，所謂的藍天不再清澈，混雜了灰濁的幽暗色澤，穿梭其中的是一縷縷黑色氣息，如煙如嵐，隨風各處飄散，從裡頭可以辨別各式各樣的意念、陰暗，甚至是奇奇怪怪的詛咒。

以前看不太清楚沒感覺，現在人類的血脈濾鏡被撤走，就讓人開始感嘆，生命製造黑暗的速度超乎想像之驚人。雖然我可以試試吸收這些無主渾沌，但整體氣味實在有點臭，加上慾念壓縮後有些轉化成毒素，如果沒有特別急需，就不太想亂吃。

而在這些混亂之外的天空上，覆蓋著極大、一望無際的巨型結界，悄然無聲且不驚動任何生命地緩緩運轉，彷彿要把所有不分善惡黑白的氣息全都籠罩似地，像保護殼般「罩住」整個人類生存的空間。

「世界結界。」米納斯坐在另一側，長長的尾巴垂在大廈外，在大大的落地窗前很隨意地甩來甩去，水流在我們周邊旋繞，沖開一些被我們吸引來的黑氣與燥熱。「守世界，包括六界都有，但因爲種族手段多，重重術力交織保護與僞裝後，比起人類世界更難發現。」

我知道她所說。

與隔開守世界的時空分界不同，這是那種防禦異界存在入侵的巨大結界壁，由世界意識製造，而世界意識經歷過各種歷史變動、還不穩定時，不少外星襲擊者，包括更久遠的魔神等存在，會趁機撞擊世界結界，闖進六界進行掠奪乃至屠殺。

因此可怕的古代戰場數量與淒慘程度遠超於現代，相較之下如今說得上和平許多，都得感謝那些遠古神、犧牲的種族們，以及看不見的世界軌跡……或意識。

超古早的戰場是由最早一批遠古神扛住異界入侵與世界更迭的動盪，他們在發展新世界的同時，修繕、補充世界結界，接著交遞給最初的種族，而後一直延續下來。

不過最原始的世界大結界出現，還是要歸於整個世界意識。

簡單說，就是傳說中那種星球壁吧。

把最後一口餅乾皮塞進嘴裡，我舔舔手指，注意到後方多了兩道氣息，是去採購的哈維恩和西瑞一前一後歸來。西穆德則是打從一開始就和我們在大廈這邊，只是他隱去身形，塞在某道影子裡面，不曉得有沒有把霜淇淋吃完。

想到十分鐘前我硬塞霜淇淋給他，高大的血靈拿著冰像拿炸彈一樣，小心翼翼地消失。

西瑞蹦過來，手上提了一大袋炸雞排，目測至少三十片起跳，熱騰騰的、正散發著香氣，這東西應該不會出現在這區域，想必是用傳送陣來回衝了一波。

所以老闆是怎麼在短時間裡炸出這麼多雞排？

我懷疑地接過椒鹽雞排，咬了口，一嘴鮮美肉汁極度開胃。

「接下來直接出海？」西瑞一屁股和我們一樣坐在圍牆外圍，爽快地咬著梅粉雞。

「嗯，留個訊息給二十七，然後就出海。」原先是打算我們自己前往聖地，上次跑去有座標點，但見過學長兩人後，他們告知我們二十七有留言，時間到會過來接人。

雖然沒有明說，但二十七大概是怕我們又在聖地埋地雷，把激進派的重柳族肉體連同玻璃心一起炸裂，所以決定主動帶人會比較安全——他們的精神安全。

這麼一來，我們就不用自己跑了。

哈維恩那邊有二十七轉交的定位術法，到時候如果我們所在地出現某些隔絕外界的防禦壁，還可以用這個引導二十七會合。

夜妖精寄出留言後，與其他人排排坐在一邊整理他的採購儲物，爆多的物件很繁雜，他也很耐心地分類收納。

燃燒我精神力的魔龍顯然沒打算縮回去，自顧自地拿著雞排看風景，米納斯也繼續在一邊眺望都市。

這瞬間居然還有點在野餐的悠閒感。

不知道是不是這闔家賞景畫面看起來有點詭異，或者是黑色種族氣息明顯，沒多久居然引來了公會在原世界走跳巡邏的白袍。

年輕、沒什麼種族歧見的白袍看見黑色種族在這裡吃雞排野餐，點點點了幾秒後，可疑地擦擦嘴角，接過我遞給他的餵食，直接坐在半空中啃起食物，順便與我們交換情報。

「最近我們突破好幾個狂信徒祭祀點。」目前就讀原世界大學的白袍如此說道：「幸好造成的影響還在可處理範圍。」

白袍對於處理人類世界的狂信徒顯然很熟練，像是經過許多神經病團體洗禮，透露淡淡的無奈，隨口都可以吐槽一連串。

他口中的狂信徒並不全然指我們先前遇過的那種邪神狂信徒，而是含括眾多邪惡存在的狂信徒，有的僞裝成宗教，有的則是深埋在人類的各個勢力中，綜觀人類歷史，到處都是，甚至還引起多場屠滅人類的戰爭；我們所知的邪神只是其中一部分，當然鬼王也是。

這位白袍同學就是專門處理這種事情，他們的組織在每個時代都有不同稱呼，而到他祖父母那代直接與公會結盟，後來併入公會在人類世界的據點，共同分享資源。

說起來，不少長居原世界的種族或多或少都有類似結盟、共享資源的行爲，甚至伯爵和尼羅他們也有，只是平時立場不同，有些勢力呈現敵對。

「聽說孤島戰場集合了很多菁英，你們有相關情報嗎？」白袍簡略提了原世界的狀況後，好奇心滿滿地發出詢問。他的父母也是被公會徵召的袍級菁英之一，但進孤島後就沒有傳回消息，因此他注意到我們身上帶有守世界力量後便順口發問。

說巧不巧，我們還眞的是剛從孤島裡面出來。

西瑞見白袍話很多，兩人在某方面大概有點投緣，直接興致勃勃地與對方聊起了孤島戰場。

聽到出現異靈，白袍反應震驚。

「太可怕了，原世界的異靈沒有這麼猖狂。」年輕袍級感嘆：「這邊的世界壁比較厚，某程度上對壓制邪惡更有利，否則分分秒秒世界爆炸。」

「這裡還有異靈？」我一個皺眉。

「一直都有。」白袍點頭：「邪惡無所不在。」

也是，人類世界都戰爭那麼多次了，連安地爾那個王八蛋都會假掰地跑來休假，沒幾隻異靈躲在後面煽風點火說不過去，更別說原世界的人類無時無刻都在進行邪教召喚，鬼知道他們到底召喚多少東西下來。

吃點心的時間不長，白袍也還有自己的工作，大致又告訴我們幾個最近爭鬥比較多的位置，讓我們遠離一點，才帶著一袋伴手禮走了。

路過的白袍剛走，相差不到三十秒，以我們所在大廈的十一點鐘方向的遠方海域，突然傳來某種空爆聲。

接著是第二次，距離比方才更近。

然後第三次、第四次……音爆聲音越來越逼近城市，轟轟的巨響迴盪在整片天空，底下的人潮也隱隱出現吵雜與混亂。

遠方的海風吹來血與某種焚香混合在一起的氣息。

還有，普通人類聽不見的求救聲。

——救救……有鬼族！

※

音爆聲止步於海灘外。

那名吃了下午茶的白袍大概是開啓守護結界，緊急把襲擊擋在淺海區。

確認方位，我收回魔龍與米納斯，原地跳下高空，黑暗凝結成的黑鷹展開翅膀，將我們幾人帶出大廈。

「那啥鬼？」西瑞蹲坐在黑鷹背脊，不忘探頭打量逐漸靠近的海面。遠處陰鬱的藍天下方，是好幾團順風亂飛的黑色棉絮。

「似乎是鬼族。」哈維恩接住隨風飄過的一塊黑暗氣息，從中取得貯藏在內的隻字片語。「鬼族襲擊中型漁船，上面尚存七名普通人類，周圍有海底居民，發現了海域正被毒素污染，因此求救。」

「消息還滿完整的。」我看向哈維恩。

「嗯，剛發生，就在附近，乘載的『言語』還未完全逸散。」哈維恩將收集來的無主黑暗揑成一團，變成棒球大小的圓球。「人類世界的黑暗不少，仔細一些可以汲取到許多內裡訊息，與精靈、羽族傾聽風的訊息很類似。」

懂了。

黑暗版的聽風。

飛出海邊時穿過了一般人類肉眼看不見的那層結界符文膜，保護城市與海灘的守護結界架構很眼熟，公會統一出品，在各個袍級分部都可以申請或購買。

「鬼族襲擊船幹嘛。」我彈了個術法出去，沿著守護結界壁跑的小術法應該會找到那名白袍，把這消息告訴對方。

哈維恩微微偏過頭，把黑球遞給西穆德。「或許是為了船上的某件東西？不太確定，但他們提及在船上這樣的話語。」

「看見了。」血靈三兩口吃掉黑球，目光落在海上一點火光，以該處為中心，周邊已有海中種族設下各式阻隔術法，隱約可以看到海面下竄過幾種或人或魚、各類海洋居民的形體。

「欸欸，話說回來，最近老是在打架，你會不會增加同族？」西瑞回頭盯著已經把手按在刀柄上的血靈，認眞發問。

問得好，我也很好奇，血靈出生於戰場，近期接二連三的戰場規模都不小，是不是會新增很多血靈？

「有。」西穆德也很認眞地回答這個問題，「截至目前，從血裡甦醒三名幼子，相當健康，將會是極好的戰士。」

還眞的有嗎！

「又死了一個人類。」哈維恩在閒聊中插了一嘴。

「去吧。」我抬起手。

下秒，西穆德的身影從黑鷹上消失，一閃而過的影子穿進海面那艘熊熊燃燒的漁船，眨眼就有一團巨大的不明物體從船艙內飛出來，急速撞在海洋居民布置的隔離結界壁，發出砰的聲響，還沒來得及動作就被隨後追上的血靈補了刀，俐落地斬成兩半。

略慢一步的西瑞大張手，追著血靈後頭跳下去，保持飛鼠一樣的動作直接轟然「砸」進漁船，倒楣的冒火漁船差點被天降重力砸沉，整艘船狠狠被下壓、湧進大量海水，幸好很堅強地又浮起來了。

幾秒後，更倒楣的倖存人類被一個個丟出來，成拋物線咚咚地全進到海裡。這些人要好好感謝海洋居民，好心的路過居民們設置了一些可以浮起來、不至於立刻淹死的術法，將人類慢慢地推離燃燒的船隻。

「他們似乎不是一般漁民。」哈維恩持續分辨空氣裡的言語，微微皺起眉：「信徒……儀式？送葬？」

「海葬船嗎？」我嗅到空氣裡有奇妙的味道，那種焚香味更重了。

「沒有骨灰的氣味。」夜妖精如此回答。

……厲害了，原來你可以從這麼遠的高空聞到骨灰的味道，我只聞到濃濃的燒屍體味與焚香。

感覺我對他們五感敏銳度的了解還是太少了。

等等，不是撒骨灰的話，他們是想撒整體的嗎？

西穆德或西瑞又踹了兩隻鬼族出來。

漁船內的鬼族意外地比想像中多，嘗試做個心靈連結，我注意到裡面都只是低階鬼族，腦袋讀不到有用資訊，從上到下差不多還有十隻，全都是抗火型鬼族，還在火焰裡四處流竄，就算固定在原地讓它們被火焚燒也沒什麼屁用。

老規矩讓它們互咬。

很快地，公會及海上組織成員出現在附近。

我拍拍黑鷹分裂出第二隻下去接人。

西瑞大概是連抓好幾次都是低階鬼族，立即失去打架鬥毆的樂趣，乖乖尾隨西穆德一起搭乘黑鷹準備返回。

一邊的夜妖精又有進一步的收穫。

「他們在這裡舉行聖神信徒的送葬，這些人類相信只要全心全意信奉聖神，將得到聖神完全的庇佑，即使死亡也會重返世界。因此死後把軀體送進聖神指定的淨化地，將軀體沉入海中施予祝福，並請聖神將崇拜祂的信徒復生送回。」哈維恩手上出現兩顆黑球，讀取整段資訊。「海上舉行的是——復活儀式。」

！

連結第二隻黑鷹讓他們用最快速度上來，我散出幾隻黑色小鳥去通知那些公會和海上組織，這地方不只低階鬼族，還有被叫出來的東西啊靠！

遭術法轉出去的人類被海洋居民弄暈後拖走，已經游出一段距離，希望公會的人來得及攔截，逼問他們到底搞出什麼鬼東西。

「咦？」哈維恩拿到了第三顆黑球：「捕捉……」

我在天空張開黑色大陣，小飛碟四散而出，接著緩緩抽出前陣子夏碎學長送我的兩把兵器之一，先使用的是那把看上去比較普通，但環繞著不怎麼友善陰冷凶氣的長刀。

「捕捉流浪妖師。」哈維恩甩出短刀，把平空跳出的奇怪野獸腦袋削開，霎時青黑色液體四濺，腐蝕陣法圖文。「是陷阱！」

幾乎同一時間，底下傳來一聲劇烈轟爆，隨著爆裂火焰炸出，一團不明物體猛然從被大火吞噬的漁船裡高速噴射出來，差點擊中西穆德兩人，幸好黑鷹反應更快，倏地側身避開突如其來的攻擊。

那坨物體擦著黑鷹的翅膀落空後，又在空中炸開，從中噴出大量毒素污染空氣與風，但很快就被西穆德甩了術法圈控制住，沒有擴大範圍或增添傷害。

「嗯，感覺到了。」我看西瑞他們沒事，重新把視線放回交疊在空中的黑色大陣，肉眼暫時觀測不到，但確實多了好幾股異常的、混合了血氣和那種揮之不去的焚香味，包括剛剛被夜妖精砍掉的那隻，都帶著同樣的不祥氣味。

不知何時，我們被看不見的存在包圍。

然而，還是有不必借助眼睛或術法顯像的特別傢伙。

「找到你了！」失控的西瑞根本沒在管陷不陷阱，剛剛差點被偷襲讓他憋著氣，一到空中就直接朝大黑陣撲上去，後面的西穆德很尷尬地收回落空的拉人之手，眼睜睜看著某殺手加速膨脹……眞的膨脹了，他在黑陣法上面跳成巨大的獸形，對著空無一物的位置凶猛撞去，當場撞出一隻歪七扭八的不明物體。

然後殺手巨獸和不明物體一起飛向星辰大海。

……行吧，祝他旅途愉快。

西穆德回到我們身邊。

第二隻稍小的黑鷹融回原先的黑鷹。

隨著祖傳的黑色陣法運轉，本來悄悄落在上面想搞偷襲，卻慘被黏住的隱形存在也逐漸現出原形，那是十幾隻長得怪模怪樣、醜到各有特色，完全不正常的變異野獸，體型約莫都是小客車尺寸，稍微大一點、類似被西瑞撞走的那種卡車大小，則有七、八隻。

「有趣了。」我冷冷看著這些好像被輻射過的小怪物。

會說像被輻射過是因爲這些東西雖然本體是各種野獸模樣，卻很扭曲。例如我眼前這隻是鹿形，它的毛皮坑坑疤疤的、黑紅黑紫糾纏，幾乎九成都是光禿水泡與爛斑，讓人最不適的部分是這些潰爛詭異的野獸身上，長出很多不屬於它們該有的肢體，有的是奇奇怪怪的人類肢體，有的是某種生物的一部分，還有軟體足肢等等。

然而這樣的變形生物在被發現之前，一點徵兆都沒有，剎那間無聲無息的隱體出現在我的防禦陣法上，隱蔽度高到離奇。

所以他們舉行的儀式還弄了什麼出來？

明明在海上，結果迸出來的都是陸地獸類？怎麼不是召喚海洋巨獸？我原先還心理準備好會衝出吞天海怪之類的，現在不說期待落空，視覺效果還不太舒服。

黑色陣法除了保護結界，還有我祖先不知怎麼搞出來的安全路線，這些怪物會曝光就是因爲一腳踩在危險區，直接曝光外加鎖腳；哈維恩和西穆德一前一後沿著妖師符文出去，一路砍頭暢行無阻，簡直就是在蟑螂屋外對身陷泥沼的蟑螂進行快速收割。

兩人不約而同把正對我的那隻禿毛鹿留下來，我侵入鹿的腦袋時，意外發現這種被扭曲的變形野獸竟然留有意識，瞬閃的畫面讓我揚聲喊停：「等等，先別殺。」

夜妖精與血靈同時停止收頭行動。

收起剛剛還有點不以爲然的態度，我閉上眼睛，認眞地慢慢搜索鹿的記憶，令人吃驚的是，這隻鹿的意識裡竟然有類似生命之石實驗室那種畫面，順著一路查下去，果不其然，剩下的那些變異怪物都殘留片段相似的記憶。

這居然是一批由實驗室失敗品扭曲而成的異種。

而且在記憶裡，我還看見更詫異的存在——黑色獨角獸。

孤身、沒有夥伴的獨角獸破壞一座座實驗室，漆黑如墨的軀體像是處刑者披著黑夜降臨在邪惡之地；一血紅、一淡黃的異色雙瞳冰冷無溫，高高在上地注視著一隻又一隻失敗品、半成品、還未被實驗的生命掙扎著逃出牢籠。

這些被殘害的可悲倖存者群在火焰與毒素、黑煙包裹中回過頭，茫然地只看見黑色獨角獸消失在實驗室盡頭，然後再倉皇地繼續逃難。

實驗品大多沒有得到童話般的救贖，他們幾乎沒有什麼好下場，除了身負各種致命的實驗傷害，當時瀰漫各處的毒素盤繞在他們的身體，瘋狂與疼痛日日夜夜破壞他們的身軀，扭曲他們的神智，最後他們在喪命前被「聖神」收容，成爲「聖神」的飼養物。

這裡的聖神也很有意思。

我拼湊記憶裡關於「聖神」的片段，發現這其實是個人造神，和耶呂惡鬼王有點異曲同工之妙，幾乎也可說是被人類「製造」出來。但它沒有扭曲到耶呂那麼高等級，也沒有在獄界擁有軍隊，或是稱霸爲王的巨大勢力。

這玩意在扭曲成爲另外一種東西後，以某種方式滯留在它的原始生成區域，繼續接受祭拜與供奉，在人類看不見的地方圈養大批小怪物。鬼族僞裝成善良的神明，偶爾幫人類實現一些小心願，悄然在人類世界緩緩吞食心甘情願送上來的血肉與靈魂，手段極其高明，加上信徒的

掩護，多年來竟然沒有被公會發現。

是個相當善於藏匿的高階鬼族。

從某個記憶片段看見人類竟然還把單純的孩童、嬰兒供奉給「聖神」食用，並以此爲榮，我眞的偏頭痛又要發作了。

「可以了。」我按著額頭，向哈維恩做個手勢，在黑鷹身上端坐下來，喚出米納斯加上增幅小飛碟，水珠沉入海洋深處，以不被海洋居民與公會發現爲前提，大概搜索了下附近海域有沒有這個「聖神」的相關物。

扣除刻意設置的陷阱，復活儀式會搞到這裡來，恐怕也不是第一次了，畢竟沒有人會在自己不熟的區域裡嘗試捕捉強大獵物，除非腦殘找死。

米納斯的水珠在海域擴展出去時，哈維恩兩人也把怪物群清除得差不多了，與白色種族的淨化陣法不一樣，黑陣法基本上是直接毀滅屍體，打個比方來說，差不多等同超高溫火化，不留一絲餘灰，自然沒有毒素問題。

這個祖先傳承裡給的多功能陣地結界好像是古代妖師一族常用的術法陣之一，需要的精神力和能量不低，不過可以自動吸收周邊的無主黑色力量導入運轉，放在現今滿滿污濁的環境，負擔意外地沒有想像中大。

還可以幫白色種族淨化空氣……黑色力量吸走了，剩下的就是他們喜歡的白色咩。

我冷眼看著不斷沉入陣法的黑暗，越來越覺得妖師一族被追殺其實很沒道理，血脈傳承帶來的強大法術益處由此可見，其實許多施展後對白色種族很有利，在某方面可說是相互成就。

只因爲操作世界兵器，就必須被抹滅……嗎？

抬手敲敲又開始有點發熱的腦袋，我舔舔唇、按下浮躁的情緒，腦子重新恢復清明。

這時底下的漁船與人類似乎處理好了，先前跑來吃雞排的白袍出現在黑陣法外圍，對我們揮揮手。

我抬手開了條路讓人進來。

「那個獸王族……」白袍過來時露出一言難盡的表情。

「讓他去吧，他追求完人生眞理就會回來。」我猜十之八九是抓著大怪物在飆浪，反正海上沒什麼可以讓他破壞的，他遲早會自己歸返正途。

「呃，他撞進海底火山了。」被公會派過來溝通的倒楣袍級深沉地說。

我無言，然後看了眼西穆德，完全理解深意的血靈收武器、跳出陣法，跑去抓不知道有沒有被煮熟的獸王族。

「要賠嗎？」我突然想到學長破壞古蹟被要求賠償的事，感覺好多零要飛走。

「嗯……目前不用，但如果爆到附近住戶或污染環境就要。」可能也破壞過某種東西的白袍對我流露感同身受的情緒。

沒事，賠不用我賠，西瑞家本身很有錢。

想到他家之前的金條，我高深地點點頭，表示負擔得起。

白袍咳了聲，回歸正題：「我們從那些倖存者問出，他們是得到『神諭』來海上展開復生儀式，大致就是做一點法，然後把死者丟到海裡洗淨污濁，神會把他送回靠近陸地的地方，他將會復活，自己用腿重新走到陸地上，這個過程被他們稱為『新生』，象徵世界重新將死者生產回到世界。」

「他們有想過海洋居民的感受嗎？」一具屍體就這樣丟下來，等同大樓樓上住戶冷不防把老鼠屍體高空拋物，然後掉在低樓層住戶的陽台上。

「顯然沒有，陸地朝海洋丟垃圾很久了。」白袍說道：「本地海洋居民正想翻他們船時，發現船上出現鬼族，並開始殺害人類，立刻向外求救，沒想到漁船無預警爆炸，有幾名海洋居民輕傷。」

海洋居民想翻船的行動間接救了這些亂丟垃圾的人一命，但基於他們亂丟屍體還施行邪教儀式，還不如讓他們自相殘殺，以後就不會來搞宗教拋屍了。

哈維恩填補一些黑陣法被損壞的小符文後回到中心點，也就是我和白袍站著的黑鷹身上。

「這種儀式已經舉行很多次，不過他們先前大多在淺海域，那一帶屬於人類的地盤，污染問題比較多，海洋居民一般不會靠近。這次原本也是，但臨時得到往深海移動的指示。」白袍繼續道出從聖神信徒那邊審問來的訊息：「這些活下來的人供稱聽上級提到『妖師捕捉』，但大部分人不知道什麼是妖師，滿心以為是場特殊的復生儀式，還以為死者是天降之人……喔對，屍體被燒成灰了。」

這下真的有骨灰了。

看來我們在大樓上吃下午茶時就已經被盯上，刻意搞出一齣鬼族殘殺人類的好戲，對方為了確保我們會過來查看狀況，竟然沒打算讓信徒活著回去。

所以那個「聖神」在哪裡呢？

「可能就在附近。」白袍看向下方的公會與海上組織，抓抓腦袋：「他們已經辦過儀式，打開了降臨通道，所謂『聖神』必定就藏在某處。」

是個縮頭縮尾的狡猾神。

現在公會和海上組織到來，又死了一波小怪物，我覺得它大概會撤退吧。

不用我開口，哈維恩手裡捏著一架小飛碟早就開始對空域放出好幾個術法查找異物，腳邊還踩著一顆被他刻意留下來的虎首，腦袋底下盤踞著某種搜尋起源的術法，正在回追這些扭曲獸從哪裡跑出來的。

「總之，目標是你，小心。」白袍好心地分給我一些公會的術法水晶，交代幾句注意安全就蹦回去找他的同事們了。

我把水晶交給哈維恩。

黑陣法持續運轉。

雖說那個沒臉見人的神大約會快閃，但萬一呢？

我調出黑色力量，轉動心咒開關，嘛……先祝想設陷阱給我的「聖神」也被高空拋屍好了。

才剛想完，空中突然傳來猛烈震動，彷彿有某個龐然巨物以極高速朝我們這邊衝過來，伴隨著動盪與衝擊，傳來讓我有點耳熟的音爆聲；隨之而來的是遠方黑色不明物體逐漸逼近，由原本的一點，最後形成巨大凶獸撲過來的驚悚畫面。

然而，他還沒撲進黑陣法，便在一百公尺處迎頭撞上看不見的物體，重力加速度造成的巨響撼天，那聲音簡直像是雙方的頭蓋骨一同瞬間爆炸。

被撞出來的「東西」又撞上黑陣法結界壁，立即遭到沉重反彈，落後一步跟著凶獸的西穆德不明所以，但反射神經讓他把撲面的壓迫物體擊飛出去。

一個眨眼間遭到三連擊，隱約顯現透明輪廓的大形物體就這樣從天際直線掉落，砰的聲撞擊到底下公會大陣上，呈大字形貼壁緩緩下滑。

嗯。

聽了就覺得好痛喔。

西瑞的頭蓋骨沒有爆炸。

但是他人形的額頭出現一顆大大的烏青腫包，畫面罕見且莫名喜感。

由此可知被他撞出來的東西絕對不是一般硬度。

哈維恩無言地拿出醫療班藥物，拍在摀著腦袋打滾的獸王族頭上，很快就把那個-1-1-1的烏青狀態解除，還某殺手一個正常的腦殼。

我等西穆德上車，收束黑陣法往海面的海上組織船隻飛去，公會人員也在船隻上，這時一群人正在圍攻被撞下去的「東西」。

或者說「神明」。

這傢伙竟然還眞的躲在某處窺探，沒有趁隙跑路，可能對自己躲貓貓的能力超有自信吧，但沒想到妖師開光的衰小金口和殺手家族的鐵頭可以撞掉它長久以來的陰險藏匿，直接把「聖神」撞進公會大結界裡，一桿進洞，完美落點，不偏不倚抓個正著。

下方代表溝通的白袍也很無語，他這輩子沒看過這種場景，他大學同學就算跳傘失敗也沒正好跳進火山口。

被撞出來的是一隻全身都是刺的黑色大型條狀生物，整體臃腫且有好幾條腿足，最上兩隻抱著腦袋在大結界裡打滾。

嗯，沒錯，渾身洶湧的邪惡氣息和黑暗毒素，還纏繞各式各樣的怪異黑霧，裡頭的陰森言語多到連哈維恩都皺起眉頭。

西穆德的全壘打發揮得很好，與西瑞一前一後都打在對方腦門上，因此當公會黑袍用鎖鍊把這隻東西翻到正面時，我們先看見的是裂開的大頭和露出的骨頭。

四周一片靜默。

即使是見多識廣的白色種族，這秒也不知道該說啥吧。

我拍拍西瑞的肩膀，深深覺得這頭果然很鐵，物理的鐵。

沒。

「$#%@#&%——」不明生物發出咆哮。

哈維恩非常盡責地開口：「它說……」

「不用翻了，應該都是髒話。」我看不明生物那樣子，絕對不可能是在問大家今天吃飽沒。

「嗯。」夜妖精也不想翻譯一堆髒話。

西穆德高舉起長刀捲動術法，一鼓作氣插進不明生物的腦殼裡，順時針轉了半圈，瞬間世界安靜了，不明生物雖然沒死，但也沒力氣繼續罵髒話，只能趴在地上抽搐。

我摸摸頭，感覺有點痛。

「不會死，只是以血術插在它的腦核。」血靈見我們全體二度沉默，想想還是解釋兩句：「稍微減低一些活動力罷了。」

看起來更痛了。

我深深懷疑血靈這招是不是他們原本拿來拷問用的，光視覺就很微妙。

「敢撞本大爺，應該把它腦子拔掉！」西瑞還記得撞腦之痛，並提出更凶殘的報復。

追根究柢，撞人的是你吧兄弟！

倒楣的「聖神」被公會捕捉後，我們也不用太費心去挖對方的口供，反正公會有消息就會

給我一份。比起這隻東西，我更好奇的是破壞生命之石實驗地的黑色獨角獸，看對方熟練的模樣，就知道這些年他應該不只砸過一次實驗室，不過最讓人在意的果然還是他的眼睛。

雖然有點想侵入「聖神」的腦袋看看，然而公會和海上組織人太多了，加上經常窺探人心的宗教型鬼族可能會有什麼反制進入的精神後招，於是我暫時作罷。

目前從小怪物們的記憶畫面可知，獨角獸擁有一雙異色瞳，這與式青等人描繪的幻獸外表不符，加上紅色那隻眼睛相當邪異，這讓我大概可以猜到黑色獨角獸不出面與人接觸的原因——污染。

失蹤的黑色獨角獸遭到污染，但不知道什麼原因，他身上的污染控制在某個程度內，因而保留了意識與一隻正常的眼睛，並且依舊維持著幻獸該有的氣息、力量，讓其他人仍然把他當作擁有淨化力量的一般獨角獸。

這種狀況別說我，恐怕連公會或其他大種族都不一定見過。要知道當年黑王與三王子都是直接面臨變異，如果有什麼可以維持平衡的手段，他們現在就不是這樣子，更別說千年前屠掉的受害妖師一族，必須在完全扭曲前送他們先進輪迴。

黑色獨角獸恐怕有這層無法解釋的異常原因，這些年來才會藏居，並不斷移動行蹤。

上一次聽見消息還在守世界，如此近的時間點又出現在原世界，每次出現都還伴隨著一些事情發生，我嚴重懷疑其實對方是刻意在利用蹤跡吸引某些人的注意，引來調查，畢竟他本身並不方便出現於大眾視線。

最後一次的傳聞就在幾日前，他或許還在原世界，甚至說不定正在這片海域的某一處。

我把消息發給幻獸們，同時也傳遞給學長，希望他們可以運用公會和海上組織的方便，多多幫忙留意黑色獨角獸的行蹤。

兩邊都給我正面的回應。

處理完獨角獸足跡問題，凝神搜索海底的米納斯與魔龍傳回了反饋，確實在海域底下找到某些久遠封印。

畢竟是在別人的地盤上，我向白袍打聲招呼，說明想要下去看一下，白袍很快找來還在附近徘徊的海底居民詢問狀況。

被找來的海底居民是巴掌大的海系妖精與揹著她的白海豚。

「那個遺跡很久就在了呀。」海妖精沒有上船，仰著小小的頭顱與我們交談：「去看沒有問題，大家平常也都會去那裡玩，是可自由活動的地帶，沒有什麼限制，不要隨便搞破壞或撞火山就是。」

看來海底居民有看見剛剛某凶獸撞火山事故。

幸好公會處理得及時，沒讓火山影響太大，不然這些海底居民現在大概會換種態度，把我們直接打出海洋都有可能。

確定那塊地方可以進出，我們就做準備下海。

因爲先前有不少袍級幫我開過綠燈，所以我的信譽大概還算可用……也有可能用的是哈維恩的信譽。總之公會或海上組織沒有派人盯我們，任由我們下潛海域。

哈維恩在海上組織的船建立一個臨時錨點後，就打開避水術法，讓我們可以緩緩往米納斯指向的位置潛去。

海妖精和白海豚好奇地跟著我們，偶爾繞著西瑞或哈維恩游動，周遭也有其他海底居民時不時跟一段，大大小小氣味混亂，尤其是在感覺到有黑色力量時，我心情複雜地看著一條僞裝成旗魚的幻水魔從我面前游過去。

怎麼說呢，沒想到這地方會混進幻水魔。

那雙死魚眼怎麼看都很陰險。

我彈了個術法，把旗魚打飛出海面。

海底遺跡逐漸近了。

第五話　火焰的足跡

遺跡並不罕見。

這片海底遺跡與其他海中遺跡很相似，經歷漫長時間與海水的沖刷，表面覆蓋層層藻類、珊瑚，以及寄宿了各種我不認識的動植物，隨著水流搖擺，部分寄生物不時還會出現斑斕的奇妙光塊。微暗的周邊有著停泊在沉積物中的沉船殘骸，還有漂過去的塑膠袋等各種人類世界落下的垃圾。

海妖精抱怨了兩句這些垃圾總是撿了又出現，漂個沒完。

好心的海底居民已在周遭點亮一圈圈柔和的光，將佔地廣大的遺跡清楚照出，那些大大小小的生物色彩塊又變得更多、更奇特了。

顯露幻影的米納斯正在與另一名海妖精交談，身旁載浮載沉的小飛碟呈現一個擺爛順水流的模樣，不過漂遠了之後還是會自己游回來，幾條魚好像覺得很有趣，不時還會碰一下小飛碟。

總之，我們到了這片海域的底部看見的就是這種畫面。

我翻翻空間，找出很多水晶和小零食散放進海水裡，作爲給海底居民們的謝禮，很快地這些東西就被水流捲走。

「這處封印大概存在千餘年了，這邊的孩子們過於年輕，不清楚確切的時間。」米納斯擺動長尾游過來，說著剛剛向附近海底居民詢問來的情報：「不過據長輩們說，似乎是有一天突然掉進海裡，之後就這樣沉寂。接著百年前開始有奇奇怪怪的存在遊走這附近，但被海妖精們驅離，亡者復甦儀式約莫是七十多年前陸續出現，但通常離此處很遠，是在人類海域那邊。」

「是唷。」騎著白海豚的海妖精晃過來，笑咪咪地加入話題：「幻水魔說，那個不是復甦，只是變成鬼族了。」

看來那個「聖神」的操作就是讓信徒把死者海葬，以海水爲遮掩，之後直接扭曲亡者靈魂肉體變成鬼族，擴充成爲另一種意味的下屬。因爲鬼族正常狀況下只要不弄死，稍作僞裝後在普通人類的眼裡多半都是「不老不死」，因此就更崇敬「神明」，繼續信仰與召喚，人爲讓這些高階鬼族或邪神的存在更加穩固。

某方面來說是一個循環再利用的環保概念。

會選在這片海域可能與遺跡無關，只是碰巧。

跟著米納斯往封印處走，那裡其實也沒什麼特別，原先覆蓋在上面的沉積物被清除了，現在露出一大片異常沒被侵蝕過的灰白色石板……正確來說應該是白色的，水流拂過再度帶走一層細碎物質，石板本體簡直白得透亮。

哈維恩蹲到大約直徑一百公分左右的石板旁，抬手設下幾個顯像術法，上頭很快出現火焰色的紋路，明顯是此處封印的隱藏術法與阻隔探測術法。最近看太多類似這樣的圖文結構，即使有點年代，我還是認出一小部分。

不知不覺四周圍繞了大批海底居民，光是海妖精就有十幾位，剛剛被彈出海的旗魚又跑回來了，各式各樣奇形怪狀的海洋生物像是看熱鬧般塞得滿滿，一堆眼睛津津有味地盯著哈維恩與他手下的動作。

我游過去，一把抓住那隻旗魚超長的上吻部，把這個還在裝死看戲的傢伙拖進來。

「你是這個水域的幻水魔？」轉出黑色細線制住這條臭魚的行動，我冷冷看著僵直的旗魚。「別裝了，我們認識羅貝斯特。」

「……」旗魚上翻的死魚眼突然轉下來，活生生的一條魚詭異地出現了憤怒的表情。「臭混血出賣幻水魔嗎！」

「混你媽！人家協力重建幻水魔新生活了！」靠！這是一條純血的幻水魔，而且竟然還不知道最新消息！

「咦？真的嗎？」掙扎的旗魚又不掙扎了。

我把手放開。「真的，所以你是這水域的幻水魔嗎。」

「不是。」旗魚擺擺頭，魚臉無辜。「我和這裡完全沒關係，只是路過的單純好魔。」

「他是附近海域的喔，常常會來這裡欺負其他人。」海妖精戳破幻水魔的謊話。「超級久了，他爲了埋伏，研究透這邊海域，一定知道遺跡和鬼族的事。」周圍其他海妖精，包括一大群魚拚命點頭，看起來全都是幻水魔手下的受害者。

我重新抓住旗魚的上吻，就知道這個種族的腦殘純血只會講幹話。「講實話，不然我就把你剝了，反正你們也不會這樣死翹翹。」

「不不不！會很痛啊！」旗魚大擺尾。

「哈，烤魚嗎！大爺來！」覺得解析封印很無聊的西瑞游過來，放大的爪子插進魚鰓，把大尖叫的旗魚戳走。

「英雄好漢饒命！我說！我什麼都說！」迫切感受到生命壓力的旗魚瘋狂擺動：「手下留魚！」

爲了避免自己真的被活剝，旗魚身上閃過紫黑色的光芒，下秒轉換出人形。

「變回去！」沒鰓可插的西瑞掐住幻水魔的脖子。

瑟瑟發抖的幻水魔用孤苦無依的語氣快速開口：「這個遺跡是另外那邊世界掉下來的當時整個水域燒了三天三夜連海面上都是大火我那時候還沒住在這邊我也不知道是怎麼回事都是聽大鯨魚口述但是那條活了一千多年的大鯨魚去年也掛了！」

厲害了沒有停頓換氣。

果然生命在瀕死之際就會爆潛力。

我示意西瑞放開手，捏了個黑色的圈圈把幻水魔扣押在裡面。

「聽不懂，重講。」

說巧不巧，純血的幻水魔還眞與我們認識的魔有點微薄的關係。

如果按照人類的血緣算法，他與羅貝斯特是遠親，羅貝斯特可能要稱呼他一句伯父之類的，這傢伙年紀比對方還要大很多。

然而幻水魔日日腦袋空空在海裡欺負弱小，智商年齡比羅貝斯特小很多。

「可惡的羅貝斯特！竟然和外族交好！」幻水魔氣鼓鼓地遷怒他遠在另個世界的同族。

「應該被剝皮的是他！臭混血！」

「閉嘴，再罵一句我就把你去鱗。」按著幻水魔的腦袋，我牽動對方剛才化身術法的力量軌跡，把幻水魔強硬變回剛才的旗魚。然後一把抓住長長的上吻，果然還是這樣比較順手。

「重新講一次剛才那些關於遺跡的事。」

屈於惡勢力的旗魚戰戰兢兢地小幅度扭頭，盡量不去看旁邊虎視眈眈的西瑞。「就……以前有一隻超級大的混血鯨魚。」

我看向海妖精們，後者連連點頭，確定真的曾經有巨大鯨魚的存在。

旗魚繼續說：「那隻鯨魚活超久的，至少千年以上，連水族都很尊敬他。」

這位年長的鯨魚每隔十年就會來這片遺跡巡游，順便帶來各水域的故事，大部分海洋居民都認識這位長者。幻水魔雖然經常想對鯨魚惡作劇，但常常被看透世事的鯨魚逆襲，揍回海面。

……難怪我剛剛打飛旗魚時看他飛出去的姿勢很熟練，其他海洋居民也沒有來阻止我，原來是被打習慣了。

被打飛習慣的幻水魔就這樣一來二往地與鯨魚長者熟識，偶爾不被打飛的日子還可以聊幾句，遺跡的事情就是某次聊天時，鯨魚長者當作故事說給大家聽。

「那是很久很久以前、臭鯨魚還是小孩時發生的，某一日晚上天空燃起大火，出現巨大的破洞，遺跡從那個空間破洞掉下來，砸進海域深處。」旗魚擺擺尾，「當時整座遺跡都是火焰，即使掉進海裡那些火也沒有熄滅，就這樣一直燒，海水都被燒得沸騰，附近水域的居民躲出很遠，最後燒了三天三夜火焰才慢慢平息。」

這次幻水魔沒有說謊，四周一些海妖精多少都聽過這個故事，好心地替旗魚作證了。

我放開手，旗魚抖抖身體，很萎靡地漂在黑圈圈裡。

如果鯨魚長者說的是眞的，那麼當年他看見的就是被撕開的空間，陰錯陽差掉出該處某座破碎的遺跡。

黑色獨角獸出現在海上，是想告訴我們這點嗎？

或者獨角獸和鬼族都只是湊巧？

「解開了。」

夜妖精的聲音傳來，把我和西瑞的注意力從旗魚身上引開。

旗魚唰一下跑到海妖精身後尋求保護。

懶得理幻水魔，我們回到白色石板邊，上面的火色紋路緩緩轉動，出現幾個封鎖術法，也感覺到稍稍變高的溫度。

哈維恩在周邊設下隔離結界，把越來越高的水溫降回原本該有的溫度，避免一些靠太近的魚蝦被煮掉。

蹲在一邊看火焰陣法，我看著看著莫名其妙出現了一股熟悉感，主要是上面的爪印太眼熟了，總感覺某種族也搞過類似的痕跡。

「獸王族？」歪頭，看向旁邊的西瑞。

「對。」西瑞點點頭。「狼爪子。」

「你們覺得疑似燄之谷的機率有多少？」不是我想這麼說，實在是這爪子和火焰給人的熟悉度太高，尤其是這個火焰，從古戰場到現代，我接觸過好幾次。

「應該就是燄之谷。」哈維恩揮去向他纏繞的火絲，露出底下細小的文字。「雖無提及此遺跡來源，但這上面記載著非我族者不可輕動，輕則焚屍，重則焚成灰。」

那有什麼差別嗎？

都死了誰管你有沒有變成灰！

於是我決定發起call out。

※

「所以你又有事了？」

大海底，陣地結界張開，公會收到通報有古老封印後來看了眼，遣散部分看戲的海洋居民，設下幾個大結界，建立起更安全的環境。

然後應叩而來的人以冰冷的目光凝視著我。

話說我覺得應該很多人會認爲我叩的是學長，然而並不是，代表燄之谷被召喚的人到來時，連哈維恩都露出有點訝異的神色。

呵呵。

我怎麼會在這時候叫學長呢，那傢伙巴不得逃跑搞事，而且現在血脈偏向精靈，叫他轉炎狼，醫療班還不把我捏死。

阿法帝斯面無表情地環著手，在海流環繞與一堆魚的伴隨中緩緩下降，進入大結界內，威風凜凜，帶著某種無聲的ＢＧＭ。

「好久不見。」揮揮手，我看著熟悉的燄之谷菁英，孤島圍剿後萊恩去支援，他高度社恐的師父目前被抓回燄之谷，因此阿法帝斯就不用隨時隨地跟在木栗身邊，不過因爲他本身也很高危，所以暫時無法獨自出行。

一陣子沒見，他的氣勢又變強了，現在可以辨認強度的我發現菁英武士還眞的不含水分，阿法帝斯確實很厲害，至少他和孤島那些資深黑袍對撞時，絕對不會落下風。

甚至海面上跟隨來的幾名燄之谷戰士也都是數一數二的強者，這麼短的時間裡帶來這些戰力，本身正遭到攻擊與備戰的炎狼表現出相當誠意。

但很可惜的是，現在的炎狼也不比古戰場上的炎狼，這個時代元素與環境的混濁果然影響了很多事情，戰力就是最明顯的一種體現。

「嗯。」阿法帝斯頷首，表示打過招呼，依然是不冷不熱的態度。

「來這裡看看。」既然來的人是阿法帝斯，我就不用多餘寒暄，讓開原本的位置方便相關人士檢查封印術法。

看見爪印那瞬間，阿法帝斯皺起眉，轉向哈維恩：「如何發現的？這道封印有覆蓋隱蔽術法，只有炎狼才能打開。」

「……發現火焰力量有點熟悉後，就使用燄之谷的術法分解隱蔽之術。」哈維恩想想，還是詳細地告訴阿法帝斯。總之就是夜妖精接二連三接觸過形形色色的燄之谷成員，在各種學習下，老早就把他們的術法結構牢牢記住。

因爲近期我們很常遇到需要不同種族力量才可以觸發的封印或密地，他私下模擬了一點各種種族的氣息，剛才感受到溢出封印的火之力很符合炎狼術法結構後，便嘗試在術法加上假氣息，沒想到還眞的打開隱蔽術法，露出下方的眞正封印。

這種手法倒是和學長上次勘破種子的方式有點異曲同工。

阿法帝斯並沒有因此有什麼特別的表示，大概活得久的他見過不少這類手法，或是他本人也很常幹這種事情，弄清原委後就把專注力放到封印陣法，過了一會兒才說道：「這處封印用假氣息最多只能解除外層的隱藏術，下面就不行。」言下之意，要打開真正的封印還是得炎狼出手。「幸好你沒有繼續強攻，否則裡面還藏有殺戮法術。」

語畢，燄之谷的武士張開雙手，屬於炎狼特有的術法圈覆蓋到封印上，封印陣發出極細微的輕嘯響，識別出血脈後便開始與同族的力量形成共鳴。

這一趴等待不用很久，大約兩、三分鐘後，火焰組成的封印符文逐漸鬆解，像機關被解開般一個個上下左右閃開，最後形成環狀圍繞成一個大圈；隨之白石板發出聲響、從中裂開，露出底下的黑暗通道，通道內意外地非常乾燥，某種術法阻隔了外頭的海水，一滴都無法進入，就這樣靜靜地等待千年後的訪客。

「沒有危險，只是置放物品的地方，真正危險處只有那層封印，觸動殺傷性術法的當下會啓動內部自毀，完全崩解所藏物品與空間。」阿法帝斯收掉血脈共鳴的施術，帶頭跳下看不清的黝黑洞口，隨後一道火焰螺旋燃燒捲進通道內充當照明。

既然他這麼說了，我也跟著跳下去，西瑞與哈維恩尾隨，西穆德則留在上面警戒。

在上面看的時候就覺得這片遺跡滿大的，約莫有一座足球場大，沒想到深度也不小，至少我們不是啊兩聲到底，而是啊啊啊啊啊一段才到底，以之前一路叫下去的經驗，可以估算差不多二十樓左右。

踩著火元素輕巧落到底部，前行的阿法帝斯已將周遭點亮，可以看見落點位置是一條幽長走廊的起點，寬闊的長廊兩側上方各綴著一排雕刻華麗又精緻的燭台，繁複又不盡相同的裝飾塑像猛一看不太像炎狼的風格，反而像是某種妖精的手工藝。

唯一比較像炎狼的部分只有牆壁上的爪痕。

「這不是燄之谷的遺跡。」已經回到聊天室的米納斯慣例利用水拓印牆面上的圖文，水流在我面前勾勒出很明顯的妖精文字。「岩妖精的敘事，只有留下一些妖精的歷史，大多是他們神殿的記錄，未解釋遺跡爲何在此。」

「這裡是岩妖精聖殿，千餘年前曾被邪惡入侵，引發附近一帶空間錯亂，許多族人被囚禁，當時曾求助燄之谷。」注意到我們拓印記錄的動作，阿法帝斯微微側過頭，淡淡地說明：「燄之谷前來的軍隊截斷了被影響的後殿，並將盤據其上的邪惡以向火流河借用的烈焰焚燒。」

「……你該不會是事主吧？」說到軍隊，我想到眼前這位就是可以出戰的菁英，而且千多年前對他們來說好像也不算太久。

「沒有。」阿法帝斯搖搖頭，接著說出更讓我意外的話：「我無法時時刻刻、永遠地跟隨公主。」

……

……聽起來好遺憾喔。

啊靠夭，我突然覺得沒有叫學長好像是個錯誤，回去可能會被某記仇的小少主打飛腦殼。

這是學長他媽砍過的遺跡啊！

難怪火焰會在海中燒這麼久，第一公主的手筆呢。

……要不然等等拓印個狼爪當伴手禮好了。

「你們有淨化海洋生態嗎。」我默默看著阿法帝斯。把污染物砍到這裡來，還用火流河的力量燒了三天三夜，該不會順便帶來海洋危機吧？

阿法帝斯甩頭繼續走他的路，完全不想理我了。

「白色種族通常會淨化、收拾戰場。」哈維恩同樣點點點了幾秒，在我身邊回答。

眞是好習慣。

等等，所以黑色種族打完就跑的嗎？

長廊的終點是一面巨大的白石牆面。

一反先前兩側的敘事風格，這片砸下來可能我們會當場團滅的厚重巨牆上的刻畫看起來相當獸王族，直接就是兩匹威風凜凜的炎狼一左一右端坐，居高臨下，氣勢迫人的威壓透出石牆，沉重地按到來訪者身上。

阿法帝斯有瞬間露出很明顯的嫌惡表情。

……看起來模板是認識的狼。

或許是有谿之谷核心人士帶路，我們竟然一點阻礙或陷阱都沒遇到，就連這面明顯附著強大力量的石牆都在阿法帝斯的術法操作下無痛打開，默許來者進入，簡直快速通關。

一踏過石牆，我瞬間感受到一股沉重的黑色氣息撲面而來，緊接著是巨大空曠的空間在眼前展開，佔地比我原先想的還要更大，至少超過上方遺跡表露出來的三分之二了，很顯然當初被砍掉的重點就是這個空間。

而這個空間的正中央，飄浮著一團黑漆漆、籃球大小的黑球，這玩意擴張的詭異氣息比它本身還要龐大很多倍，幾乎填滿整個封印之間，它的周圍還隱隱有點扭曲的波紋，散發無聲無息的威脅感，拒絕被外來者接近。

當時鬼族入侵造成空間錯亂，岩妖精不得不請求炎狼協助，最後還動用火流河……所以這是當年遺留的無法處理的污染物？

那也不對，如果是無法處理砍到原世界海裡，他們哪來這麼好的心情花時間搞了那道石牆關卡，還把這裡面原有的裝潢都清除掉。

是刻意留在這裡的？

阿法帝斯止步在入口處，跟在我旁邊的哈維恩走上前，張開黑色法陣包裹黑球及那些扭曲氣流，暫且壓制住可能會出現的危險，接著才伸手在術法符文上面操作。

我微微瞇起眼觀察封印間裡滿布的黑暗力量。雖然無主，然而這些留存的能量卻帶著說不上來的奇怪感覺。

順手把最靠近門口的一波黑色吸收掉，避免這玩意繼續讓在場的白色種族不適，吃掉那瞬我知道詭異是哪來的了——這些力量以前是從邪惡存在身上掉落，雖說製作封印的人淨化過，但顯然因爲被封印物的因素，並沒有淨化得很徹底，留下些許邪異感，吃多會影響情緒。

以前的我可能會被這東西拉扯心緒，如同剛踏出學院沒多久、比較神經質那時候，但現在可以用純黑血脈衝它，所以這點殘留邪惡被直接融化掉，搞不了什麼事，同樣可吸收黑暗的哈維恩亦同，因此不用擔心他。

「嗯？」處理掉室內其他比較大片的怪異氣流，我察覺到異狀回過頭，有點意外地看見西穆德居然出現在走廊這端。「怎麼跑下來了？」他不是在上面盯入口嗎。

「有大批鬼族聚集過來。」西穆德看了眼正在處理黑色力量的哈維恩，說道：「公會與海上組織、燄之谷正在封鎖海域，但已闖進不少高階鬼族。」

看來這才是那個倒楣神明的後手，我就覺得奇怪，他們在已知我可以把他們打飛出去的情況下，為什麼捕捉陷阱還這麼粗製濫造。

「進來時我啓動了這塊遺跡隱藏的保護結界，短時間內他們無法侵入。」阿法帝斯邊說邊走向哈維恩，替他排除幾個冒出來的火焰術法，接著抬手取出空間內隱藏的幾塊陣法，調動著將遺跡下方的防禦加強。

「還要很久嗎？」我確實也感覺到外頭海域逐漸升高的扭曲氣息，以及某些越來越沉重的黑暗逼近，那些就不是鬼族了，來襲者數量極多，目前正在收拾海洋污染的公會等勢力恐怕會應對得比較吃力。

「十分鐘。」哈維恩給了我答案：「封印術法有點複雜，需要時間破解，但不麻煩。」說完，他就將全副心力放在黑暗封印上。

阿法帝斯沒有反駁他的預計，兩位善用術法的人沉浸在各自的解術中，一個專解白色封印，一個專排除黑色封印物影響，不時還相互合作，看上去相當和諧。

「打架囉！」一直興致缺缺的西瑞發現在這裡他眞的只能無聊、而樓上免費送來一堆砲灰後，整個從遊蕩狀態變成出戰狀態。「大爺衝一波！」

說完，人就跑了。

老實講，我還是滿羡慕這傢伙始終如一的心態，眞的有夠棒。

不過也有點對不起他，感覺好像一直沒讓他打盡興的樣子。

確認了阿法帝斯兩人暫時不需我們幫忙，我和西穆德離開封印間，沿著長廊回到海底遺跡。

如阿法帝斯所說，除了公會的結界還在運轉外，以這座遺跡爲中心，四周已經張開了層層偌大的保護大陣，上面密密麻麻的燄之谷文字、充沛的強悍力量，足以震懾一部分敵人。這些結界或術法都沒有隔離友善生物，一些爲了躲避鬼族的海底居民發現在這裡不會被攻擊後，全都避進結界內。

於是我們離開通道後，首先看見的就是滿滿的各種海底生物。

一點都不誇張，我想出個陣法就被不同的魚撞了七次、龜撞了兩次、海妖精撞了一次……

總之各種翻滾衝撞，到處都在吐泡泡，最後好不容易才離開保護結界，還差點被不明的好心海洋居民拉回去避難。

與結界內清淨的海水不同，外面的洋流漂散著一縷縷細絲般的黑色氣息，帶著扭曲的毒素與邪惡，猶如一條條急於尋找宿主的寄生蟲，乍看下有萬頭攢動之感，視覺上讓人極為不適。

隨後，開始有鬼族的斷肢下沉，大部分殘肢都在離海面不遠的位置就被各種術法化成灰，但還是有一、兩塊殘破血肉躲過術法消融，隨著水流亂漂，帶著黏稠的烏黑混濁隨波擴散，與毒素混合後殺死許多來不及逃難的海洋生物。

燄之谷戰士雖強，但在茫茫大海裡戰鬥力還是略打了折扣，只能把戰場放置在空中，不斷把鬼族往上拖曳，水面及水下由海上組織與公會負責，這麼一來就有些無法顧及之處。

我設置好幾顆收集這些黑色氣息和肉塊等物的術法球，讓米納斯的水帶著這些小玩意跟著漂出去，然後尾隨西穆德上浮海面，看看「神明」的眞正陷阱。

「黑術師。」

魔龍的提示聲在顱內響起，但很悠閒。「正好檢測看看你現在的程度。」

「嗯。」右手抓住浮現的長刀，衝出水面的那一刻我猛地揮刀擋住正要襲擊海上組織成員的黑術師，然後左手轉出來的槍朝對方腦袋送了一發，當場爆出烏漆墨黑的液體。

海上組織成員雖然有點訝異，但立即往後退，非常有自知之明地讓出戰區。

分辨了一下，雖然是黑術師，但不算很強，給我的感覺不像是百塵那掛。

「妖師。」黑術師維持著被打爆頭的姿勢兩秒，重新把腦袋移回原位，再抬頭時子彈造成的痕跡已經消失，坑坑疤疤的陰森臉上露出滿意的笑容，好像看見美味的餐點或食材，笑得相當猥褻。「果然無誤。」

我不動聲色地瞥了眼空中，黑術師帶來的十幾頭魔獸正在與燄之谷戰士纏鬥，不遠處火焰環繞飛舞，炎狼們正以最快速度將這些魔獸燒成灰，但就像先前所感覺，魔獸數量太多、毒素實在濃重，他們就算用火焰隔出戰場減低傷害，卻也暫時分不出人手到海面上支援。

這時，海上組織輪船的另外一側發生爆炸，那隻神明的氣勢劇烈鼓漲，上升速度之快，眨眼便突破正在壓制它的公會成員與陣法，轉出的爆裂漩渦撞開四周人員，讓神明嚎叫著闖出一條往天空的生路。

然後被西穆德一刀劈歪路徑。

乒的聲巨響，「聖神」身上出現又深又長的刀口，殺戮血術貼附在傷口上，竟然影響了「聖神」的恢復速度，逼得它不得不撕掉那部分皮肉，好重新生長。

恢復全盛時期的血靈轉動手上長刀，冷漠地凝視著「聖神」，同時吸收這東西身上瀰漫的戾氣與死亡腥氣。對白色種族來說是劇毒的黑暗，現在化爲血靈的食糧與戰力，源源不斷提供補給。

不得不說，血靈開始全力運轉後，他的對手基本還可以提供他食物，感覺身爲敵人就是件很吐血的事情。

「聖神」當然也發現了與血靈戰鬥的眞正可怕之處，陷入暴怒，開始所謂的「神通」，隨著它發出詭異的吟唸咒術之聲，奇奇怪怪的黑綠色毒霧大股大股從它身體湧現，往周圍快速擴散，翻騰的濃稠霧氣裡發出絕望的哀號與鬼魅的嘶吼，使人毛骨悚然。

那種聲音完全不像人類或已知生物發出的，感覺充滿了痛苦和詛咒，震動空氣的慘烈聲響讓比較靠近的海上組織成員倒抽了口氣，摀住耳朵往後退開很遠一段距離，但仍不免被影響，露出一絲疼痛的神情，當然也逼停西穆德的「進食」。

「那可以吃嗎？」我抬手以刀身結陣擋住迎面來的攻擊，順勢再往那方向甩出幾個貼在海面的阻隔陣，邊詢問魔龍。

「不要。」魔龍對神明弄出的東西感到很嫌惡。「亡魂術法，都是髒東西，跟屎一樣。」

聽起來是可以吃，不然他不會說不要，而是直接拒絕說不行。眞挑剔。

「去吃吧。」我抓住想逃跑的暴食小飛碟，直接丟向西穆德。

誰管他有沒有在聊天室罵髒話呢。

夏碎學長送的雙長刀其實很好用。

力量充沛，滿滿的陰暗。

但就是太過好用了，先前用習慣殘破兵器和斷刀走天涯的我還眞的要多適應幾次，否則老是下意識把刀距抓短。

我再度擋下黑術師的攻擊，然後用兩頭黑獅撞擊對方，一點一點地遠離海底遺跡的位置，來回打了幾招之後，我突然發現好像哪裡怪怪的。「招生語呢？」

最近都不太講了，少掉一點毆打的動力。

黑術師依舊沒有吐出招生語，一昧地對我使出各式各樣的污染毒素與詛咒。

眾所皆知，妖師不怕黑暗、血氣，但扭曲污染超載還是會中標。

感覺之後他們都要走這個路線來宰我們了。

眞是離譜，堂堂手握世界兵器的黑暗大族竟然不能自體淨化毒素，到底是哪個腦殘做這種設定！出來保證不打死你！

看四周毒素越來越濃郁，明顯早就準備好脅迫不成改演殺人滅口。

我往後退兩步，黑獅在我面前化爲盾牌，包裹住大量毒液捲成球往旁邊飄開。我們下方畫出黑色陣法，陸續已囤積了五、六顆毒素球，原本想給他潑回去的，不過黑術師本身都扭曲了，潑回去他頂多更加扭曲，沒點屁用。

所以我決定潑高級無敵霹靂昇華世界的超強化王水。

轉動米納斯翻成二檔，直接對黑術師十幾連發，王水浴三秒後到達現場，一開始黑術師還以爲只是水系攻擊，等他發現內含超級王水是整個人都被包進去之後的事情，同時我注意到這隻黑術師也會高速恢復，不曉得是不是和那堆有毒的黑術師同樣原理，總之我把他整個人包緊緊，只露出上半顆腦袋。

剛好把嘴巴舌頭都埋進去溶，不用聽到尖叫怒吼狂暴，妥。

確定把黑術師固定好後，我用手按在黑術師的腦袋，直接讀取他心裡的陰暗與邪惡語言，有趣的是這傢伙和正在與西穆德等人糾纏的「聖神」竟然還眞的不是黑暗同盟系列，也沒有跟邪神什麼的合作，這黑術師與「聖神」直接就是一組搭檔。

這兩傢伙一起躲躲藏藏在原世界匿蹤許久，平常沒什麼碰面，近期因聽到流浪妖師的傳聞，加上他們有鬼族發現我在都市裡的行蹤，才臨時起意想利用出海的信徒賭一把，畢竟他們經年累積，有一定的實力，說不定眞的可以把流浪妖師污染之後收爲己用云云。

踏馬的信徒接迎「神」的召喚通道，就是打開來給這傢伙秒運送鬼族、魔物大軍用的，不然靠它自己開，弄出的波動應該瞬間就會被公會或其他種族發現，分分鐘鐘打個團滅。

黑術師兩人對我的實力判斷還停留在兩個多月、或是更久之前，原世界這邊消息傳遞得有點慢，還沒有去核實，只在最近聽聞我脫離本家，評估了下對付我和一隻夜妖精或許不需太大戰力，就興沖沖地整軍跑來。

太衝動真的不好。

他們甚至消息不靈通到沒注意有個血靈會不定時在我們周邊出沒……啊也有可能是因爲西穆德砍人很常快閃，造成敵方不太確定究竟血靈是路過還是常駐？

攪動黑術師的腦袋，沒想到他拚命想要覆蓋心語的剎那，意外看見眼熟的痕跡。

狼爪子。

爪子的模樣與遺跡密室裡的幾乎一樣……有趣了。

五指緊扣對方腦袋，我把他的臉和嘴巴拖出來，被溶化到整張臉凹陷的黑術師過了幾秒臉才復元。

「來，說說吧，關於這片海域裡的遺跡與炎狼你知道哪些。」我嗅著血肉皮骨腐蝕的臭味，看看王水球裡繼續潰散的血肉，再次把視線放在對方血肉模糊的臉上，邊捏著增幅小飛碟，邊慢慢地灌進恐怖力量，一點一滴侵蝕黑術師的心神。

黑術師蠕動嘴巴，幾度反抗，最終還是邊嗆咳邊不由自主地吐實：「她很強……」

「像火焰的化身……」

「操控脈絡力量橫掃一切……」

從黑術師翻滾的腦袋裡，我同步到了一幅幅似乎定格般的艷麗畫面，剽悍颯爽的狼公主踩著能把邪惡灼燒的烈火，像是太陽從天空落下，高展起火焰雙翼，所到之處逐盡黑暗，大批鬼族四散而逃，幾乎就是另外一位狼王的翻版。

當然，不是臉那種翻版，畢竟公主與母親長得很像，而是強大到使人炫目，無論走到哪裡都熠熠生輝的相似。

這些畫面強烈震撼到黑術師，至今依舊清晰記得。

狼公主將遺跡劈進原世界海域，淨化整片海域後過了一段時間，公主意外地孤身一狼重返海底遺跡，做了什麼外界當然無從得知……但待會兒我們大概會知道吧。跨越了千餘年的現今，阿法帝斯和哈維恩即將解開這一點點小祕密。

很久以前還是個小小中階鬼族的黑術師，在炎狼離開後試圖查找公主動了什麼手腳，後來又陸續會同「聖神」潛入調查數次，始終未果，「聖神」會把這裡當作海祭地點，主要就是偶爾他們會再去遺跡搜查看看。

說不定是個時限性的祕密呢？又或者哪一天會有人碰巧解開呢？

然後就踢到鐵板了。

有時候情報不足的狀況下真的不要太自信，試試就逝世了。

我鬆開手，搓了塊黑暗把手上的骯髒污穢吸乾，接著將黑術師再塞回王水球裡，多上了幾道枷鎖，打算待會交接讓公會自個兒去處理。

乘著黑鷹下到海面時，那隻奮起的「聖神」又一次被控制住，明顯變多的公會人手覆蓋了層層牢獄到「聖神」身上，融合大量死魂的黑綠色毒霧也被西穆德不知道用什麼方式凝停在原地，而終於打光魔獸的燄之谷戰士們趕回來緩解了進攻威脅。

比起剛剛，黑霧少了一大塊，旁邊是半張著嘴巴的小飛碟，看起來就是吃到髒東西嘴巴發麻的模樣。

因爲聽到死魂各種亂七八糟的惡語和哀號，大多沒什麼意義，這些「死者」的理智完全被消融，連一個可以好好吐露正常語句的都沒有，我乾脆暫時關閉黑暗語言的頻道，讓耳朵清靜一會兒。

遠端，西瑞千里迢迢地跑回來。

一旁的公會白袍解釋剛剛有個幾乎要進階爲黑術師的鬼族被殺手擊飛，把高階鬼族打超遙遠的西瑞，另闢戰區歡快地去把鬼族大卸八塊了。

看起來是壓倒性打贏。

這時候海底傳來小幅度的震動。

嗯，十分鐘到了。

剛這麼想，準時的術法二人組很快就從海底遺跡冒出頭。

阿法帝斯一臉難以言喻，哈維恩則是平平淡淡。

封印裡的東西有問題嗎？

我疑惑地看向夜妖精。

「離開此地再說。」哈維恩讀懂我的表情，低聲回應。

那阿法帝斯的表情怎麼會這麼糾結？

想想，我還是發問了，替我解答的仍是夜妖精。

「我們取走東西之後，放了替代品，然後重新關閉封印。」哈維恩平鋪直敘地說，講得好像放了什麼正常的小玩意。「靈感是上次重柳聖地。」

重柳聖地？

重柳聖地有什麼靈感……喔靠！你放了顆地雷在裡面嗎？

突然懂阿法帝斯的反應了。

下個沒有好好解術法就打開封印的，除了可能面臨原本就有的殺陣外，還會砰一下，直接從海底炸到天頂、噴射高空，而且體驗者還有機率是炎狼族的人。

不過按照阿法帝斯的性格，應該會用炎狼知道的方式標記警語，看來會炸到的有可能是不好好看完說明的炎狼，再來就是其他入侵者了。

好像也不是什麼大問題。

第六話　雲層之後……

「太難吃了！智障弱雞！下次再亂丟本尊，本尊就把你吃了！」

小飛碟回來之後，魔龍開啓大量的碎碎唸抱怨，對於他這次的食物眞的充分展現厭惡與火氣，連被水流噴走都還不肯放棄繼續貼臉暴跳。

說難吃還不是吃了，我只是把你丟出去又沒有控制強迫你吃，忍不住怪誰。

「……你媽的血靈把『暴食』直接壓進去！」魔龍超氣，還眞的不是他願意去吃那些，而是來自於同伴的捅刀。

喔，看來西穆德聽到我說的話，以爲那是命令……咳，不得不說執行力也是很厲害。想想我還是安撫了魔龍兩句，給他一顆剛剛從黑術師那邊吸來的邪惡能量，以免他眞的抓狂回頭來咬我們。

周遭的公會與海上組織並沒有過來干擾我們，反而將黑鷹附近淨空了，禮貌地給予很充分的空間，阿法帝斯也吩咐族人去協助收拾戰場。

正好，我們要討論的事情還眞的需要空間。

哈維恩布下一層隔音結界。

我將剛剛從黑術師那邊讀取來的狼公主足跡告訴其他人。

「燄之谷沒有記錄殿下的這次出行。」熟知公主生平大小事的阿法帝斯想了想，繼續說道：「但公主極常獨自歷練與探索冒險，所以類似這樣的隱密行跡並不罕見。」

「公主使用海底遺跡的目的倒是很明確。」已經解開封印的哈維恩說：「將某些物品藏匿起來，或者是分散藏匿。」他的食指在空中畫了一個圖印，經過阿法帝斯的解釋，是第一公主常用的藏寶印，按照圖印的不同，有些可以指出下一個放置地點。

他們在海底解開遺跡後，除了得到封印物品、大量黑色能量，就是這個新地點的指標。

「這是兩個一組的藏寶印。」阿法帝斯看著散去的圖印，輕聲地說。

「繼續走一趟？」我看著隱隱透出一絲懷念的阿法帝斯。

「嗯。」炎狼點點頭，沒有拒絕。

看來要去重柳族而預留出的準備時間，大概不夠再去看一眼我老媽他們了，只好等從聖地回來再說。

我們交談之際，公會趕來了幾名資深袍級，海上組織亦同，雙方協調好怎麼處理入侵這片海域的邪惡，依舊是白袍代表向我們解釋處理程序。

善後我沒什麼意見，所以轉交了王水球和所有毒素球、陣法的控制權，提前拿了公會現場獎勵，直接無事一身輕。

阿法帝斯也讓燄之谷戰士們暫時留下幫忙，畢竟先前被邪惡進攻過，這些戰士應戰上很有一套，可以成為最佳的攻擊力。

「大爺要調小弟過來幫忙盯著嗎。」西瑞大概是注意到我有點擔心黑術師和「聖神」可能會再次暴起——畢竟這些東西不死就有一定機率繼續搞事。

「不用，這裡的人夠了。」我可以感覺黑術師和「聖神」的力量降低到一個臨界點，目前來的資深袍級與戰士們足以應對，思考兩秒，隨手彈隻黑色小鳥出去做個預防。

「好。」西瑞點點頭。

時間有限，既然圖印上有下個位置的標點，我們就不再滯留。

「出發吧。」

※

二度被轉移到的地點在深山裡。

這片區域一點異常都看不出來，我們抵達的位置入眼可視範圍全是普通高山森林，幾步內冰冷霧氣瀰漫，繚繞在樹木與土地之間，模糊掉更遠處的景色，空氣潮濕迷濛、還有點稀薄，顯然海拔相當高。

勾動手指，我讓米納斯收走周圍的水氣，霧嵐散去，瞬間視野變得開闊清晰許多；不過一眼望去，所見依舊是層層疊疊的高山野林，高聳的樹木像複製貼上般連綿，偶爾傳來些許小動物的動靜或是偷偷窺探的單純眼神。

「就是這裡了。」哈維恩與阿法帝斯解析出來的座標點不偏不倚就在西瑞腳下，踩個正著的某殺手往後跳開兩步，然後又伸腳往那處踩踩。

「沒啥感覺。」西瑞歪頭。

有感覺你搞不好就被炸飛了喂。

「用這個。」阿法帝斯把圖印勾勒出來，小心翼翼地貼到地面，配合他們燄之谷特有的辨別術法，幾秒後空無一物的地面突然燃起明亮的火線，火焰並沒有燒到地面任何東西，平空轉出偌大的術法陣。

陣法中心，一大團火焰緩緩凝結成形，最後踏出兩人高的烈焰之狼，火絲交織而成的雙眼冰冷無機地注視我們，好似沒有生命或自我意識，最後落在阿法帝斯身上，火焰突然明亮了下，接著發出女性輕輕的笑聲——

「哎呀，是你啊，小阿法。」

阿法帝斯深深仰望著陣法幻影，慎重且嚴肅地朝炎狼一躬身。

「哈哈哈，還是這麼認真啊，活得輕鬆點嘛，看著天空笑一笑。」焰之狼發出愉快的嗓音，明亮舒爽得讓聽者也被感染快樂的心情。「去吧，帶著你相信的這幾位，是你的話就可以。」

說完這些話後，火焰聚成的形體化散，再度恢復成熊熊烈焰，融回陣法當中，並且自中央打開一道門扉。

一直以來對炎狼第一公主的事蹟多是聽說，現在看著她留下來的幻影，突然好像知道爲什麼當時那麼多人願意追隨公主前往戰場。她與我在古戰場遇到的那位燄之谷先輩在某方面有點相似，也與三王子有些類似。

是位讓人看著就能感受到快樂的公主。

跟隨阿法帝斯，從陣法打開的「門」進入後，我們先遇到的是個小傳送陣法，這個陣法把我們傳到更底部的地底位置。

與海底遺跡截然不同，出現在眾人面前的明顯是以人工開鑿的簡陋洞窟。這個四四方方的內部空間基本是驅使高溫烈焰簡單粗暴燒煉出來的，牆壁地面等處有刻意壓平的光滑燒痕，粗糙但又帶了點細心的工整。

空間大小約莫是個五十人教室，略有點壓迫，所有牆地貼滿了各式各樣隔離術法、符文，徹底封鎖，確保裡面的東西乃至氣息一點都不能洩露出去，像個超級保險箱。

而這個保險箱正中央，飄浮著……好幾顆生命之石。

更正，全都是失敗的生命之石。

「……公主是抄了多少實驗室？」我算了下，總共五顆，每顆都飽含黑暗與死亡力量，幾乎是失敗品裡的頂級作品了，不用想都可以猜測得到這些東西裡全都塞滿數不盡的亡魂。

旁邊魔龍不知道什麼時候跑出來了，一排小飛碟在他旁邊展開，虎視眈眈，如果不是米納斯也跟著堵在他身邊，他可能已經撲上去把這些全吞光。

這答案連阿法帝斯也不知道，他很鬱卒地發現自己完全不曉得來源，第一公主起碼抄了五間以上的實驗室都沒帶他一起玩。

西瑞一巴掌拍在炎狼青年的肩膀上，然後又拍拍兩掌，無言地幸災樂禍。

藏匿生命之石的此處同樣有禁制，解開需要時間，這裡的封印比海底的更多也更麻煩。

當然這些東西是絕對不可能讓它們出世，我打算在這裡讓魔龍直接吃掉當中四顆，然後留一顆給墮神族那邊——他們不知道復原得如何了。

說起來，我突然想到先前墮神族首領說過妖師分支向他們借過山做研究抗毒素的藥物，結合近期我們得到的一堆不明種子加上那張藥單，是否可以合理猜想他們其中一個研究就是想要復育那些種子？

嗯……到時問問，還有墮神族以前好歹也是個山神，說不定可以辨認，甚至培育那些植物，都把他給忘了。

我把大概的想法記錄一下，等出去後連假石一起發給黑王，請他幫忙代轉。

得知假生命之石的分配，魔龍非常高興，完全不追究剛剛吃垃圾的事情了，化影一直在哈維恩和阿法帝斯兩人身邊轉來轉去，嫌棄他們解術很慢，居然乾脆開口教學，一張嘴就是一連串斷層級的古代高階術法。

……靠！我就知道這傢伙藏很多。

阿法帝斯對這個分配沒什麼意見，他也認同當場處理掉假生命之石會更好，帶出去大概又會引起新一輪爭奪，尤其是現在根本不平靜，異靈頻出、魔神甦醒，這些東西的存在非常危險。

而魔龍吃掉後我也可以透過小飛碟得到能量反饋，可以算得上皆大歡喜、最完美的處理。

西穆德和我們同樣一起被傳到地底洞窟，大概這種地方都是火系陣法沒什麼影子可以躲，他便沒有藏匿身影，直接站在傳送點旁豎刀警戒。

「對了，剛剛海底藏的是啥？」西瑞自己轉兩圈之後覺得無聊，跑去哈維恩他們身邊打擾進度。

阿法帝斯丟了個盒子給西瑞，西瑞咧嘴捧著已經解開封鎖的盒子跑向我。

於是我們兩個蹲在地上，開箱打發時間。

「嗯？啥鬼？」

開箱之後沒有爆出寶藏也沒有出現什麼超華麗或閃閃發光的東西，只有一小塊黑漆漆的不明碎片，西瑞原本高漲的情緒瞬間砍掉一半。

這次換我去打擾哈維恩了，畢竟我的重要道具很多都在他身上。

拿回來的木盒一打開，裡面是安安靜靜躺著的幾塊黑色碎片……沒錯，就是以奇達嘉爲起始、被白陵然甩鍋，最後莫名其妙蒐集任務丟到我身上的那些小東西。

海底遺跡內存的赫然是一模一樣的黑色碎片。

我脫離妖師一族時，白陵然沒有把木盒收回去，默認繼續放在我身上；這個蒐集任務從開始就沒幾個人知道，因此也不會有妖師族人跳出來抗議，不得不說然確實私下給予很多信任和特權。

現在碎片足夠多，我就著手把這些碎片取出嘗試拼湊，沒想到還眞的可以相互銜接嵌起，出現了殘缺的原本模樣——是顆球。

現在進度是三分之二，看樣子我們只要再找到一大塊或是兩片，就能恢復這個看似很重要的不明物體。

重新把黑碎片封回木盒，我和西瑞索性原地坐下等候前面竣工，同時繼續吸收我體內的魔神力量塊與學習血脈傳承。

第二、第三個傳承等陸續出現後，我深沉地發現原來上次爆破異靈那玩意還眞的只是最簡單的，只要抽空藍條和一些血氣就能驅使，後頭的甚至還會吃人，以及是可以碾碎各種東西的強悍攻擊性術法。

最危險的還有個針對魔物的獻祭大陣，燃燒別人的生命達成基礎核爆攻擊，光看就覺得超不正派，雖然上面沒說明，但我覺得這玩意八成在現代已經被標記爲禁術，我隨便拿出來用十成十要被一些正義派追殺剁到底。

放置傳承的那些先輩到底是把後輩設想成什麼?準備毀滅世界的人間兵器嗎?

傳承看起來在一般生活上都不適用啊!到現在爲止大多都是拿來毀滅敵人。

即使如此，對目前的我來說還是很有用就是，不論爆破異靈、對付獵殺隊，或是黑暗同盟，甚至是海域「聖神」那些妖道角。

現在的我還眞的需要震懾他人的力量，而非好好生活的小朋友教學。

不多時，哈維恩他們那邊解好封印，魔龍喜孜孜地吃掉四顆假生命之石，原地開始消化，最明顯的是一架小飛碟漸漸變異，原先只有增幅作用的小飛碟A，四處閃爍瞬閃亂飛，居然附加上了類似瞬移的技能，變成增幅小飛碟MAX版。

「流星。」魔龍消化之際，把變異小飛碟的新名字告訴我。

……爲什麼是流星？

不是瞬移嗎？

魔龍四處張望了一會兒，可能是空間太小，只開口：「出去再演示。」說完他就不理我了，繼續去消化他的四顆假生命之石。

因爲四顆生命之石蘊含的力量非同小可，同時空間裡還有些術法沒有完全解讀，爲了避免各種微小但又可能會出現的意外，最終大家還是一致決定邊等魔龍消化到一定程度，邊解讀剩下的術法，再離開這個隔離空間。

大致在我快把體內第二個力量塊吸收完畢前，阿法帝斯與哈維恩找到了第一公主留下的比較重要的訊息。

雖說重要，其實在我們這時代看起來也還好了——主要是敘述第一公主剿滅的六座實驗室，其中一間沒有假石，五間存在假生命之石，並記載了發現地點與當地勢力。

然而距離發現那時經過了千年，當年狼公主已將實驗室踏平，時至現代，哈維恩幾人將自己所知拼拼湊湊，這些地點幾乎都在被淨化後重新進駐各種族，有的甚至變成城鎮，基本應該找不到實驗室的痕跡了。

第一公主並沒有記錄為什麼會獨自清剿這些實驗室，僅僅寥寥留下這幾句，並說明當下她因為某些原因暫時將這些假石進行封印，如果有族人先發現這處，再請狼王過來銷毀。

我看看阿法帝斯，又看看魔龍，銷毀是不可能銷毀了。

幸好阿法帝斯對於銷毀或吃掉都沒意見。

不過這也側面說明了製造生命之石的動作似乎集中在某個時間點，但也同時有人在銷毀這些東西，強硬終止各處實驗室，所以假石的流傳才意外地少，至今不太有人知道。

總之我們還是只能先拓印下這些記錄與術法，稍後再讓阿法帝斯帶回去詢問狼王。

又稍微等了一會兒，魔龍發出可以閃人的訊號。

於是，我們離開了這處密室。

連續發掘兩個隱藏空間後，我也隱約發現點問題。

第一公主雖然留下爪印與記錄，但沒有標示該有的姓名……應該說，一直以來，我大多都只聽過他們稱呼她爲第一公主，或是巴瑟蘭等等簡名、暱稱或姓。仔細想想，好像眞的沒看過或聽過整段完整的全名。

或者應該這麼說，我很可能在哪裡看過全名，畢竟去過燄之谷，還見過雕像、聽過事蹟，但詭異的是我不記得，完完全全沒有第一公主全名的印象，彷彿有某段微小的記憶直接蒸發。

……算了，再去問學長好了。

重回高山密林，再次聚集的濃厚白霧將我們所有人包裹的瞬間，遠在海域的那隻黑色小鳥發出的警訊終於傳遞到我身上，兩秒危險示警後，彼端小黑暗爆開，藏在裡面的術法擴張，隨即與我徹底斷聯。

「出事了。」嘖了聲，我就說那些黑術師都是打不死的小強。

回海域的速度非常快，大家都有留標記，幾乎是在下秒就打開移動陣法，高速轉繞的術法把我們傳向千里之遙的海洋上方，不偏不倚落在黑鳥爆炸後展開的黑暗法陣上。

抵達的當下，海域的變異明顯已持續一段時間，原先得到淨化的湛藍海水再度被染黑了很大一片，四周也出現大大小小的船隻，直接對海上組織的輪船，呈現謎樣的包圍姿態，各式各樣的詛咒或是惡言謾罵不斷化為「黑」、「意念」，編織成線，一股股化為「聖神」掙脫束縛的新力量。

海上組織的船並沒有被包覆的詛咒壓退，該有的術法結界穩固如山，一圈又一圈的淨化結界不斷撲向海面，更外圍的是公會與各方趕來的海洋種族圈出來的層層保護結界，致力不讓髒東西往外擴散。

燄之谷的戰士們保護著己方船隻，在那些邪念扭曲某些物體、朝輪船襲擊時，第一時間清除威脅。

遠遠地，還可以看見那隻幻水魔正在幫忙將一些逃得比較慢的小居民移出危險區。雙方拉扯著，情況暫時僵持。

「上面。」阿法帝斯注視的位置不是看起來很危險的下方神明或黑術師，而是比我們落點更高一些、天空的方向。

就如先前我回到原世界時感受到的，天空一直有一些黑氣交疊，而現在我們上方的天空更加明顯，彷彿暴雨前兆似地烏雲壓頂，但其中閃現的雷電不是自然元素，而是污濁的毒素。

十多艘大小船隻上開始出現鮮血形成的邪惡法陣，新一波鬼族的臭氣與被屠殺的生命血腥味，獻祭出一個個含有怪異語言的扭曲陣形。

「他們在召喚。」哈維恩皺起眉，五指帶著術力觸動逐漸染黑的空氣，大量詭異的鮮血圖文暴露在空中。「召喚神明……召喚更上神……」

「妄想。」阿法帝斯甩出炙熱的火焰，瞬間形成的火龍捲斜削下去，狂暴地吞噬眾多浮在空氣裡的圖文，直接撕咬開一大片道路。

燄之谷的菁英戰士不畏毒素，直接在火龍捲後俯衝撞擊其中最大的船隻，當場擊沉毒素滿溢、毫無生命氣息留存的鋼鐵墳墓。

隨後下去的是西瑞和西穆德，加上兩隻隨時充當墊腳的黑獅子。

「又是你們！」在黑暗中心作祟的「聖神」暴怒嚎叫。

它現在的模樣和我們離開時完全不同。

透過哈維恩，我可以知道那些船隻都是應神明之聲而來的信徒。他們絲毫不懷疑所信之物，抱持著狂熱與崇拜搭上船隻，穿過移動術法，以最快速度來到這片戰場，詛咒攻擊他們「信念」的公會等所有勢力，近千名毫無力量的人類無法讓白色種族狠下手一鼓作氣擊殺，因此給了他們召喚的時間。

信徒們手握手唱著所謂的聖歌，全心全意讚頌神明，讓神明重新取回力量，而跟隨在後、那些復活的「亡者」，先從天眞幼童開始，一個個刨出最新鮮的心臟和血液，以純潔的血肉描繪禁咒，快速成就大量死亡陣法。

同樣逃脫的黑術師打開禁術，燃燒亡靈，以鮮血陣法爲輔，硬生生把這一帶的空間半切割開來。

因此外圍臨時來援的公會、海洋居民一時之間衝不進來，只能強行先封鎖海域。

污穢的雷聲和烏雲開始滴落血雨。

不知道爲什麼，濃稠黑紅的液體掉落在我手背上那瞬間，有種無法遮掩的殺意湧出。

——我想，讓這些煩人的東西永遠安靜。

——讓混濁的世界安靜。

「弱雞！」本來應該沉睡繼續消化假石的小飛碟彈出來往我額頭撞，魔龍的聲音刺進我腦殼裡。「別被影響！你才是黑暗和死亡，不要反被吸引。」

——讓一切成無。

「那也，必須是出自於你眞正的想法，或者判斷。」

米納斯的幻影出現在我面前，美麗的女性略微冰涼的手摸著我的面頰，溫柔地說：「你才是判斷者、覆滅者，順應世界與時間軌跡，確認此時間軌是否須要更替。」

我抬頭，看見身邊不知何時出現了幾十頭純黑至極的猛獸，虎視眈眈地遙望世界，只消一聲令下，就可造成無法抵抗的巨大傷亡。

肅殺與恐怖氣息下壓，一度中止黑術師與神明的死亡儀式，所有人無論遠或近，目光都放到我身上，可以從那裡嗅到忌憚或恐懼。

緩緩伸出手虛虛握了握米納斯的手腕，我微微勾起唇：「謝謝，我知道。」

米納斯對我一笑，化為水幕，沖刷掉漫天的鮮血淋漓。

抓住囉嗦的小飛碟塞回幻武珠珠裡，我把還想彈起來的魔龍關回意識深處，讓他好好去吸收和過濾黑暗。

「我還須要幫您讀取這些混亂嗎？」哈維恩依舊站在我身邊，不知道怎麼形成的黑色老鷹棲停在他的肩膀上。

「不用了，都是一堆廢話。」我看著那些飄來飄去的血圖文，大多沒營養，全都是死死死，又一個中二毀滅世界、嘶吼著拜請邪神降臨的範例。「先把上面關起來。」將黑鷹的使用權移交給夜妖精，我順勢撥開上方一部分烏雲。

黑暗的天空有一條濺上點點鮮紅污染的裂紋。

所謂的死亡陣法妄想的是撕開虛空，請降更高層次的邪神……或者魔神嗎？

可以聽見那些亡靈咆哮著崇拜更上層的力量，希望舉世無雙、獨一無二，希望阻擋在前的人事物消失，希望高位神賦予他們顚覆世間生與死，希望……

「喔，原來如此。」

因爲人類過於希望與崇拜，因此「聖神」扭曲，成爲他們期望的樣子，得到人類祈禱獻予的力量，呈現它的黑色能力。

「搞懂你被賦予的扭曲是什麼了。扭曲神明，或者惡鬼族——萬法聖神．猶缽。」

我讀到你的名字了。

可惜，你並未走到耶呂惡鬼王那一步。

穿過層層的扭曲與邪惡，我在僞裝成神明的高階惡鬼生命核裡捕捉到它藏起的眞實之名。

這只是一個，非常非常虛弱的人類。

他爲了活下去，在饑荒時啃食過各種生物、包括人類，爲了生存編織各式各樣的謊言，僞裝成神的代言人，騙完一個繼續下一個，藏藏躲躲、躲躲藏藏，終於有一天他吸引邪惡，然後發現新生的自己眞是太棒了，擁有不同於人類的超凡力量。

它可以把將亡之人變成和自己一樣的東西。

它披上邪異獸皮或穿上華衣，到處施展「神蹟」。

躲躲藏藏、藏藏躲躲。

狡猾收獲著巨大的信仰與崇拜，被人們賦予了善神之名，相信它能夠起死回生，相信它能賜予神力，不斷輸送忠誠與血液、崇拜、靈魂，一股股強力的祈禱成爲它幾乎要進階成鬼王的養料。

不明巨獸的外表下，我看見的就是這樣最原始的扭曲靈魂。

從這個不成人形的「原始」上面，讀出了它的力量之名。

「我爲純血妖師，你想知道被純血妖師知道眞名後，會怎樣嗎？」

朝向所謂能實現一切的萬法聖神，我露出友善的笑容。

※

完全吸收第二塊力量後，對世界的整體感覺又不一樣了。

現在剩下最後一塊。

所以我也察覺藏在雲層後面、眾人遍尋不著的幻獸。

先前他的位置太偏又太高，刻意隱匿後又被結界與自然元素遮蔽存在，我們在下面打半天，竟然一個人都沒注意到雲頂窺探的幻獸。

或許是稍作接觸的時機了。

「下面交給你了。」我把那些噴出來的猛獸控制權都轉移給哈維恩，對於可以看見弱點的神明不再感興趣，隨口心咒它兩句會法術自爆、藍條永遠充不滿、血條永遠血皮……總之這玩意如果沒被哈維恩他們打死，很快也會和黑術師一起被打破空間切割的公會揍成神主牌。

夜妖精一頷首，扭身進入下方戰區。

我則是轉身，讓新捏出來的黑鷹展翅載我穿過雲層，順手拉起雲裡的黑暗，攔住正想再次逃跑的黑色獨角獸。

翻湧的黑雲重新遮蔽下方視線。

正面相對，親眼分辨才知道對方真的是外表完全純黑的獨角獸，與先前看見那種比較暗的其他色系不同，黑得毫無瑕疵。即使被勘破行跡，異色瞳中仍不見驚慌，冷靜異常地和我對視，沒有殺意、也沒有其餘情緒，就在一段距離之外，與我相隔著烏雲雷電，安安靜靜地踏雲站著。

「瑟菲雅格島的倖存者、失蹤者，黑色獨角獸『謁摩』。」我語氣很輕地開口，既然對方沒有逃跑的意思，應該可以溝通。「你的朋友們一直在尋找你，式青、流越，以及更多關心你的人，雲海島正等待你的歸來。」

黑色獨角獸的腦袋微微偏了很小的幅度，似乎在思考我話語的意思，又或者只是很細微的某種情緒表達，總之他沒有接我的話。

「你是不是，一直在替白色種族引路？」有黑色獨角獸出現傳聞的地方，總是伴隨著大大小小奇怪的事情。

這次獨角獸總算慢慢點頭，但反應好像有點遲緩。

我注意到黑色獨角獸不太對勁的異狀，照理來說，他應該可以說話也可以化人形，但他現在一言不發。

因爲已經做好他被污染的心理準備，所以我不覺得他身上盤據的黑暗有太大問題。

他最有問題的是，纏繞在身上的黑暗與另外一股完全相反、微弱到近乎只有半根指頭大小的光明在互相吞噬。

對，光明。

不是白色種族那種乾淨純潔，是之前學長模擬過的「光明」。

眼前的黑色獨角獸身上出現的就是這種極端矛盾，並且應該早就對衝爆炸的力量存在。恐怕也是因爲這樣，他的污染「不完全」，保留了原先月色般的單眼，並且還詭異地保留部分「淨化」的白色力量；這層白色讓他得以在遊走世界時，繼續維持正常幻獸的僞裝。

「……謁摩？」半晌，黑色獨角獸總算很慢地吐出兩個字，句尾還加了問號。

……

……

啊，是那種設定嗎？

「你失憶了？」他消失是因爲出事，不知道遭遇什麼危險放了警告砲，最終失蹤。我想想，很可能是那種當年遇險後受到某種衝擊，以至於喪失記憶，不再聯繫雲海島。「你來自瑟菲雅格、幻獸島，名字是謁摩，你有很多朋友數百年來一直在找你。」感嘆，周遭失憶的人眞多，這年頭眞的要好好保護頭殼。

「我知道……有人在找我。」黑色獨角獸點點頭，他表達自己不是對境況一無所知，也曉得一直有人試圖進行接觸，好的壞的皆有。「但是污染無法控，不能靠近。」

我感受到他身上的污染與光明確實不斷互咬，光明有時候會增多，但污染又會衝擊回來。這種污染程度的確不能隨便接觸他人，如果毒素濃度高一點，當場都可以扭曲隔壁的人，但偏偏光明又很純，純到情報裡的他還可以淨化被污染的水池。

整隻獨角獸呈現著怪異不明的狀態。

「而且必須逃走……」說著，黑色獨角獸慢慢地靠近我，下巴小心翼翼地抵在我的手臂上。

黑色獨角獸從出現到現在表現出來的模樣和態度都很淡然，這讓我對他傳遞過來的「思考」毫無防備，被差點滅頂的「逃」轟掉部分理智。

那些滿溢的污染全都驅使他必須逃走、必須遠離世界和所有人，而光明則是要他遠離純淨生命，毫無記憶的黑色獨角獸基本上僅剩的本能就是由「必須逃離」組成，這讓他不管遇到什麼就是藏匿，偶爾念頭不那麼強烈且狀況允許時，還可以好好警示周遭居民兩句小心危險。

他就這樣「逃」了數百年。

連自己都不知道爲什麼。

我抬起手貼著冰冷的馬頸，薄薄一層黑暗覆蓋到獨角獸身上，凝結成一個小術法陣，將湧出的污染吸收排開，並簡單地撕掉那些正在作祟、想爭奪主權的黑色力量。「眞辛苦，但是你

可以在這邊休息一下。」

趁著短暫時間，我快速感受污染源，然而最初的污染過於久遠，一時之間無法推測出來是屬於哪一方的手筆。

黑色獨角獸靠著我幾秒，隨後才退開。

「如果你不介意，我認識擅長處理污染與黑暗的人，或許可以爲你緩解一二。」抬起手，小黑蝶在我手指上微動翅膀，輕巧的動作牽引另個世界，迅速連結。「在那裡你就不用一直逃走了。」畢竟那個地方到處都是黑暗與污染。

異色瞳凝視我數秒，仔細辨認我是不是可以信賴。

「沒關係，你可以慢慢思考。」我試探性地把手指往前伸，黑色獨角獸沒有閃避也沒有拒絕，默認讓小黑蝶飛到他的耳朵上。「當你做下決定，就與他聯絡。」

小黑蝶薄薄的翅膀一張一合，安靜地在黑色獨角獸耳上化爲一道蝶形圖印。

「那個……交給你們了……」大概是穩定時間用罄，獨角獸肉眼可見地變得焦躁，身上的黑暗再次逐漸加重，他看看更上方的天頂，踏了幾下步伐，終於還是一轉身，被本能驅使著往烏沉的雲層跑去。

目送著徬徨的幻獸離開，我沒有阻攔，之後就暫時先託付黑王吧，處理被污染者這方面殊那律恩比我更爲熟悉；而黑色獨角獸能獨自在外很隱蔽地流浪數百年，本身實力不容小覷，所以不用擔心他的安全。

須要擔憂的是我們這邊。

抬頭望向高空，無雲處的那道血色裂紋變得更爲明顯，寬度已擴張到約三十公分，從紋縫裡溢出一小絲混濁的不明力量，以及詭異的不祥氣息。

底下暴起、二度扭曲的神明與黑術師，被終於打破隔離的公會等勢力一起控制住。

海面的狀況不須我擔心，我抬手先吸收掉撕扯裂縫的部分黑暗，盡量過濾較不具威脅的力量。毒素與更邪惡的部分暫時交由米納斯操控水幕與淨化術法隔離、控制住。隨著我們兩人的處理，那層世界壁罩著的結界殼子開始緩緩閉合裂縫，雖然速度很慢，但確實一點一點塡補著，稍微緩解裂縫那端可能出現的危機。

「獻祭還在繼續。」米納斯突然出聲提醒我。

海域的危機雖然大部分得到了處置，然而剩餘的鬼族、甚至是人類，竟然開始往血色陣法跳去，一個個發狂地結束生命，繼續朝陣裡追加鮮血。

喀嚓一聲。

世界壁的彼端，有根細長的黑色指頭帶著尖銳的硬甲，刺穿了裂縫上覆蓋的薄膜。

我聽見輕微的破碎聲響。

第七話　遺留的指向

現代及古戰場我都算正面接觸過魔神。

殘敗時期，或者全盛時期。

邪惡祭祀製造天空破口後，帶著這種異樣的存在慢慢屈指，那一小節指頭，以及它鋼板般的黑硬指甲，在結界壁刮出吱嘎聲響。

雖說是一節指頭，但其實有我兩個腦袋大，黑綠色的膠質皮膚滲出不屬於這個世界，或是我目前已知世界的力量氣息。不知該說幸或不幸，這股力量並不到古戰場魔神「憎恨」的那種強度，但眞眞正正是「異界」入侵者。

正下方傳來讚詠的黑濁歡慶。

發現有東西「出現」，倖存的人類開始高呼神明及「至高神」，並爲此發出狂喜。

「馬的智障。」我掠取那些勉強活著的人黑暗的心靈，直接連上他們腦子和思考，在滿滿的讚頌「新神」回應與崇敬裡，送他們一發精神衝擊，將搞事的人類暫且全弄昏迷，至於他們醒來會不會變白痴或癱瘓，就不是我的事了。

你能要求一個黑色種族像個白色種族般小心翼翼、溫柔呵護所有生靈嗎？

不能。

黑色種族就是要負責讓他們全都去吃大便，或者變成大便。

好不容易阻止下方送頭資敵的行為，換那根指頭開始搞事了，被我擊中幾次，外星人指頭不但沒有被擊退，還圈了一大片隔離結界出來，非常剛好地攔下新一波援兵，除去公會、海上組織、燄之谷，以及海洋居民，這場異變還吸引了更多種族到來。

然後這些傢伙全都被擋在外面，只有我一個最早到達的被圈在裡面，眞棒。

我和外面那圈人大眼瞪小眼幾秒，轉回視線決定不理這些尷尬的傢伙，反正我出不去他們也進不來，一點幫助都沒有。

揮出長刀及幻武兵器，轉爲二檔的兩把槍分別或合併使用，加上小飛碟幾次增幅，雖然將指頭往界壁外擊退一小段距離，但外頭的東西明顯沒有放棄，同時我也隱隱感覺到世界壁外恐怕不只「一隻」這種東西。

雖然力量強度不足魔神「憎恨」，實力卻也不容小覷，現在數量還大於一……這就滿麻煩了，不然我讓路給那群守護世界的白色種族來？

……嘖，他們還被擋在外面。

眞讓人感到恨鐵不成鋼啊，拆術法不能拆快一點嗎？

我貯存的特殊子彈都快射光了，還轉化了好幾顆流越給我們的術法水晶。

「這是另外一種異界入侵者。」米納斯一邊輔助修復隙縫，一邊對我講解：「雖不到魔神那樣的滅世程度，但進來後會很麻煩，你可以理解爲外太空的寄生生物。」

沒關係，我全都歸類成不懷好意的外星人，總之進來就打，這樣就不用記那麼多了，除非這傢伙是抱著鑽石黃金來交朋友的類精靈變異體。

「……也可以。」米納斯想想大概覺得好像也不能對我的歸類進行反駁，給我一個「你高興就好」的回覆。

啊，我有點不耐煩了。

收回兩種兵器，我抬手轉出大量黑色力量，一手掐住增幅小飛碟，把力量和祖先送的攻擊性術法都灌進去。

話說回來，小飛碟增加了屬性「流星」對吧，還不知道是怎樣的性質，魔龍剛剛被我塞回去消化假石，現在打斷再抓出來也不太好。

「丟出去就可以了。」米納斯說道。

丟出去？

大約是已經從魔龍那邊得到隻字片語，米納斯的提示非常肯定。

把所有雜七雜八的東西全塞進小飛碟完畢後，我張開幾個術法與結界，大多是防禦和第二波攻擊使用，接著操控黑鷹往後飛一小段，確保安全距離，才把「流星」往又開始內鑽的指頭丟過去。

流星幾乎瞬間在我面前消失，速度極快，力量氣息完全捕捉不到。下一瞬，小飛碟直接用令人匪夷所思的速度與力量狠狠砸在指頭上，發出像是重大事故現場猛烈碰撞的巨大轟然聲響，隨即而來的是爆開的火光與相應的恐怖爆裂。

那秒我知道為什麼會叫流星了。

整片天空「磅」的一聲響，猛地爆發驚人震盪，除了世界壁以外，附近所有結界或術法剎那被爆裂轟炸撕碎，米納斯甚至只來得及拉出兩張水幕緊緊裹住我，接著我就被彈飛出去，力量過於強烈，致使我有短暫幾秒腦袋被炸到空白、外加連串嗡嗡耳鳴。

這玩意是不分敵我全變成流星啊喂！

恍惚間我好像跟著米納斯的水球一起被砸進海裡，劇痛隨之傳來。

……

……

突然不想知道其他小飛碟的屬性了。

我大約昏了半分鐘左右，被人從水底一把拉起來時猛一睜眼，模模糊糊地看見哈維恩正把我往上拽，周圍海水不斷將我們向上推擠，加快離開水面的速度。

眼前一大堆圈圈和星星。

又過了一會兒終於脫離半當機狀態，逐漸看清自己身在海上組織的船，哈維恩蹲在一旁檢視我的狀況，水色的小飛碟正隨著夜妖精動作團團轉。

「感覺腦漿雪克過。」我摀著腦殼，還昏沉沉、略有點噁心感，在炸彈搖滾區與外星寄生蟲一起被炸飛的體驗眞的很不好。

「斷了幾根骨頭。」哈維恩往我嘴裡塞了一片藥，加速恢復傷勢。「不過外界入侵物同樣被彈出太空，世界結界順利自我修復。」

頓了頓，夜妖精想想後繼續說道：「原先馳援世界壁裂縫的白色種族與獵殺隊同樣一起被炸飛了。」

喔那就不是我的錯覺，果然周邊那圈人也被震飛很遠，以後丟隕石要先擺好傳送陣法。

過了一會兒，船上果然來了幾個不同族的白色種族，有的仍是頭暈腦脹的樣子，可能是因為隕石丟過去引爆的是巨大的黑暗力量和外星蟲的不明力量，所以對白色種族的影響較大，好幾個人都互相攙扶。但因為驅逐外星侵入者是第一必要，倒是沒有人揪著這點來找我麻煩，就是傳來數道無言以對的目光。

後來我才知道驅逐界外入侵者竟然可以領賞，各族公開獎勵統一集中到公會發放，非常優渥。

眼下還不曉得，所以我們只是防備著越來越多的白色種族。

沒多久，西穆德與西瑞返回守在我們旁邊，確認「聖神」再也翻不出風浪後，我讓哈維恩找了那名公會白袍N度告別，這次就真的不再回到海域了。

阿法帝斯似乎想盡快回去核對公主的祕寶點一事，並沒有打算與我們一起離開，而是與他的族人先返回燄之谷在附近的據點。

因此大家互相打過招呼，各奔東西。

※

我們重新找了個地方。

哈維恩不知道怎麼選的，反正是在鬧區裡，偌大的造景餐廳一看就很熱門，不是用餐時間還幾乎客滿，更微妙的是在這狀況下，夜妖精居然能提前預約到包廂。

「……」厲害了，這是傳說中只要我提出要求，萬能管家就會實現的情況嗎？

「此地是羅耶伊亞家主的產業。」哈維恩面無表情地看著我，彷彿已經看出我內心的亂想。言下之意這裡是大哥的產業，我們走後門得到包廂。

「臭老大的店太普通了，眞醜。」西瑞還不忘囉嗦兩句他哥的正常人審美。認眞說，大哥的店超棒的，氣勢磅礴非凡，感覺一杯咖啡可以賣四百，光看這個人潮就知道多棒，搞不好還是間超級網美名店。

西瑞超不客氣地直接從菜單第一項點到最後一項，接著包廂推進了一大堆餐車，各種甜鹹食、簡餐點心套餐排得滿滿，看起來有夠壯觀。

在四周布下隔離結界，大家邊吃我邊把遇到黑色獨角獸與後續的事情告訴其他人。

「還來不及追問他的污染源，他看起來非常……疼痛？警戒？」當時天空之上氣氛緊迫，雖然我可以用平穩的黑暗暫時吸引獨角獸，不過對方也僅是從小心翼翼變爲不那麼戰戰兢兢，甚至我還有種說不定其實他是在敷衍我的感覺。「只能等待黑王與他接觸後，看看能不能查出他身上的異狀與污染平衡緣由，再著手減輕他的狀況。」

坐在旁邊的哈維恩和難得沒藏在暗處的西穆德相互對了眼，兩人看上去若有所思，過了一會兒後夜妖精才開口：「你說唯一操控他行動的只有『逃離』嗎？」

「嗯，沒有其他破壞慾。」這也是比較怪異的地方，大部分的黑色生物或扭曲鬼族，包括我，都擁有無法避免的破壞思維，幻獸的污染雖不完全，但不可能一點被影響的狀態都沒有。

然而，從實驗室逃出的變異種的記憶得知，黑色獨角獸又確實以一己之力搗毀過整個實驗室……難道他是腦袋空白下毀掉那個地方嗎？這比沒有破壞慾還嚇人了喂！

「嗄？為啥搞掉實驗室要破壞慾？」西瑞聽了我的疑惑後，先呑掉一嘴的肉，說道：「大爺在踩爛那堆嘰嘰歪歪的破爛東西時，也不用啥破壞慾啊，就直接踩了。」

喔，這裡一個雖然時時刻刻都想爆破世界，但打起來還眞不一定有破壞一切想法的傢伙存在。對西瑞來說，這些行動不全然表示破壞，有可能是他的娛樂、打發時間，甚至發呆恍神的機械式反應。

「你不能套用常理。」我冷漠地駁回西瑞的看法。

「說得好像那隻馬可以用常理。」西瑞回了我一句。

……

……

靠！無法反駁。

西瑞還在那邊繼續：「大爺需要常理嗎！大爺是世界之王，該繞著轉的是世界不是本大爺！常理是個屁！」他不但自己說，還纏著西穆德聲援。

血靈可有可無地點頭。

我總感覺血靈應對某殺手越來越敷衍隨便了。

休息期間，我順便把假生命之石傳遞出去，應該很快就會到墮神族手上。與此同時，包廂外的空氣傳來空間波動，作用出傳送術法。

下秒，門直接被推開，露出張我熟到要爛的臉。

「你們果然在這裡。」

不請自來的夏碎學長露出外表看似親切，但裡面裝的很常是不懷好意的友善笑容。

後面的人推了他一把，被堵在門後的學長將想打招呼的搭檔先塞進包廂，隨後走進來、關門、設下結界，SOP一口氣完成。

「……逃檢查？」都沒住院了連檢查都要逃避嗎？

「檢查完才離開。」學長陰森森地回答我的疑問。

「噢。」看來是無視醫囑逃跑。

「可以吃嗎！」小亭從夏碎學長身後探出頭，眼巴巴地看著滿包廂的食物。

「可以，隨便吃，西瑞買單。」但我覺得最後會變成大哥買單。

「去吧。」夏碎學長摸摸小亭的腦袋。

新加入的兩人逕自在空位坐下，夏碎學長還順手拿來被我們閒置在旁的泡茶用具，動作優雅地沖泡清香的茶水。

「公會通知你們過來的嗎。」我接過溫度適中的茶，問道。想想也是啦，現在我脫離妖師，又不歸哪個勢力管，他們只能找與我熟悉的那幾個人過來。或者是另外一個可能，「還是阿法帝斯？」

「不是公會，我們在接獲通知前就跑了。」夏碎學長表明了他們繼續混水摸魚擺爛的態度，「不過有聽聞你們在海底好像發現很有趣的東西，基於個人好奇，跑來遊覽。」

果然是接到阿法帝斯的通知，轉向一邊的學長，我秉持著早死晚死都會死的原則，將海底與山裡兩個公主物件藏寶點告訴他——反正阿法帝斯肯定都說了；順便讓哈維恩把拓印的相關術法與線索都給他一份，接著說了下黑色獨角獸的出現等發展。

可惜他晚來一步，不然可以直接和阿法帝斯碰面。

我就不用一邊頂著對方想把我揍一頓的眼神，一邊硬著頭皮盡量詳細解釋。

學長沉默聽完，倒是沒有顯現特別的情緒起伏，思考了半晌，才說：「這不罕見，父母親年輕時經常四處冒險，只是母親的藏匿物通常有比較多重的保護與難尋。」

說的也是，就像我們先前不時找到與三王子有關的事物，換個時間地點，找到某些第一公主的足跡也不意外。

「這些裡面還有母親的暗信，解謎需要點小技巧。」學長居然沒避諱所有人，當場在桌面分層攤開術文，見狀我趕緊把桌上的碗盤雜物清走，很快地，這些術法文字依序重新排列，呈現出術法內含的另外一層沒被阿法帝斯他們解出的意思。

——使用火焰之語，打開祕密。

——呼喚我的名字，成爲鑰匙。

什麼意思？

「你們取得的盒子呢？」學長看向哈維恩，後者則是再度拿出收納好的海底盒子。

這裡面只有一小塊碎片，應該沒有其他東西。

「這是我母親私下很喜歡使用的一種藏寶方式，很少人知曉。」

邊這麼說著，學長將所有術法圖文重新組合成一個圓形陣法，然後將盒子放置其中，右手張開以掌心對著盒子頂端，細細地唸出一段炎狼語言，其中有著人名。

他說的是——

珐安・艾利曼・巴瑟蘭。

※

艾利曼・巴瑟蘭。

擁有這個名字的人我曾經認識。

性格豪爽、力量強大，並且在路遇災難時會挺身而出，慷慨無私地以生命保護了許許多多的人，最後葬身在魔神降臨的古戰場，成爲被追憶的英雄之一。

然而當時在古戰場聽見這個名字時，我並沒有將其與我可能見過的另外一個名字連結起來……或許用我印象裡另一個名字完全被削抹了來形容會更確切。

現在微微彎身對著術法圈的半精靈唸出這個名字後，我猛然想起：是的，當我們去燄之谷時，在許多地方見過類似這樣的一個名姓，甚至或多或少聽別人提起過部分，但要細想時，卻又毫無印象，彷彿從未聽聞。

「我母親的部分名字源於一位偉大的炎狼先祖。」學長微微看了我一眼，古戰場的事他也知曉，半瞇的眼睛略浮起些情緒，才低頭凝視開始跳出點點火星的盒子，「不過奔波於許多重大戰役、封印等緣故，她的眞名接受世界意識的善意禁制，在非必要的時間，幾乎無法被人記憶。雖然並無什麼歷史斷層，人們也知道第一公主的生平與傳說，但很難清晰地傳遞她的眞名，即使親眼看見。」

理解了，因爲用來製作封印的眞名過於重要，第一公主的眞名無法被普及、傳唱，取而代之的大概就是各式各樣的王族稱呼，或者象徵使用的別名。

說起來，先前炎狼出身的比申惡鬼王就是被她類似眞名或靈魂封印，後來死後的亡者封印有部分轉移到阿法帝斯身上，致使後續出了一連串事件，目前阿法帝斯的腦袋仍在邪惡勢力的懸賞單上，據我所知，時不時還會被刺殺個幾次，這也是他現在出門就會有戰士群隨同的原因之一。

啊，那妖師眞正族名的消失，是不是也類似這樣的套路？只不過我們是因爲被世界種族上鎖，所以才沒有辦法找到或破解？

就在學長說出第一公主名字的同時，陣法上的火星燃成火焰，立即完全吞噬小盒子，但並未把盒子燒成灰。不怎麼起眼的小盒子竟然在越來越劇烈的火勢裡堅毅不變，反而是火焰逐漸被吸收，一點一點地在盒身上刺出潛藏的最終祕密。

「地圖。」哈維恩凝視著盒子，很認眞地辨識上頭密密麻麻、小到不行的謎之圖案。

學長手指在地圖上點了兩下，整張地圖立即放大投映在半空中。

「這應該是世界禁忌地。」夏碎學長手邊轉出另一片地圖影像，這是公會內部對袍級們公告的禁忌區之一。他將兩張地圖疊起，果然幾乎重合。「被邪惡污染後無法淨化，至今仍舊遭到封印、不得再踏入的遺落禁區。」

「那塊碎片是從這裡找到的。」學長圈了一個位置出來。

千年多前的地圖與現代公會的地圖相比，並沒有太大的差異，第一公主也沒在上面留下其他提示或記號，我們暫時看不出哪裡有問題，於是將地圖與盒子都先收妥。

「你們現在要去嗎。」叼著雞腿蹲在一邊，西瑞對新地圖蠢蠢欲動。

「呃……」雖然沒有很想去，但我感覺公主不會刻意隨便留一張地圖，眞沒問題的話，大可放碎片就好，無論如何，這趟恐怕有其必要。

「如果只是短時間停留，我們可以暫時將污染驅離。」一直在一旁聽我們討論的西穆德突然開口：「幾名白色種族進入應該不太有問題。」

除去血靈的方法，其實我們身上都配有流越給的術法水晶，裡面就有好幾顆可供給淨化的陣地結界，流越在孤島裡的幾百年不是待假的，他在排除污染的術法上，造詣可是一等一，想要進污染區並不是難事。

幾個人紛紛看向我。

「……」所以說看我幹嘛？轉向眞正應該看的傢伙，我開口：「學長你要去嗎？」明明就是他媽留的地圖、阿法帝斯帶頭開的箱。

學長也露出一個爲什麼是問他的疑惑。

……

不然要問誰！

就你啊！

你你你！甩鍋仔！

學長咳了聲，好像現在才意識到他是地圖持有者的後代。「如果大家都有興趣的話，待會整理後走一趟吧。」

決定眞快！

夏碎學長笑咪咪地等大家決定好，才緩緩開口：「其實我們來還有一件正事。」

我很懷疑地看著這兩人，下降了零點五的信任度。

「你送回來的種子，有一些已經辨認出來了。」學長一巴掌拍到我的後腦，沒有很重，但飽含著剛剛我腹誹他的回敬。「深認出來的。」

深？

不算意外，畢竟深是陰影大本體的一部分，並且在光族的陵墓待了很久很久，除了內存遺跡以外，還得過光族遺留給他的唯一植物，這麼一來，這個世界上如果有人可以辨認上個世界的東西，那確實深也該列名在內。

更別說他很可能在某處保留著大量前世界、前前世界的部分記憶。

深傳遞過來的情報，一共辨識出六種植物，其中有四種全部都是蘊含抵抗毒素的藥用植物，且培育這些植物皆需要光族的特殊力量，就如同我曾經看過的陰影回憶，在地底深處那顆腐朽的樹木。

這時我突然想到先前獵日大祭司與其他人提及過類似的事，光族的確留下很多抗黑暗物件……

「復育這些種子非常必要。」夏碎學長嘆了口氣，隨即又說道：「但好消息是，另外兩種植物是我們世界的原有種，深很確定這兩株本世界植物可替代其中兩種光族植物，它們的構造與藥用效果十分相近。」

「眞的？」我訝異地看向學長，後者點點頭。「那怎麼之前沒辦法辨識出來？」

「上面施加特殊封印了，黑王解開後才發現有異。」學長無奈地說。

誰會想到那麼小的種子居然含有高超的混淆封印，刻意僞裝成和其他種子差不多，無法用一般手法介入或培植出來。別說學長，公會的情報班和經手的其他人同樣沒發現這個小把戲。

看來放置的人是打算不讓混在裡頭的本世界植物被野心人士發現。

「我們認爲，剩下的種子很可能還有不少本世界植物，星瀑長老爲故人留下的是一線生機。」夏碎學長彎起微笑，眼裡閃爍溫柔的光芒。「他們尋到了替代植物，所以這是一份原始植物，以及相應的替代植物樣本。」

這麼一來，這些種子的意義就極爲重大——千眾忘月與種子一同託付的藥譜，很可能就是這些替代植物的交互配合實驗，最終治療成功的記錄，這是一張完完全全可以利用本世界植物來推演抗毒素的治療方針。

千眾拚命留下來的那些破碎藥譜，有極大重新被復原、並且再一次應用到這個世界上的可能性。

「……因此，千眾一族才破滅嗎？」

在所有人屏息、整個空間一片寂靜時，始終站在旁側的哈維恩突然很輕地開口，語氣有些不確定。「他們被屠戮的眞正原因，除了可以抵禦扭曲，還因爲已經出現新式治療，所以才不被邪惡放過。」

我看著夜妖精，雖然以前我們多多少少都有各種猜測，但這一次似乎無限貼近了眞相。

千眾忘月是存在非常非常久的人物，當時千眾一族還相當活躍，在她身邊的醫師、藥師絕對不少，如果千眾忘月隱藏了一份藥譜與植物備份在星瀑手上，那即表示他們很早之前就已經在測試本世界植物，並且取得相對結果，只是某種戰略性問題……可能就是不想被邪惡和魔神等勢力發現，因此沒有公布。

更甚者，這些千眾的高層可能連自己人都沒有全數透露，而是使用某種方式，讓他們以爲還在使用光族的饋贈。

若是以這個想法爲前提——千眾忘月等千眾高階醫師們隱瞞了替代藥物的眞相，對外一直都是使用罕見，或者上世界植物做輔助的假象。

那麼時間向後推移，千眾找到的替代藥物只會越來越多，越來越足以塡補缺乏的部分。

直到他們暴露。

發現千眾竟已可以順利使用本世界各種植物抗衡污染和治療扭曲，不如想像中缺乏光族或罕見植物輔助下的緊迫，他們直接成爲了邪惡勢力眼裡最大的靶子。

這樣的話，我覺得某些違和的部分似乎就可以說得通了——我一直覺得整個千眾都被屠掉，還緊迫追殺這麼久，實在是很奇怪。

我突然意識到，我那些藥方碎片裡，恐怕還有更多本世界植物可被利用、取代的記載，這也許才是千眾與協助種族跟著一起被滅的眞正理由。

按著腦袋緩緩吐出口氣，我和學長交換一眼，顯然他同樣考慮到一樣的事情。拼碎布的事變得更急切了，魔神逐漸現世，在眞正的戰爭爆發之前，這些治療記錄與藥譜都必須大規模普及、被應用。

啊……頭好痛。

學長兩人帶來的消息後勁過去後，我決定繼續順其自然吧。

佛系拼圖，有線索就衝，沒線索還不是找不到。

心累。

每日詛咒搞事的勢力，希望他們每分每秒都在出事。

「黑王和深那邊還有什麼消息嗎？」揉揉太陽穴，我接過小亭捧給我的布丁。「除了每天都被攻打以外。」

「前天弄死了一個異靈，對方偷襲殊那律恩差點得逞，被深粉碎。」學長思索了下，還是把當時的狀況告訴我們。

雖然殊那律恩的地盤加進了采巨人與墮神族聯盟後，變得更加鐵桶，但有心想混進去的邪惡還是可以藉由鬼族身的居民混入，因此便發生了有居民被異靈悄然取代的事故，這隻異靈一點一點地更換軀體，耐心地逐漸靠近到距離黑王最近的地方，最後趁他抵禦獄界戰爭時，突然給他一刀——當然沒有成功。

深把不知道第幾次混入的殺手揪出來，把對方碾成灰。

「刺殺次數變多了，頻率也縮短。」學長微微皺眉。黑王的行跡在守世界隱隱出現後，獄界情勢變得更不安穩，滿到噴出來的鬼族每天都在引發戰鬥，小規模戰爭幾乎一日六餐，大規模的時不時就爆發。

唯一慶幸的是，墮神族那邊給予的助力很大，比起采巨人，與黑王聯盟後，部分經由假生命石恢復的墮神族發揮出龐大的戰力，打潰了好幾個黑暗同盟盤據的新基地，致使最近來找我們麻煩的黑暗同盟白痴大幅減少。

「對了，有件怪事。」講到刺殺，我才想到個不對勁的地方，就是當時貝爾、或說是魔神憎恨，刻意抓走哈維恩、想要污染他的行爲。

我還眞不信他是看心情抓，一定有什麼原因。

爲什麼是哈維恩？

學長露出沉思的表情。

莫名地，我總覺得學長說不定知道原因。

病毒球的動作眞的太突兀，突兀到不懷疑都不行，然而哈維恩也解釋不了，他和我一樣滿頭霧水。

「目前還無法猜測是不是我想的那個原因，但……」學長停頓了一會兒，突然目光沉沉地環顧在場所有人，「下次就不會這麼幸運，大家盡快變得更強吧，不想早死的話。」

有種在座各位實力還都很廢的意味。

「不想早死的話，先拔掉你那個轉移技能吧。」我陰陽怪氣地照樣造句給半精靈，這傢伙甚至血脈還開在精靈呢，說什麼不想死的話，這傢伙比其他人還找死啊喂！

「……」半精靈把視線轉開了。

逃避現實是有個屁用啊？啊？

就在我冷冷盯著收拾術法的臭精靈看時，一邊津津有味看熱鬧的夏碎學長抬手，傳遞訊息的術法球在他手上旋轉，然後他神情轉爲嚴肅。「咦？」

「怎麼了？」我看他表情越來越不對，心下一沉。

我們離開時公會正在重新聚集人手，準備進行孤島最後總攻擊，該不會……

「啊，是好消息，就在剛剛，孤島內約八成邪惡勢力徹底瓦解，聖泉、浮空島故地與雷妖精聖殿等區域完全回收。」夏碎學長笑著張開了術法球，大量轉化文字密密麻麻寫滿各地戰況速報，傳來的全都是很好的捷報。「精靈、羽族皆派出數名精通製作守護陣的最高階術法師進入島內，現下具備所有重新製作護島大陣的條件，晚間或許會有更好的進展。」

雖然原先的大陣銷毀，但四大結界的製作方式與結構都還留在流越腦中，他在島外平常沒事時也常常會整理這些，並與現今更加進步的術法結合規劃，讓整個大陣更爲進化，如果眞能順利完全恢復整座島的護島陣，在所有白色勢力資源傾囊幫助下，只會比以前更強、更容易清除剩餘的災害。

這得感謝入侵的異靈了，原先還有點不太想派人的各種族聽見異靈蹦出來、異靈被消滅了，現在加快速度支援，主要是擔心別的異靈可能會跑出來，於是派出大批人手來鍛鍊與學習神魔陣的戰場變化與使用，同時帶去更多物資。

雖遲，但至少對清剿鬼族有幫助。

因此島內勢力的崩潰才會這麼快，因爲支援的人翻了好幾倍。

確實是好消息。

那麼，接下來就是我們這邊了。

第一公主留下的地圖指向守世界污染地區。

我再度拿到地圖，認眞聽夏碎學長爲大家做的區域解說後，突然覺得這地方好像離某個我接觸過的勢力領地很靠近。

「這一塊禿禿的地方是禁地。」我把複製地圖放在桌面上，拉大部分影像，指著我們的目的地，接著手指往旁邊同樣光禿的位置一畫，「這裡是混亂場域，裡面有時空亂流和盡頭之海重疊，有機率會投放到盡頭之海……」

說著，我看向旁邊的半精靈，「敢問到達該地，盡頭之海是不是有時空亂流可以接向墟海？」

這不就是通往上次水母她上司——極夜魔王的老家捷徑嗎！

「對，有機率可以從那邊進去。」學長點點頭，同意我的猜測。「但我不建議，一般人不會腦殘從那裡爬進墟海。」

「如果沒有帶領，時空亂流很容易將人捲死。」夏碎學長微笑著補充：「連跳兩次的話，在那裡被捲成碎片的機率大約會放大成四十倍。」

四十倍這個機率是怎麼算出來的？

你們兩個該不會年輕時候就是那個腦殘吧？

學長警告性地瞥了我一眼。

「以前我們聽說墟……」夏碎學長話還沒說完，就被學長迅速摀住嘴巴。

……看來是真．腦殘小屁孩。

「決定了！目的地混亂場域！」西瑞拍桌。

「駁回。」我秒推翻西瑞的決定。

雖然我之前有一度不想活了，但面對一堆智障時，我也沒有那麼不想活。

西瑞很震驚地指著學長，控訴：「你爲了這個精靈放棄我們的遊樂場嗎！你以前不是這樣的！漾～想想去哪裡都會爆炸的刺激！」

你也知道我們去哪裡都會爆炸！

還有你指的那傢伙有一半是你們獸王族的！

「是，既然去哪裡都會爆炸，爲什麼你要拘泥字面上的名稱。」我冷漠平靜無溫地看著正打算掀桌吵鬧的殺手：「搞不好禁地炸得更厲害，不然爲什麼它叫禁地，而不是混亂場域叫禁地。」

瞬間，除了恍然大悟的西瑞，其他人全用一言難盡的目光看向我。

如果他們眼神可以實質化，大概是「公鯊小」、「不要烏鴉嘴好嗎」、「想想你的嘴開光過」、「我是誰我在哪裡」。

最後聽不下去的正經擔當哈維恩按著額頭起身。「先出發吧……」

夜妖精大概覺得繼續這樣閒坐下去，我們此行等等可能要不知不覺烏鴉兩圈。

隱約好像可以聽見兩個湊在一起的王朝、馬漢竊竊私語：「……下次遇到先打斷他們……」

行吧。

學長打開第一公主留下的座標點。

然後他就被制止了，這位隨時隨地都在刻意遺忘狀態爲療養中的半精靈被夏碎學長和哈維恩聯手架開，取代他的二人組拿著座標展開長距離移動陣法。

因爲我們有在傳送法陣中被狙的經驗，先前在流越等人的指導下，現在法陣都會多加兩層隱匿和防止攻擊的守護陣，雖然略麻煩，不過安全性提升很多；又基於我們是要進禁忌之地，陣法裡被增添落地即刻觸發的陣地結界。

「許可下來了。」

遭驅逐的學長趁兩人製作陣法時向公會遞了報告，大意是發現一些不明異動，要去做簡單的巡查，雖在療養休假，但畢竟還是個黑袍，理由正當便很快就得到臨時許可。

世界禁地周邊都有不同種族的禁制和警戒，甚至還有聯盟巡邏，有了公會許可，我們進入那裡會簡單很多。

當然他們如果知道我們裡面有人是懷抱著想爆破某地的心態去，絕對不可能把許可送這麼快。

我和哈維恩、西穆德收斂起身上氣息，穿上夜妖精準備的隔絕窺視斗篷，這樣就差不多準備完畢。

「走吧。」夏碎學長收回小亭，所有人踏進陣法內便隨即啓動，霎時發光符文扭曲了周邊景物，轉移空間與時間，將我們從原地拔走。

這次移動陣持續的時間比較久，我們還得穿過原世界的空間壁，等同其實要兩次跳移。

環著雙手，我垂著眼撥動體內的第三塊力量封印，和前面兩塊相反，這塊的力量大很多，隱隱給我一種現在不能全塞進身體的感覺……還沒做好把第三塊解壓縮的準備。

吃了會爆。

嘖。

得再從更多實戰中拓寬體質與精神的接受度。

白話來說，就是強度不足。

數秒後，我開始感覺到有細微的髒污氣流颼過陣法，接著是越來越多的污染臭味及混融在當中的各種細語，然後是濃濃的死亡氣味糾纏上符文，意欲染黑刺入領域的陌生術法。

我看了哈維恩跟西穆德一眼。

斷刀揮出的同時，我們三人往不同方向跳出即將落地的轉移法陣，我抬手釋出霸悍的恐怖力量，把空中聚集的咒罵壓到地裡，在眾多詛咒與嚎叫中劈下一刀，砍開帶來大片毒氣與黑霧的亡靈，腥血與臭氣秒被清出大片空間。

一個彈指，預先準備好的黑色術法從指尖落下，與同樣斬開土地的哈維恩、西穆德三角連結，我們中央的腐朽土壤眨眼被刮去所有毒素，下秒陣地結界落點張開，接著移動陣法安穩到達，顯出其他人的身影。

陣地結界立即運轉淨化術，急速消融周邊重新捲土而來的毒氣，建構了一塊較大的安全區。

我們三人走進結界裡時，學長兩人已設置好幾個治療點，西瑞則是做了一座篝火堆，很有儀式感地連烤架都弄了一個……我們不是來旅遊的喂！誰會在這裡烤肉！

「你們需要多準備一些保護術法。」先行評估過外面狀況的哈維恩說道：「毒素與黑暗元素非常濃郁。」

「血氣與戾氣也是。」西穆德手上還有團黑紅的東西，很快就把那玩意吸收掉，剩下一些碎碎的殘渣。「這裡並非戰場，很可能是屠殺地。」

「屠殺地？」說起來，剛剛下來那瞬間我確實看見很多亡靈，量多到憎恨的詛咒浮滿空氣。

「嗯，不知道凶手，但這裡戰爭氣息很低，死氣卻異常濃重……這裡曾死過比戰爭中還多的生命。」血靈說著自己的判斷，然後看了眼撞在陣地結界上、被絞碎的黑色霧團。「是刻意在此地殺害，全部滿布絕望與恨意。」

若是戰場，不會全都是負面意念，戰場的殘留意念非常複雜，複雜得能夠用亡者的血液新生出一個特殊種族。

「注意鬼王或極凶惡靈的存在。」學長和夏碎學長紛紛翻出大量素材，臨時製作更多保護性高的水晶與術法等物。

哈維恩站在陣地結界邊緣，讀取亡靈無處不在的細語。

我看他臉色很不好，恐怕其中沒什麼好話。

「講啥？」西瑞見自己目前幫不上什麼，就蹲在哈維恩旁邊，歪頭問。

走過去時，我正好聽見哈維恩低聲向西瑞簡單解釋幾句亡靈話語……不知不覺，夜妖精對某殺手的態度越來越和善了，經過各種事件，逐漸習慣對方的存在。

更別說學長、流越他們，哈維恩現在隨身攜帶的藥物裡，有很大一部分是常同行幾人的用藥，以前那個很討厭白色種族的夜妖精可能沒想過自己有一天會學會簡易治療白色種族的方法，還帶著很多某些白色友人可用上的針對型物品。

「這些亡魂異常厭惡黑色種族……以及八大種族……」哈維恩有些皺眉，抬頭看見我和西穆德走過來，乾脆對著大家說：「應該說憎恨，所有的死氣裡最恨的不是凶手，而是起源八種族。」

嗯……

我環顧一下現場。

很好，在場的所有人都中槍，唯有西穆德可能勉勉強強跨了一半。

血靈雖然生成方式被劃算成血妖精，但物種突變，比較像妖精變異後的新物種，這就看判斷方怎麼評了。

「死於八種族？」夏碎學長有點意外。

「不，好像是間接死於相關事件。」哈維恩又捉了一縷黑氣進來。「判讀有些困難，它們不願意被讀話語，只大概知道這裡亡靈的死亡與八種族相關，統一在此地被邪惡勢力滅殺，因此這片土地被污染，亡者盤踞、無法淨化。」

「那事件規模很大耶。」我想想，同時憎恨八種族，就等於當時參與的基本就有這八個種族，更可能他們就是主導者，會讓這麼一群人一起出場，恐怕不是什麼很小的事件。「妖師還在的年代有什麼大規模事件嗎？」

「有很多。」夏碎學長支著下頷，開始腦內風暴。

「造成大型屠殺的事件不少，主要都是邪惡的復仇。」學長把手上做好的東西分發給大家，一起動腦：「即使種族努力防範，依舊防不住報復，但不太可能出現這種絕對恨意的狀態，如果知道這些亡魂的背景或年代，可以縮小查詢方向。」

「我盡量試試。」哈維恩揉揉脖子，顯然這些不善的怨恨給他帶來不小負擔。

「先衝！邊走邊看！」西瑞從地上蹦起來。

「嗯，先走吧，藏點就在旁邊。」學長張開手，掌心上的小陣法有著銀色的指針，指向我們右側不遠，正好在陣地結界的內部邊緣。

第一公主留下的座標點很準確，這麼多年來地勢變遷下，也只偏移一點位置。設置陣地結界時學長他們核對過公會地圖，大致抓出範圍，恰恰好蓋在暫時安全點內。

早就被夷平的土地看不出來有什麼異處。

「開始了。」

第八話　關卡

第一公主全名爲「琺安．艾利曼．巴瑟蘭」。

一旦開始使用此眞實名解開某些封印，我們在短時間內都被允許記住這個被世界意識保護的名字。

與我們不同的是，得以被允許記得的學長持有自己母親的眞名，以及血親使用權。

原先偏精靈的外表與力量逐漸轉變，火焰交替冰雪，灼熱覆蓋寒冷，紅色的色彩舔舐掉冷白色，把精靈改變成炎狼。

色階跳成紅色系的學長劃開指尖，滴下血珠，落地盪起一層火光粉塵，隨即燃出一大片熊熊烈焰，組成隱藏千年的複合陣法。

旁觀的我們退開幾步，避開烈火大陣燒灼的位置。

其實我對學長這行爲有點憂慮，因爲先前重創未癒，照理來說他暫時要固定在精靈血脈這邊穩定情況，直到醫療班點頭，但他現在二話不說就猛地轉換血脈，不曉得會不會對後續治療造成什麼影響，只是現在要制止也來不及了。

站在旁邊的夏碎學長倒是沒有露出太過意外的表情，我偷偷觀察了他幾眼，悄悄地先放下心；總之他家搭檔在這裡，有問題夏碎學長應該會第一個把人打歪。

陣眼核心的學長面前出現火焰組成的女性輪廓，磅礡的炙焰與威壓就地鋪開，滾動的軌跡閃避我們幾人，直衝出陣地結界，把在外面徘徊的亡靈逼出極遠距離，捲起的火柱衝天，包裹整個陣地結界，瞬間我們身邊可見景物只剩下火，四面八方全都是火，艷麗的火海、火壁溫度直升，眨眼變成漫天白焰。

白火形成的女性抬起手，掌心與學長的右手掌相貼，兩人身旁轉出好幾圈符文。

「……母親。」學長微微低下頭。

彼端的輪廓沒有回應，或許第一公主當時沒有為最外層的守護術法設置意識，面對呼喚，火焰形體只顧著不斷展開一個個術法圈，最終在他們腳邊圈出往下的入口與白炎架構的階梯。

「一旦開始，就無法停止。」

女性做完這一切後，發出毫無情感的聲音：「為了世界，為了親人，為了同伴，為了可交付之人，或者為了私慾……即便如此，還是想繼續的話，便不可回頭，諸位只能前進。」

「你們，想啓用這段考驗之路嗎？」

不知爲何，這段詢問讓我感覺非常不妙。

靠杯這種問句起手式根本不像我的寶物放在那邊你們想要就帶隻炎狼去拿吧，而是事情要大條了的開場白。

第一公主該不會是隨手放兩個藏寶點，然後把我們騙過來殺吧！

這比「聖神」的陷阱更像陷阱了喂！

學長微微嘆了口氣，收手朝我們走過來。「如果不下去，就先到此爲止。」

看來他也意識到不妙。

「恐怕不行。」哈維恩環顧火柱群，對我們說道：「已經吸引很多勢力進來了，黑色、白色種族都有，還有很臭的氣味藏匿著。」

被他一說，我們同時發現還眞的很多東西潛行出現，畢竟打開座標點的動靜太大了，要沒人發現很難，唯一慶幸的是我們搶先一步，外頭各個勢力想要來到入口處得花時間破解白焰禁制。

但同理，我們也變成必須要現在下去，在火壁被破開之前，否則接續要上演的就是大亂鬥爭奪戰。

我突然有種自己果然又衰小又烏鴉嘴的懺悔，早知道就不和西瑞多說那兩句幹話了，每次說完都反彈到己方人員。

米納斯利用增幅小飛碟拉出數重水簾，交互層疊地覆蓋在我們周圍幾處，與高溫作用的水流盪出各式各樣的蒸氣圈，繚繞的滾燙熱氣裡形成奇奇怪怪的幻影，時隱時現地往外擴散，連景色都出現了好幾種，儼然變爲高階障眼法。

「幾位先行。」西穆德甩出一柄厚重的寬刃長刀插在地面，朝眾人說道：「我留守入口處。」

「交給你啦！」西瑞很像大老闆地給血靈拍拍肩膀，興致勃勃地跳上火焰大陣做出來的通道：「衝啦各位！拖拖拉拉不會有好下場！勇往直前才是眞道理，來的就把他砍掉！」

夏碎學長笑笑地跟上西瑞蹦蹦跳跳的腳步，接著是學長。

「小心點。」我把一隻小飛碟交給西穆德，後者點點頭，將轉動的小飛碟收進斗篷裡。

哈維恩跟在我後方。

殿後的夜妖精一踏進入口，白火就在他後方收縮，將入口處完全抹平，實現了不可回頭的預告。

白火階梯呈螺旋狀。

看似極高溫，但我們踩上去卻沒感覺到什麼熱度，反而有點涼感，朝向地底的通道溫度舒適，仔細一看，階梯裡果然有幾個控溫符文。

該說製作者貼心嗎？

還是想麻痺入侵者？

階梯約莫七樓或八樓高，一路向下很好走，最前面的西瑞乾脆直接跳下去，反正也沒聽到他被火焰還什麼東西腰斬，可說明階梯整體安全、沒有陷阱。

走到最後一階所有人下到地底，果然也像入口處一樣，白火上捲，收走螺旋梯，連友善的中央空調都沒了，溫度立刻下降許多。

我拉拉斗篷，哈口白氣，看著哈維恩等人點燈後逐漸明亮起來的地底空間。

這已經是今天的第三個地下世界了，第一公主一連串藏寶點都喜好往下埋，一個利用原有建築，一個手工開鑿，現在我們面前這個最大的地下區域，則介於兩者之間——開鑿了一半，建築了一半，剩下的則是四通八達的天然洞穴。

是的，以我們所在位置為中心點，前後左右的岩壁都各自有延伸出去的通道，有的寬、有的窄，有的人工鑿製、有的天然形成，每條都很有特色，每條都一臉不友善，隱約掛著「有去無回」的標語。

就……嗯，也不是很意外。

都知道要下來考驗了。

「一人一條？」西瑞躍躍欲試，完全不介意大空間裡沒任何提示。

喔等等，可能有提示。

我注意到每條通道都有著一絲絲不同種族的氣味，即使可能好幾條都是獸王族，卻也不是同一種獸王族的味道。

這種氣味該怎麼說……不太眞實？

「仿造，氣息與力量感是假的，某種模擬，作爲餌，混淆選擇。」哈維恩學我捏一團黑色力量，彈了隻黑貓咪跳出去，隨意選條通道進入試探，約莫一、兩分鐘後，通道內就傳來爆裂聲。

好的，眞爆炸了。

「應該有提示。」夏碎學長轉一圈回來，蹲下身在階梯消失處用手指敲叩地面兩下，然後朝他的搭檔招招手。

維持紅色系的學長走過去，彎身在該位置抹了火絲，很快地火焰在地面燃燒滾動，描繪出大大的空心圓，隨後又在圈外幾個對稱位置轉出八個圈圈，上面各自有不同的圖騰，看模樣好像是代表八個種族，形成了一個簡易的陣圖。

我們現在五人，只能八缺三。

西瑞和學長重疊了，後者又把模樣轉成精靈，走向精靈圈。

等全數人就定位後，中間那個大圈浮現文字——

現場所有人同時落水，你選擇先救誰？

……

……

啥鬼？

要不要聽看看你在說什麼啊！

※

現場所有人同時落水，你選擇先救誰？

場面上有學長、夏碎學長、西瑞、哈維恩。

認眞地說，這幾個人我一個都不想救，他們基本都有能力自己爬起來，並且把我一腳踹下水，在他們沒呼救之前先出手，我十之八九還會捱打。

所以這個問題是要正經回還是要不正經回？

正經的話大概會選夏碎學長，他現在力量感是我們之中比較弱一點的人類……

一抬頭，我看見全部人都在看我。

………

……

滾蛋！

我現在變強了好嗎！

是不是想吃打！

沒人開口，然而問題似乎理解我們所想，火焰散去，又重新凝聚成新的提問，依舊是發怪問題。諸如——

現場所有人關係最好的是哪兩人？

現場所有人同時遇到雪崩，會先捨棄誰？

現場所有人遇見魔神降世時，會決定讓誰活下來？

現場所有人中某人談戀愛了，最可能會是誰？

問題亂七八糟，幾乎腦殘，還很有針對性與莫名其妙的分裂感。

而且不回答還不行，即使不用開口、這玩意會自動掠取顱內答案，但只要一個人沒有答案，問題就不會往下翻。

我在問題間隔時不得不用疑惑的眼神看學長。

——你媽走這種風格？

我一直覺得當面問人掉水問題的人都很有毒，結果他媽直接貼臉開一串？

學長可能也被大量的爆裂問題搞得有點腦神經麻痺，整個人白白的、看上去有點恍惚，但還記得向我搖頭，表示這絕對不可能是他母親搞的。

對此，我抱有巨大的懷疑。

最後大概被問了八、九十道吧……我感覺應該有這麼多，但詳細數字在頭昏腦脹裡蒸發，全場五個人裡只剩夏碎學長還精神奕奕地站在原地，好像沒被精神攻擊過似地，看起來容光煥發，一點都沒被影響身心發展。

我錯了，夏碎學長可能才是我們裡面最強那個。

看看旁邊的哈維恩都露出疲態，一臉我剛剛經歷了什麼、自我懷疑中，只是沒像我和西瑞那麼不要臉皮地直接原地蹲下，吐出靈魂。

賤芭樂的問題區終於丟光了它所有反社會題庫，出現一個星星閃爍的標誌，不知道是在恭喜通關還是挑釁。

所以這堆問題到底有什麼提示！啊？啊！

知道誰有可能談戀愛裡面有正確道路的指標嗎！

「至少我們確認一件事。」夏碎學長輕輕擊掌，笑吟吟地看著眾人，一臉好像可以再來一百題地說道：「這裡的時間近乎凝止，也就是時間暫停。」

……

……

所以你是怎麼在一堆對精神不好的問題裡發現這件事？

「確實，時間並無流動。」哈維恩重新打起精神，劃出異常空間的範圍，不偏不倚就是我們現在所待的這個靈魂處刑區，大概是整個地下密室的起點。

也就是說我們不離開這裡，時間就不會流動。離開後配套的術法讓外界也只過了一瞬。

「大手筆啊。」居然動用了這種時間相關術法，我突然有點蠢蠢欲動，如果在這裡先訓練一下增強體質，把第三塊封印吞掉呢？是不是兩天後我就可以徒手暴打重柳族？

彷彿察覺到我們一行人各自的心思，頂上的天花板巨石開始發出不吉利的聲音，嘲諷式地帶著整片天花板緩慢下壓，很有經典密室逃脫的感覺……個屁！

「殺戮術法？」我指著上方帶石降落的巨大火焰圈圈，冷靜地詢問哈維恩。

「對。」哈維恩仰頭盯著散發凶殘血氣的術法圈看了一會兒，說：「這種打到會很痛。」

「類似被果汁機打到。」學長跟著補充。

「你媽把我們當果汁尬嗎？」何等變態的老母，前有神經病問題，後有人肉果汁機，先搗爛你的心，再搗爛你的身，最後讓你變成大地的一部分。

「這不是我母親設置的。」學長還繼續在幫他媽洗白。

「哇，這個要拆須要花很多時間。」夏碎學長做出合理評估。

「要往哪裡跑？」西瑞拿著包洋芋片吃。

「躺下等死吧。」我準備鹹魚躺，反正哈維恩只說打到會很痛，沒說打到會死，看來打到不一定會死。

「幸好西穆德沒進來。」夜妖精發出一個還好長輩沒有跟下來被毒害的感嘆。

我還真的有點想看看血靈面對那堆問題的反應。

「該換位置了。」學長在一堆幹話中示意大家看地面，那個過關星星不知道什麼時候轉了個方向，五個尖端又繞出新的圓形術法圈。

原來真的是通關獎勵嗎！

似乎對應回答問題的五人種族，圈內出現了相應的種族標誌，我們腳下原本的圈不見了，連忙轉移到新位置上。

星星在我們站到正確位置後大放光明。

下秒，我腳下地面猛地消失，整個人被突如其來的強烈吸力往下一拽，根本來不及反應，啪地就下去了。

最後看見的是急速縮小的上方洞口有個星星轉兩圈，揮揮手發出啵的聲。

哭啊！

我眞的眞的！

很想知道學長他媽在設置這堆陷阱時的精神狀態！

※

大洞下面是一整條上上下下的滑坡道。

我在裡面旋轉翻滾碰撞了好幾圈，最後從某個開口滾出來，一度噁心想吐，還想打人，整個人趴在原地眩暈了好一會兒。

「咳……」

再來一次我就翻臉了喔！

往地上拍了一顆比較小的陣法水晶，我驅逐掉周邊的阿雜東西，暫時先在安全點裡平息不適感，同時也注意到只有我掉到這裡，而且四周有許多禁制，如米納斯都被斷聯，其他人更不用說了。

黑暗無聲、狀況不明的空間裡有奇奇怪怪的無數視線。

端坐起身體，我支著腦袋環顧周遭，四面八方果不其然都是無法辨識的術法，密密麻麻、不留隙縫地包圍這個區塊，連隻妖師都飛不出去。我所在位置大概是比較靠近前端的空間，目光往前看去，不遠處中央突地燃起一抹黑火，火光盤旋成圓，中心浮現妖師一族的圖徽，溢出一縷黑色氣息。

……

不是很想踩怎麼辦？

腦袋出現剛剛那個現場所有人九十問，一整個很胃痛。

繼續這樣搞，可能離開這裡我就會變成真．滅世妖師，主要是後天被逼出來的神經錯亂。

原地懷疑人生一會兒，我無奈地丟出照明術法，幸好這裡並沒有限制這個，沒幾秒空間大亮，顯露出被黑暗覆蓋的建築真貌。

眼前所見有三面牆都布滿人工雕琢的痕跡，看起來不是可以踩上去落腳的地方，而是爲了某種目的，上設有擺放物品或者爲祭祀儀式準備的平台。這些奇怪的小台子或高或低、或大或小，有著十五個左右，周圍以幻獸或凶獸的雕刻裝飾，不說栩栩如生，但每尊獸形雕刻都透出一定程度的詭異感；每面牆都有一個平台被拱在C位，尤其顯眼，然而上頭全都空無一物，無法猜測原本放置過什麼，或是應該放置什麼。

揹負C位台的獸形雕刻比起其他幾個更大一點，從右至左分別爲龍、虎、猴，面部表情都很猙獰，似乎在忍受什麼奇異的折磨，因爲過於鮮活，讓這些雕刻彷彿快要活起來似地。

留意到自己的情緒有點被影響，我沒表情地再丟出一枚水晶豎立結界，那些異樣果然霎時銳減。

窺探的視線感模糊減去許多，大部分都退後隱藏到奇怪的人工建築深處，但是沒有遠去，繼續透過隙縫與洞孔凝視，暫時沒感到惡意；不過漸漸傳來一波波竊竊私語，好像到處都有人不斷碎碎唸，卻因爲有禁制，隔著聽不清楚內容，也沒法揪過來給他們兩巴掌叫他們大聲點。

就，很令人煩躁。

我感覺我好像被塞在某個金魚缸裡，只能從那個看起來很陰險的黑火圓圈找出路。

仰頭，無奈一嘆。

終究還是得進他媽的圈套。

整理好大翻滾時在身上捲成一坨的斗篷，反正現在也沒有其他種族在，我乾脆先脫下來，以免又出現個滾筒洗衣機把我勒死。

深呼吸，踏圈圈。

接著空白無物的岩牆上右轉出個黑火圈，從中又又又又又拼出靠杯的提問——

你想救誰？

我環著手，歪頭。「只要是身邊的人，我都希望他們好好活著。」反過來，某些死蟑螂就卡早去死好嗎，例如裂川王八蛋什麼的。

眞的嗎？

「喔我還希望你攜帶題庫現場爆炸，不管你是什麼東西。」

呵呵。

……學長他媽媽眞的沒問題嗎？

我繼續懷疑第一公主生前的精神狀態，同時牆上黑字散去，取而代之的是黑色的剪影小圖，正在奔跑的黑色小人由類似像素圖小方格或樂高組成，看著有點奇妙的童趣；「它」從某個台子跳下來，往另一端狂奔，跑過的地方全都躺著更多黑色的小小人。

無法理解這幅像素畫的用意，反正這個小黑人就是一直跑，後面全都是躺著的其他小黑人，它越跑越久，最後整個牆面都躺滿密密麻麻的小黑人。

逃跑的小黑人最終在牆角撞上另一個小黑人，兩人莫名一起消失不見了。

組成大量小人的黑火散開，又扭轉恢復成一個圈，並繼續寫字——

你是可以被信賴的人嗎？

「我怎麼知道。」我又不是其他人，鬼知道別人會不會覺得我可信賴。

其他人信賴你。

牆壁如此「說」著：在很多問題中，他們要拯救的第一對象也並非是你，他們相信你。

精靈、妖精、獸王族、人類，以上眾參與者願意在某種時候為你豁出生命。

也就是說，未來某個時間，你可以旁觀他們喪——

「閉嘴。」我微微瞇起眼。

看來學長說的是眞的。

黑暗從我掌心捲出，我握住長刀刀柄，直接砍進牆面，狠狠地將岩壁砍出一道巨大裂縫，同時顯露出裡面的鴉黑骷髏，四周的窺視感猛然全部消失。

確實不是他媽媽搞的鬼，我爲懷疑第一公主道歉。

這座密室裡有另外的惡趣味主人。

將另一手伸進裂縫、卡住骷髏眼洞，黑暗沿著手臂纏上骷髏的頸部，喀嚓一聲，直接將整顆頭骨扭下來，同時那兩處種族黑火、詭異的對話圈散開消失。

提著死人骨頭，我檢視了下C位三供台，果然在猴的台上找到一個比較符合的凹點，直接就把頭骨卡進這位置，按著腦袋旋轉，相應牆面傳來聲響，藏於裡面的機關轉動，打開了側邊通道。

使用完的頭殼與裂縫裡的其他部分刹那間風化消失，帶著一股很淡的恨意。

我猜的果然沒錯，這是亡靈的一員，但保有理智，並且在這裡成爲某種「考驗」。

還不解為什麼第一公主要這麼做，不過必定有其原因。

壓下心底飄上來的煩躁與不耐，我踏進通道，往裡面彈幾個照明術法，很遺憾這裡的Wi-Fi不能外接兔兔燈，不然可以省事很多。

才剛走幾步，對向就傳來熟悉的氣息。

彼端，紅通通的半炎狼朝我走過來。

與學長會合後，我意識到繼續往下走大概也沒有通路，或許我剛剛那個金魚缸另外兩面牆有眞正的出口？

「不能回頭。」學長站定，提醒我入口處的警示。

「那你可以往下走，應該會接到我離開的那個房間，還有兩面牆。」說著，我一轉頭，看見我走來的通道已經消失了。

……好喔，看來是一次性房間。

現在狀況是我不能回頭學長也不能回頭，我們兩個大眼瞪小眼幾秒，很認分地就地尋找看看有無線索。

「對了，學長你那邊遇到什麼？」我邊找，邊把金魚缸裡發生的事描述一遍。其實我還搞不懂那個房間的謎題與真正的答案是什麼、另外兩面牆相應的又是什麼，總之走了暴力路線。

學長看了我一眼，「幻境。」

炎狼同學掉落的地方是片大草原幻境，也出現一代題庫問全家，不過他立即發現重點不是問題，而是藏在空間裡的東西，因此很快就找到通道，並且遇到我。

「認真講，我覺得反社會九十問……」

「一共有九十九道題。」學長糾正我。

……竟然那麼多嗎！

被問到我都快反社會了！

「我覺得反社會九十九問還是有它的實用性。」這是我後來冷靜後才想到的實際用處，「反正闖進來的異靈或是黑術師不可能站在那邊乖乖回答他全家落水他要救誰吧。」回答不了腦細胞致死題庫，就打不開繼續往下的道路，他們會直接卡在那一層找那堆爆炸假通道。

前提是他們裡面還要有隻炎狼才能打開題庫接受折磨。

雖有毒，但有效。

學長無言地同意我的結論。

我們兩個很快在左側壁上找到新的隱藏通道，推開石面，又是一條窄道。

拽住學長的手臂往後拉，這次我走第一個。

我們一前一後很安靜地前行了一段。

雖然學長平常沒什麼事就很沉默，不過大概是窄通道的加成，越走我越覺得寂靜得讓人又開始煩躁了，於是決定去煩我後面的人。「夏碎學長他們不知道有沒有會合。」

「他們會照顧自己。」學長回答。

身後傳來敲叩牆面的聲音，大概是在測試有沒有其他隱藏通道，但沒有，我跟著看了下，岩壁上多少有些小刻印，不過糊到看不出來眞正的樣子。

「褚，我不問你脫離妖師一族，這是你的決定。」學長的聲音從後方傳來：「你只要記得，我們依舊不變，是你的學長與朋友，也是同盟。」

「好。」我知道，他們不會變。

這是我至今不斷慶幸的事情，倒楣了十多年，後來才知道只有更慘的、沒有最慘，但幸運的是我遇到「他們」，而且越來越多。

如今，不想失去的數量不斷增加，在我想脫離現實時又把我拉回來，重新被很多手拉著。

「我會想辦法拿回妖師的眞名，躋身世界強者。」垂下視線，我看著不怎麼平順的窄道，說：「在此之前，你、你們要一直都在。」

「……好。」

蒼白的手掌貼著我的肩膀伸出來，微微彎著小指。「我保證。」

我勾住對方小指，默默在心裡唸著打勾發誓，未來大家都沒事。

完善了黑色血脈、陸續得到傳承後，我才發現其實純粹的血脈還是非常重要，像我現在幾乎可以無阻礙、自由地吸收黑色力量，還能免疫許多惡意傷害，未來有機會晉升成更高階的強大存在。

但這也讓我重新意識到一個讓人難過的眞相。

——看起來非常強悍的學長，很可能終其一生都走不到那個位置。

或許他將會越來越強，也能夠掃蕩更多危害，成爲人人敬仰的對象，然而在血脈門檻前，他卻跨不過去，缺乏先天優勢的半血無法成爲狼王，也無法成爲精靈王。

這很可能也就是一直以來，他明明比同齡不知道強多少了，卻還是比誰都更努力的原因：他很清楚自己有上限，他只能將這個上限不斷拓展提高。

但，還是有上限。

放棄其中一方嗎？

我想是不可能的，因為這是他父母留給他的最後禮物，他寧願失衡那麼多年，也沒打算純化血脈。

那就如同冥玥所說，只能是我變強。

我越強，他們就可以一直都在。

通道的盡頭到了。

踏出通道那一刻，迎面衝來的是一隻糊糊的不明物體。

我還沒看清楚，本能一把掐住對方的脖子，腥臭撲面而來，新空間有點光源，緩慢映出逼近的是顆人形腦袋，然而整張臉和身體都馬賽克了，似乎曾被泡在強酸裡、溶得非常淒慘，渾身散發著死亡與屍毒，被我用黑暗隔開。

新房間裡，滿滿焦溶喪屍。

「……」

視覺不太行。

黑色力量釋出，直接拉出兩道牆把蜂擁衝來的喪屍潮左右分開，硬生生掰出我們可以走動的空間。

把手裡的喪屍也丟進它同伴之間，我擦擦手後才從入口處移開讓學長進來。

略看了兩邊在嚎叫的喪屍群幾眼，學長四處摸索一會兒，很快找到新一道門，應該說不難找，基本只要把喪屍群弄走就可以看到，畢竟在它們腳下。

地面用火焰掃過後，出現新的轉移術法。

一路走來我也發現了，這些房間的時間依舊靜止，即使喪屍在那邊亂跳，這些空間的時間永遠都被凝固在「這裡」無法流動，與外界完全隔離，唯有通道走廊上的時間短暫正常。

先前蠢蠢欲動的想法又冒出來。

「學長，你介不介意……」環顧整窩喪屍，我舔舔唇，轉出長刀，撥弄了第三塊力量封印，這些喪屍乍看下很醜，但藏在身體裡的力量感可不低，我用兩道牆把它們下壓了半天，一隻都沒被壓扁。

看出我想做什麼，學長搖搖頭表示不介意，接著在我們腳下設置新的安全點結界，這讓我有瞬間恍惚地把現在與古戰場和小喪屍的旅行重疊。

接下來就是一連串暴打喪屍的活動。

主要是我在外面打，學長在裡面反覆製作某些東西，偶爾還會彈幾顆輔助水晶給我。很快地，我們發現這些喪屍眞的很難銷毀，除去莫名的皮厚血多，我發現幾隻最強的體內居然還置有類似百塵黑術師那種可再生的生命環，但不完整。

簡單來說就是失敗品。

這種再生機能很有限，我集中火力毆打個六七八次就可以摧毀。

學長拖了一隻被我打殘的喪屍進去陣地結界裡研究那個生命環，最後得出一個結論——這東西還眞的很有可能是黑術師實驗的失敗品，因爲符文近似，但有點變異，應該是他們在自己的生命環上基於某種原因想弄些變化。

也就是說，與大屠殺相關的人員，有百塵那群背骨仔參一腳，不曉得是幕前或幕後。

「或者，他們是事後才在本地使用亡魂做實驗。」學長分解了整隻喪屍，解釋道。因爲喪屍是死後才被置入變異的生命環，所以無法確認黑術師群到底有沒有參與大屠殺，畢竟這種實驗撿屍也可以做，只能證明百塵一行人來過此地。

暫時沒有答案。

喪屍雖多，但都是沒有靈魂的喪屍，雖然帶有死氣與黑暗，不過除了毀滅對手以外，讀不出個屁線索，只能當簡易訓練對象，麻煩的是還不能塞力量操控它們——這些東西意外地無法以外力控制，每當我塞進黑暗想要弄提線木偶時，「線」就會瞬間被瓦解，這讓我多了點警惕，以後恐怕要更注意類似這種無法控制的低階目標。

不過在我削完一整窩上百隻喪屍後，還是順利地撬動了第三塊封印，硬是強迫自己消化掉一咪咪的力量塊。

看著掌心上更加充沛的黑色能量跳動，我再度壓下想要繼續殺掉什麼東西的躁動感。

學長接過我交替使用的兩柄長刀，動作輕柔優雅地揮去上頭沾染的血沫肉塊，再淨化掉多餘的毒素與死氣。

整個過程我就蹲在旁邊看，夏碎學長給的雙刀雖然好用，也在戰鬥裡順利鎮壓了比較不服從的那把，不過隨著開始吞食第三塊力量塊，我又覺得雙刀隱約好像少了點什麼，在承載我捲上去的恐怖力量時，稍有點頓緩。

但還是比我拾荒撿回來的那一大堆斷刀好用很多倍就是。

將雙刀回鞘，學長遞還給我，默了兩秒，開口：「這兩把刀確實會追不上你力量增強的速度。」

「啊，我沒有嫌棄它們的意思。」我連忙抱著刀搖頭。不過說到刀……我想起了還在我儲物空間、那柄眞正妖師遺留下來的破碎斷刀。

想想，我還是詢問了學長是否知道黑色種族的鑄劍師，白陵然那邊之前曾透過哈維恩詢問，雖然有，但等級似乎不高，再來就是得請他族的高階鑄劍師出山；不過顧及現在已脫離妖師一族，我想儘可能不要回頭去麻煩他們。

或許公會裡面有。

學長思索了半晌，點頭，「其實你也認識，你應該去問殊那律恩，或深。」

「咦？」這次我真的詫異了。

「獄界許多兵器都出自於深，兩人時常聯手製作黑色武器，畢竟要抗敵；最初建立起勢力時是從零開始，他們會做的東西比你所想的只多不少。」學長又補充了句：「而且深在黑色力量操作上，遠遠超過妖師首領，無論哪一任。」

是沒錯啦，畢竟陰影整個就是世界兵器，力量強大。

這麼一想我還眞覺得應該要去找深，先前沒有特別想要復原，現在突然覺得該去試試看。那位先祖把刀留下來，可以確認絕對不是想讓我當紀念品，而是希望斬過魔神的刀可以繼續被使用。

重柳族之事結束與見過父母後，就去獄界吧。

「走吧。」

學長收起結界，點開地上沉寂的轉移術法。

下秒，我們被轉出喪屍窟。

接著摔進巨型食人花的嘴裡，植物滿滿特有的酸蝕口水、胃液，黏踢踢的觸感瞬間將我們兩人包裹起來。

這瞬間，我聽見學長用某種我不懂的語言罵了句話。

……呵。

我就知道他也快發飆了。

第九話　最終場的記憶

克提歐巴斯食人花，主食魔物，副食妖怪。

爲了進食，在魔地超進化出極強的防禦內外壁及足以溶解魔族的高腐蝕性胃酸，且胃酸非常充沛、具高度黏著性，可在獵物落入陷阱的刹那灌滿半個花苞胃腔，防禦低一點的魔物很容易秒被消化過半，直接往生。

我們兩個「獵物」雖然有預判會遭到攻擊，已提早在身上包滿層層保護術法，還是在瞬間被這種沒道理的胃酸腐蝕掉過半防禦術，差點眞被淹了。

費了一番工夫從食人花群走出來，不知道更新幾次的保護壁僅剩下可憐的兩、三層。

我和學長不約而同換了套衣服，即使有保護和清潔術法，但那種水水稠稠的感覺眞的很難忍，有機會換的狀況下當然立刻換。

望著長長的走廊。

怎麼說呢，也不是喪失走下去的信心，是對這種不致死但又很噁心人的環境感到耐心喪失——是的，我發現這裡的環境不致命，至少對我們兩個來講，幾乎不構成生命威脅，就連半殘的學長都可以獨自碾過去。

「這個試煉……」抓抓腦袋，我也說不出那種奇怪的感覺，「不會真的是拿來鍛鍊和過度、消化某些東西用的吧？」說真的，時間靜止對我們來說還真不是壞事，尤其是有一堆東西待吞食完畢的我，可以在這種磨人的環境裡提高身體素質，加快吸收力量塊，只要耐心足夠、不暴起把這地方拆掉。

「不是。」學長找到了通往下一關的門，微屈食指敲叩。「你想也可以，但不意外應須付出某些代價。」

這種代價前面沒講，後面大概會有個靠杯的結算。

我想想還是再度打消在這裡混到把全部能量塊吞完再走的心，畢竟是陌生區域，加上潛藏的存在感覺不算友善，小心點吧。

學長看了我一眼。「也不是付不起。」

「先找到其他人再說吧。」我比較擔心等等加上某殺手的破壞代價，真的會付不起。

下一關的門一打開，直接是一片荒野大沙漠。

冷冷的風沙拍在臉上，我有點麻痺。

所以為什麼有著大太陽的沙漠是冰的？這溫度不太對吧？

看著淹至腳踝的冰涼黃沙，總之我先往兩人身周覆蓋黑色保護術法，剛好一圈白一圈黑又一圈黑。才剛弄好，就看見熟人出現在涼冰沙的彼端。

好喔，快樂小夥伴×2。

哈維恩同樣發現我們，以最快速度瞬趕到來。

好巧不巧，他也換了一套衣服，雖然款式很像，但配飾微妙地變動了。我想可以讓如此克難的夜妖精更換衣物……嗯，可見沒有少被精神和物理攻擊。

夜妖精一到我們面前，漫天黃沙的周邊景物突然震動起來，熟悉的圓圈出現在正前方十二點鐘方向，捲出萬惡的圈圈，並搭配文字——

恭喜三人終於會合了。

但很可惜的是，接下來的關卡只能兩人開啓。

請選擇要捨棄哪位呢？

我轉動槍枝，直接把文字一槍打碎。

「找路吧。」對火焰幹話完全沒有信任度，我看看其他兩人，立時統一意向，顯然後到的哈維恩也被騙過，並不打算按照文字說的行動。

學長蹲在圓圈圈出現的地方，挖了幾下黃沙，刨出淺洞後從裡面截斷了某種術法的流動軌跡。「這些關卡是設置好的，有些並無自己的意識，只在滿足某些條件時啓動。現在掩蹤術法關閉，可以趁它還未消失，從這裡連繫到總控制大陣。」

哈維恩立即蹲在一邊幫忙。

兩人很快抓出能量與元素運動路徑，沿著線軌迅速找到了貼附在另一處的發動點——控制整個試煉房間的核心

「這裡應該可以連結到其他試煉關卡的術法。」哈維恩協助解析找到的幾個大大小小符文圈圈，判讀了一會兒，就和學長互相對了個眼神。

「可以。」學長點點頭。

兩人商議了半晌，準備開始變更大陣法，我這邊也沒有閒著，大概是這區域的某種意識發現我們根本不照劇本走，打算先拆爲敬，整片黃沙下方逐漸有奇怪的氣息翻騰，陰險地啓動備用方案，想阻攔受測者們的行爲。

我拋出長刀，轉了圈接住，有點耍帥地往後看另外兩人，揮了下手：「你們專心加油。」

學長用無言的目光看我，似乎決定不想浪費精力吐槽，與哈維恩低頭繼續修改手底下震動反抗的術法列。

一隻隻長得像突變綠鬣蜥的鋼甲爬行生物從沙地裡鑽出，嘴巴嘎的聲猛然咧到後腦殼，迸出顆顆分明的尖牙，以及拔絲的灰綠色毒液。

雖然想說這東西似乎比喪屍好打，但變種綠鬣蜥像砲彈衝過來時，我立刻驚覺牠們的速度超快，猝不及防的瞬間便起步加速，而且牠們直接撞擊保護結界的術法符文交匯點，厚的不撞專挑薄的，像是對陣法脆弱處極爲了解。

這就很有意思了。

眾所皆知，半路出家的我在法術概念上沒有其他人好，現在用最多的還是學院與親友牌術法，再多就是血脈傳承或各階段冒險歷練所得，小部分損壞可以修個，眞的要搞這種大規模你撞我補，我覺得要讓開給專業的來。

意思就是，不想從地上拖一隻沉迷研究的夜妖精起來，我就必須在砲彈擊打結界壁之前先把牠們處理掉。

射擊遊戲對吧。

測試一下，這地方壓制術法很小，我直接把米納斯請出來，決定開掛，自由瞄靶時間。

一邊開槍一邊對近距離鑽出來的變種生物補刀，這些東西的出沒點位不難找，主要是牠們的力量軌跡太明顯了，詭異的氣息在沙底下勾勒出爬行路線，足以讓我們鎖定最終蹦出來的位置，屆時補刀或補槍都來得及，麻煩的是牠們會無預警爆發衝擊。我抓住空隙時間在地上掃了幾條溝，幾發王水彈製造人工腐蝕河，罩住鑽出來的綠鬣蜥，現場一陣奇異的嘶吼與溶解臭氣瀰漫。

很快我注意到綠鬣蜥與剛才的喪屍有部分共通點，就是打了會復元，還有比較難打死的高階型態。

所以這些東西原理是一樣的。

喪屍那邊我嘗試過，多為空殼還有異常禁制，所以黑暗力量難以侵入操作，綠鬣蜥這裡抓了幾隻也類似。

黑術師應該不可能無聊到抓生物研製生命環，這麼大量的綠鬣蜥十之八九是基於某種目的按照喪屍的模式做出來的。

眞試煉？

還是藏躲在試煉裡想要趁鬆懈殺掉我們？

我瞇起眼，瞥見沙地遠端一閃而過的血色流光，這點東西我在第一個房間也隱約看過，當時裡頭還伴隨大量的視線感，我並不認爲那是試煉的一環。

有東西躲在試煉後面。

往後丟去幾個黑色陣法殼覆蓋學長兩人，切開他們與沙地的接觸連繫，我抓住小飛碟吸收黑暗，展開漆黑的力量，讓其急速蔓延至可以看見的全部空間，把底下萬頭攢動的變種綠鬣蜥強壓回地底，同時反向封鎖整片沙地。

「該出來了。」敲動凝滯的空氣，黑暗言語順著氣流繼續向外擴散，散出屬於妖師一族的恐怖威壓。「否則，我只好動用心咒讓整個空間崩塌了。」

雖然不簡單，但也不算難，我家奇葩祖先不巧就給了個這種術法，血放多一點就好。主要是這樣就會應驗西瑞那句「會爆炸」，以後觀光景點大概會拒絕我們進入。

想想就很靠杯。

紅光再度一閃而逝，這次距離更遠了。

正準備衝上去給它一個物理性迎頭痛擊之際，被我蓋在後頭的兩人組忽然爆開一股強烈震盪，不知混合幾種元素的爆炸掀起驚人波動，來自己方的迅猛衝擊差點把我重力加速度打飛出去。

「褚！趴下！」

喔，還有遲來的警示。

根本來不及趴下，我身周急速湧起幾道水壁將我圈入中心，下秒大量黃沙彷如海嘯爆發席捲而來，清水防禦壁當場混成了泥漿。數百千隻變種綠鬣蜥被龍捲風從地底硬生生拔出來到處飛舞，有的在空中掙扎、翻滾扭曲，有的直接在空中被暴亂能量撕成碎粉，嗡嗡地鳴與越來越強的震動像無形巨手，抓住整個空間並用力扭轉，最後扯裂試煉房間。

我把腦袋穿過水壁與保護結界的大型綠鬣蜥按回去，雖然牠鑽得很辛苦，不過還是讓牠跟著世界滾筒繼續旋轉起舞吧。

這場小規模的天崩地裂之際，具純粹暴力破壞性的黃沙龍捲風暴直衝天空與地面，上下左右撕開的空間不斷震盪，越演越烈的波動如漣漪般擴散出去。失去地板後，我在懸空的腳底處看見有其他巨型術法圈朝我們的方向靠近，上方天空也是，各種壓縮空間以我們位置爲中心逐漸靠攏，彷彿磁石吸引，從散亂漸次轉爲依序排列。

「關卡集中了。」米納斯輕聲說道。

眞想知道學長他們怎麼做到這種事，製作關卡的人大概血會吐出來吧，這些試煉者不想闖關了，直接把關卡一口氣挖出來排排站，怎麼看都很不對啊！

但也就是學長和哈維恩的這個動作，我才發現原來我們並不是在「地底」，而是早就被轉移到另一個超大型虛空，否則按照學長他們這樣搞，別說爆炸了，整個禁地秒消失在世界上。

黑色的無盡虛空裡，三十三個纏繞時間術法的「房間」平空飄浮，一條條折斷的通道像觸鬚般接連在這些「房間」周邊，無重力般淩亂飄移，乍看有種次元生物感。

認真地說……

這不是破關，這是破壞了喂！

空間術法遭到破壞後，原先區隔房間的「走廊」亦失去連接效用。

我前方迅速轉出移動法陣，不意外地看見夏碎學長與西瑞落地，兩人應該和我們一樣在某房間相遇了，整體看起來好好的、沒有缺損，但也換過衣服。

……害人不淺啊你們這些磨人的小關卡們。

「漾～」西瑞唰地一下抬起手，爪子上抓著一條毛茸茸的黑藍色大尾巴，尾巴另一端連著很像狗的某種獸類。「伴手禮～」

沉默兩秒，我剛剛是不是應該要抓一隻變種綠鬣蜥？

看著什麼都沒有的破碎黃沙空間，沙早就盡數倒空，更別說綠鬣蜥，連條尾巴都沒留，早知道剛剛就把那隻鑽水壁的拖進來了。

「這似乎是凶獸，我們在藏寶房間找到的。」夏碎學長看著被打暈的黑藍色狗狗，微笑著補充：「幸好才剛甦醒，力量並不充裕，很好應付。」

「哈，大爺就說抓得住。」西瑞把有點重量的怪狗塞給我，絲毫沒有跟我要伴手禮的樣子，但很期待地盯著我。

偷偷地鬆口氣，我誠懇地先向眼睛發亮的西瑞好好道謝，隨後注意到夏碎學長所說：「藏寶房間？」

「嗯，雖說有很多怪異的試煉之地，然而有一、兩個房間內藏著有用的物品，協力通過後有機會取得。」夏碎學長和西瑞互看了眼，解釋。

與我想的差不多，兩人經過幾次關卡後會合，並啓動了雙人試煉，他們沒像我們三人二話不說就搞破壞——對！他們兩個人竟然沒有搞破壞！西瑞是假的吧！

呼……總之他們沒有搞破壞，居然還接受了雙人試煉，主要是西瑞邊喊本大爺要踏破你們這些陰險仔的陷阱，邊一往直前衝個沒完，而夏碎學長配合他見招拆招，莫名其妙達成好幾次默契合作，連續闖破好幾個雙人關卡。

我突然有點慚愧，在我們開掛與大破壞的同時，隊友們正在認眞勤勞常規通關，裡面還一個是平常打算爆破世間任何一切的傢伙。

他們在破了幾個雙人試煉後，發現有的房間含有額外隱藏術法或者房中房，繼續破解後得到兩種物品，一個是我懷裡渾身散發黑暗的狗，另一個則是擁有精靈純淨力量的碎片，無屬性，哪種精靈都可以無痛吸收。

「這個等等給學長用。」西瑞很爽快地指著碎片說。

「狗你帶回去吧。」我把黑狗塞回給西瑞：「我不會養凶獸，這東西吃啥不知道。」烏龍麵都被我掛在圖書館寄養了，再來隻凶獸幼年體，不知道會不會直接養成標本。

「好吧，本大爺養好再給你玩。」西瑞可能也想到烏龍麵的慘案，難得無話可說，很快就把狗收起來。

這種小凶獸和幻獸類似，雖然有分等級，但整體僅次於強大的獸王族，我先祖他們就用了不少巨型凶獸代步，現在的妖師一族也還有馴養。這兩天白陵然才詢問過相關的事，沒想到轉頭西瑞就在這裡挖到一隻，可能這就是緣分，也有可能是某妖師首領背地的幹話成真。

總之現在奇怪的不尋常，有一半機率來自於白陵然。

這世界除了我可以咒我自己，還有我表哥可以咒我，真@#$!#!

三人交談暫時終了，後方被我蓋著的結界再度出現動靜，先是外殼的黑暗散去，接著是內部逸散的混亂能量趨於穩定，露出裡頭搞事的學長與夜妖精。兩人乍看沒什麼問題，不過可以感覺出藍條被吸爆了，無論是學長或哈維恩，雙雙顯得有點力竭，尤其是學長，恐怕還被吸了點紅條。

玩啊，繼續玩啊。

明明可以不用搞這麼大的，再無視半殘的肉體啊。

我環著雙手，目光不善地盯著轉成精靈系的某傢伙，如果不是他們周邊拆解的符文還沒完全歸位，我大概會先進去往他腦袋夯一拳。

約莫兩、三分鐘左右，大陣法終於開放進出。

剛踏入就感受到裡頭還有術法暴亂後殘留的不穩定元素亂流，我與夏碎學長一人拽一個，把兩個看起來很正常、結果湊在一起就搞事的傢伙拉到旁邊開設恢復圈休息。

西瑞對外面連接起來的一大堆房間還很有興趣，打算探探能不能用，打過招呼就跑掉了。

「可以請問兩位拆景點的用意嗎？」我看哈維恩慢慢地補充黑暗物質，很誠懇地詢問他們突然瘋起來的原因。

哈維恩看看學長，後者一臉裝死，夜妖精只好組織話語，隨即說道：「我們在分解控制陣時，發現可以連結上核心術法。」

簡單地說，到底還是與學長他母親有關係，他們兩個剛拆沒多久就發現內核依舊是第一公主的手筆，部分輔以其他參與者的符文，又又又正好這個是學長從父母那邊學過的東西，加上後世現代術法演化云云，他們當下決定多花點藍條直接強制接手內核，整理過後化繁爲簡，將所有關卡拖進同個區域。

這兩傢伙本來想的是接合全部走道，變成一個環形大通道之類的，哪知道上千年下來，有些預設符文早就破損，還被隱藏其中的不明存在修改過一小部分，計畫因此有所偏差。

於是一拖就拖成現在這樣子。

我不得不對他們豎起大拇指。

「沒弄好，大家就死掉了呢。」夏碎學長笑著把我內心的吐槽說出來。

「咳……我相信大家。」學長心虛地轉開視線。

你要不要去向那幾百、幾千隻綠鬣蜥道歉？

明顯以我們爲中心的黃沙關卡連同內容物全爆了喂！綠鬣蜥又做錯了什麼？

「我以爲這裡是針對各種不足加以訓練的試煉場所呢，看來這個試煉最該開啓的應該是大家的耐心訓練。」夏碎學長繼續露出帶有黑影的笑容，他面前的學長和哈維恩屁都不敢放，兩人很乖地閉緊嘴巴。

「對了，所以你們也遇到藏在裡面的東西了嗎？」我想想，其實撇除某些不懷好意的東西，這裡眞的的確很像訓練場。

「嗯，我與西瑞合力抓住一個，是藏進這些空間的惡靈。」夏碎學長取出一盞玻璃提燈，裡面有一團紅色的球形虛影正在用力撞擊玻璃壁，然而這些動作只濺起術法的小波紋，整盞燈絲毫不動。「雖說想阻礙我們離開此處，不過試煉地本身機能很完善，也可取得獎勵，排除惡靈侵蝕與影響後，我判斷仍舊有闖關的價値。」

……

……原來如此。

扣除我可能狀況外，哈維恩以我想法爲主，那個應該也看出關卡重點的學長百分之一百二就是眞的沒耐心。

「我就猜到冰炎會做這種事情。」接回撞玻璃的亡靈，夏碎學長笑吟吟地看著他家搭檔，毫無猶豫地曝他底：「畢竟他以前經常這樣拆禁地，只是後來帶你開始裝得比較穩重呢。」

學長把頭轉開，嘖了聲。

喔果然某精靈以前還眞的刻意裝穩重喔。

——你這個屁孩。

等待學長和哈維恩休息的這段期間，我們總算摸清楚這些空間。

總體來說，本質還是試煉之地，單人的訓練耐性、耐力等不足處，多人的訓練默契配合等……

「其實內容在九十九問時就透露了。」夏碎學長又提及反社會九十九問，比反社會問題更反社會地理解這些東西。「大多明顯是針對信任值，因此可推測主要試煉重心是放在團隊關卡，組隊後比單人收益更大，與西瑞一起闖關時證明了這點。」

「不，我覺得只是爲了消滅耐心值。」我深沉地搖頭，看看旁邊就一個半精靈直接爆破試煉場了。「不過時間靜止的設定還在嗎？」

看著外面那些大型術法球，我問道。

「還在。」哈維恩點頭：「我們沒有拆掉時間術法與關卡結構，運作應該依然正常。」

也就是說，這些關卡雖然被拖出來搞壞一半，但時間凝止效果和整體運行依舊，沒意外的話，還可以去撿看看寶物。

反正西瑞都跑進去了，我和夏碎學長商量了幾句，決定讓哈維恩和學長繼續整合這個空間，然後我們兩個去找西瑞會合挖寶藏。

原先我們以爲試煉間多少會因爲強制被拔起而毀得七零八落，結果意料之外地受到的影響並不大，如同哈維恩所說，除了某些藏匿在機關術法裡的鬼東西跑掉以外，大部分試煉場都可正常開啓。

既然如此，逮住西瑞之後，我們就開始繼續比較正常的三人試煉……雖說比較正常，但還是不太正常，照樣充滿了會讓人腦血管崩裂的奇葩問題。

我再次懷疑起第一公主的精神狀況。

這些關卡的連接路徑被破壞了，沒法像之前走廊道銜接關卡，不過可以用移動陣法到入口；只是我們開啓過的試煉，無論一人、兩人或三人，離開後房間便整個封鎖卡死，無法再被啓用，變相地繼續體現無法回頭的前言。

夏碎學長解釋那是因爲啓動試煉的同時也啓動了內藏的自崩術法。因此在紅色系的學長兩人處理完整個大陣跑來找我們時，試煉也剩不到幾間了。

恭喜五人會合。

接下來將進入五人試煉。

這前置詞看起來正常多了。

雖然如此想，但後來我們灰頭土臉地從考驗加倍、神經質加倍的試煉間出來時，我還是再度懷疑學長他媽平常都在想什麼，默默無語的學長這次根本不敢狡辯。

幸好結果是好的。

雖然沒再掏到活體，不過人類、獸王族和精靈的補充品不少，全都是可用物，也有一些藥草、兵器等物，最大的獎還有增強團隊體質的特別藥物。

補充品分配給相應的三人，兵器藥草大多分給哈維恩，體質藥物則是大家平分使用。

裡面大概除了最開始那隻狗和後來的體質藥，好像就沒有專屬黑色種族的用品了，很可能是藏在最開始我第一個遇到的房間，畢竟氛圍很像，但錯過就錯過了，也沒辦法。

不過一直以來我們在外亂跑都是遇到東西適合誰用就給誰，所以我也沒覺得有什麼問題，反正如果有我可以用的，學長他們必定一樣會二話不說直接塞給我。

其他人都有這個默契，於是大夥兒沒囉嗦，東西分好後便迎向最後一道關卡。

最後關卡的門一打開，首先映入眼簾的是一道背對我們的巨大身影——或者應該說，是被架得很高，以至於造成他很巨大的錯覺。

那是個被釘在木架上的男人，成年男性的四肢被拉扯開，無力懸於近三、四百公分的高處，爲了預防他逃脫，甚至刻寫大量符文在木架上。

他的周圍繞著無數模糊的灰黑色輪廓，每道影子上都鑲嵌著一雙充滿憎恨與怒火的猩紅雙目。仔細判別，會讓人驚訝地發現其實它們並不是普通怪物，單單憑輪廓保留的部分特徵，幾乎可以發現裡頭赫然有好幾個是來自不同種族的生物。

夏碎學長拿出那盞亡魂燈，內裡紅光大盛，亡魂再度暴起，這次直接將玻璃壁撞出個洞，鑽出提燈的亡魂衝進那些人影裡拉長變寬，最後成爲它們的一員。

數十百雙的血目動作一致地轉向我們，就像看那個木架上的男人，赤眼怒意不減，反倒更加強烈地增生，恨不得衝過來把我們這些外來者抽骨剝皮，一洩無法消除的洶湧情緒。

很快地，影影綽綽的亡靈裡，緩緩走出一道相對矮小的佝僂身影，比起其他模糊不清的輪廓，這抹人影清晰許多，基本可以看出來「它」穿著一件蓋頭遮臉的破舊長斗篷，伸出來的手握著一根粗樹枝充當拐杖，瘦弱的身影在另一道模糊影子的攙扶下，一瘸一拐、慢吞吞地往我們過來。

說實話，我不認爲這些亡靈有什麼強大威脅，因爲在我眼中看來，眞正具備「氣息」和「存在」的只有四、五隻；其他的沒意外全是幻影，多半是亡靈或試煉關卡映射出來的迷惑術法，然而到我們這種層級，已經可以很容易地識破這點小手段。眞正讓人在意的是正在顯現的影像，因此才沒人出手打破幻象。

一行人來回對看，最後還是可以講人話的夏碎學長代表出列。

喔對了，我發現攙扶矮小亡靈的那傢伙就是剛剛從夏碎學長手上逃跑的那隻，相較於其他「同伴」，這團人影的一雙紅眼睛明顯多了幾分針對我們的幹意。

被推出去當靶子……當溝通大使的夏碎學長帶著柔和的微笑，一臉好像他沒抓過鬼似地友善詢問：「請問兩位需要我們做什麼呢？」

亡靈手上與它身高平齊的粗樹枝指向我，蒼老又虛弱的聲音毫不客氣地傳來：「殺掉妖師。」

我挑眉，周身湧現滾動的層層黑霧。「搞清楚點你這個老頭飄，我隨時可以讓你後面那堆東西陪你魂飛魄散。」沒事就想照三餐殺我，好歹也衡量一下能不能做到。

老亡靈又發出一連串不懷好意的怪異笑聲。

「這是很令人困擾的要求，恕難從命。」夏碎學長面色不改，依舊溫和：「另外，此處關卡的題目並非如此吧……我看看，這也許是一個記憶與選擇的關卡呢？」

扶著老鬼的人影本來還在瞪我們，聽到夏碎學長隨口一猜，下意識轉開視線。

喔，好像眞猜對了，阿飄的反應看上去有點心虛。

「在入口時，其他亡魂給予的情緒是針對八大種族的憎恨，開始試煉後，幾位又不斷針對我們釋出微妙的惡意，我推測，或許有很大原因是我們也算擁有八種血脈之一。」

「製作關卡的第一公主身爲接受過世界意識的祝福者，是具備相當能力的高階術師，因此不存在遺漏製作『防止外物破壞試煉的保護措施』的可能性，由此可知，諸位是被公主『允許』存在於試煉之中。」

「這麼一來，我是否可以認爲諸位是當時僅存有意識的受害者，因緣際會接受第一公主某些提議，成爲某一道關卡——按照諸位聚集之處，交換的就是這最後一道關卡。」夏碎學長笑咪咪地好像沒看見兩個亡魂越來越僵硬的模樣，繼續說道：「但第一公主本身也是獸王族，應該是你們憎惡的對象，所以這場交易裡或許會少掉一些對於幾位的禁制以作爲補償，例如諸位可以小範圍地做些惡作劇……那麼公主爲什麼必須這麼做呢？必然是絕對需要幾位，而需要幾位的原因不脫那幾項，其中最爲重要、不可被取代的便是記憶了。」

夏碎學長指指後方被黑影圍繞的高架，以及被釘在上面的男人：「你們必須傳遞這份記憶作爲關卡，但記憶無法更改過去，加上所有關卡適中的難度，我想這份記憶只是被作爲某種範本，用來測試我們在進入幻象後會出現的反應；而閣下方才要我們殺掉妖師，所以我認爲是須要在這場幻象試煉中，做出某種可能危害我們同伴的選擇……或是過去八大種族做出某種危害身邊他人的選擇。」

如果不是亡靈不會流汗，我看現在它們應該集體瀑布汗了。

「對了，通常這種選擇性的記憶幻象關卡，其實必須將我們幾人分開測試呢。」夏碎學長還很好心地提出意見。

「閉嘴！」老鬼爆氣了。

下秒，我們四周瞬間變成黑暗，須臾間我已看不見其他人的身影，只剩獨自一人。

……你就不要提醒它們啊非要嘴巴癢多說那兩句嗎？

我閉上眼睛。

環繞在側的空氣原本凝滯不動，幾秒後慢慢滲入點點的血腥氣，接著是多種物質燃燒的詭異惡臭味，元素扭曲的亂流將混雜的空氣變得更加惡劣，沒多久血味逐漸濃烈黏膩，轉變成為戰場般混合了硝煙與死亡後的獨有氣味。

等我再睜開眼睛，進入眼中的是屍橫遍野的淒慘畫面。

地面完全被各種顏色的鮮血浸透，凹陷下去的淺坑蓄積著血液或不明液體，黑紅色的烏雲覆蓋整片天空與戰場，不見光的廣大土地彷彿被痛苦與血腥凍結時間。

從古戰場到各個戰場我沒少見這些畫面，死亡、死亡、不斷重複的大量死亡拼造成地獄之景，每一眨眼都有某種生物嚥下最後一口氣，接著生者繼續揮舞兵器，亡者則被踐踏成泥；無論生前認識不認識，親近或不親近，都會在某個片刻成為永遠的過去。

眼前的就是一個混合種族的戰場。

腳邊的屍體群不是單一種族，而是多種不同的族群……某個聯合戰場。

向前走兩步，我發現這個幻象允許在場景內移動，因此越往前越可以看見更多死狀慘烈的屍體，或說大多都是遍地散落的屍塊肉泥，混合種族面對的對手可推測力量及軀體壓倒性地強大，要造成這種屍體被大量肢解的狀況，不是普通的小戰場。

才剛這麼想，我就看見一頭完全成熟的食魂死靈衝進人群，蜘蛛模樣的巨型食魂死靈碾壓眾多混合種族戰士，鋸齒般的嘴部發出震撼魂靈的嘶吼，被懾住的幾名種族閃避不及，當場被吊起撕裂。

「撐著！再撐一會兒！」

「他們已經進去了，撐住就成功了！」

「撐下去！」

聯合隊伍裡不斷有指揮者或同伴用不同語言大聲鼓勵死傷慘重的殘存部隊。

「支撐下去！」

「精靈術師呢！」

食魂死靈周遭出現好幾個封鎖大陣，遠方急速飆來精靈術師和羽族術師，趕忙配合戰場上僅剩的兩、三名術師強控住巨蛛。

然而制住一隻，附近又冒出兩隻、三隻，術師們疲於奔命，死亡數量不斷增加。

這個戰場上並沒有妖師的存在。

為了確認這件事，我用黑暗捏了黑鷹出來搭乘，高空俯瞰後確實沒有看見妖師，而其他黑色種族也不多……應該說少得可憐，所以對於箝制食魂死靈發揮不出太大的作用，更別說場上還有大批魔獸、鬼族與各式各樣的邪惡生物。

出戰的種族很多也很雜，連幻獸都混在其中。

「精靈的封印裂開了！」

「炎狼的封印出問題了！」

「水族的封印！」

慘烈的戰場奔傳著一次又一次的噩耗。

「西方封印魔神甦醒！」

「水族入口出現數個異靈！」

「撐住啊！」

「爲什麼這麼久？」

「快看天空！」

循著那些恐慌的吶喊，我轉向布滿黑紅霧、黑紫毒素的高空，極遙遠處豎起一道細微的通天光柱，淡青色的光體外環繞血紅，充斥著說不出的恐怖不祥。

戰場瞬間寂靜無聲，就連被食魂死靈撕開的人都忘卻慘叫。

所有人看著光柱，浮現絕對驚懼恐慌與不可置信的死白神色。

「誰逃走了？」

「誰！」

「是誰？」

無數絕望的吼叫聲刺穿整個戰場，布滿每一處角落，剎那爆出的負面情緒深刻得連我這個旁觀者都可以感受到，即使死亡、即使成爲亡魂，那日濃烈的絕望依然深深刻印在殘缺的魂靈中，未曾消散，無法除抹的無助至死仍縈繞於魂魄中。

戰士們帶著恐懼與悲痛，哭叫著瘋狂抵抗攻擊，然後一個個在號叫裡死去，生命碎裂的最終依舊無法改變命運，只能眼睜睜看著妖邪們狂妄地大笑，啃食同伴血肉與撕碎更多靈魂，成爲最後留於意識的畫面。

接著其他方位也紛紛出現了環繞血光的各種光柱，彼端似乎用了什麼沉重可怕的方式確保光柱成形，致使每一道的出現都伴隨著比死還慘烈的痛苦嘶吼。

「誰逃走了！」

「誰背叛了！」

七道光柱佇立於四面八方，鮮血淋漓，彷彿被赤裸剝皮的數不盡生命。

我無言地看著那些屬於白色種族的力量色光。

沒有黑色種族。

八大種族裡，獨缺妖師的黑暗。

「背叛者！」

「妖師背叛！」

「爲什麼他們要相信妖師！」

「八大種族爲什麼相信妖師！」

「他們不該相信妖師！」

絕望之後，是濃烈的恨意。

沒多久，戰場生命死絕，不管是戰士或是術師、低階或高階，筋疲力盡後如失去光輝的流星一一殞落於戰場上，被各式各樣邪惡分食，他們沒等到救援。各地人手支援不及，這個中規模戰場遭到最可怕的踐踏，後方得不到庇護的城鎮被夷爲平地。

亡靈四起，有些進入了安息之地，有些無法放下怨恨，有些則永遠成爲邪惡的腹食。

爲什麼要背叛？

爲什麼要選擇相信？

好恨啊。

好恨當時選擇妖師的八大種族。

好恨讓他們死去的八大種族。

好恨。

它們徘徊著，積起沉重的怨氣。

怨氣吸引黑術師，大部分怨靈被捕捉去餵養食魂死靈，憎恨最沉重的則是從各地被帶到無主之處，由黑術師們集中反覆實驗。

偶爾有幾個保持些許意識，更多則是成爲只有強烈恨意的空殼。

眞的好恨。

當時，如果先殺死妖師就好了。

當時，如果不相信八大種族就好了。

「所以呢？」

我回到地面上，看著這些流出血淚的亡魂。

它們的記憶確實極爲痛苦，如果當時悲慘結局源自於妖師背叛，那麼妖師必須負責。「但在妖師背叛之前，是八大種族促成這場戰役發生的嗎？」

亡靈們陰森森地看著我。

「我不否認妖師的背叛讓結局很慘，當時背叛者也應該亂刀砍死。但在那之前，引發戰役的應該是某些邪惡勢力吧。八大種族提出某種需要他們聯合出動的方式想解決這場戰役，光是這點，你們就不應該把所有的責任都掛在他們身上。」暫時無法判斷這是哪一場戰爭，不過看規模也知道打得慘烈，妖師背叛一事無法辯解，但這的確不該全是八大種族的鍋，至少他們曾挺身而出。

另外一點，妖師爲什麼背叛？

雖然不知道當時的妖師是不是個腦殘，但我總覺得事情沒有那麼簡單，既然答應八大種族出手，那該名妖師必定承擔了某些責任，沒發生特殊狀況，這傢伙不該臨時背叛。

……除非他一開始就打算覆滅世界啦。

但以魔神封印出問題爲前提，妖師背叛的事就很蹊蹺，畢竟不管世界再怎麼內鬥，魔神當前，齊力對付魔神是第一要務。

我並沒打算幫當時的妖師說話，只是這個「背叛」或許不單純。

不過再怎麼說，背叛造成這個結果是既定事實，妖師被憎恨是必定的果，只是不應該擴大到八種族。

……

……

靠！所以這是造成「全世界都討厭妖師」的事故累加嗎？

馬的不要被我抓到是哪一代妖師！賤巴辣又害到後世子孫！

就算出問題，爬也給我爬去實現約定啊垃圾妖師！

氣得我偏頭痛都牙起來了。

第十話　燄之公主

妖師至今都還在被憎恨著。

就像人類中會出現無數老鼠屎和賤人，不論黑或白都有污穢與邪惡的存在。

我並不相信妖師走至現在的境況全然都是世界兵器的問題，必定是累積了很多事故、誤會，加上各種幕後推手，陰錯陽差失去了大部分種族的信任，最後造成目前的結果。

就像凡斯當年強烈後悔的一切。

所以我經常儘可能地容忍白色種族在那邊靠杯靠木。

但再度看著不明原因造成背叛的慘況，我還是深深地產生了不如全都毀滅吧的想法。

到底是哪一代妖師？

不要讓我找到你，馬的！

按著太陽穴，我看著重新恢復黑暗的場景，血腥味退去，老鬼和扶著老鬼的鬼又出現在我面前。

「殺死妖師。」

老鬼重複先前的話，陰惻惻又不懷好意：「妖師只會背叛。」

「叛你媽，單一事故不要牽連全體，講得好像白色種族沒自爆過，我祖先還帶團打爆過魔神你們怎麼不算。」是不是做好事沒人記住，世界爆炸才要累加算帳啊！

總之，這不是我幹的，也不是現代其他妖師幹的，不揹鍋，少牽拖，有本事你們去把那個當事妖師拖出來啊，我保證幫你們把他打得魂飛魄散！

「選擇吧。」老鬼和模糊鬼慢慢退回它們重新浮現的團體裡，中間依舊是釘著不明人體的高架。

我嘖了聲，提步走向高架，被釘者也從背向我逐漸轉成正向，近看後才發現高架下疊滿了柴火和燃料，十足燒女巫的架式。

等到可以清楚看見這名男人低垂的半張面孔後，我出現混合「果然」和「莫名其妙」的微妙想法。

男人的臉與我很像，大概是盜了我的臉去裝潢，看起來比較像成年版的我，也有點像凡斯，畢竟我清理血脈後和他的外殼好像更重疊了。

總之這是一個被釘在高架上的妖師，或者黑色種族。

「選擇吧。」

周遭亡靈幻影們齊聲吟唸：「殺死妖師，挽救戰場，平息怨恨。」

主訴求應該是殺死妖師平息怨恨吧。

我冷漠地看著藏在幻影裡的那幾隻亡靈，它們極度渴望我在這裡手刃架上的男人，我的手掌裡甚至出現了一把不屬於我的尖刀。不知何時，高架變成了低架，男人與我面對面，近在我正前方，我只要把尖刀送進他的身體，就可以完成亡靈們的心願。

然而這種時候，動漫都會有老梗，殺死對方等同殺死的是我自己之類的劇情設計。

「殺死妖師，你們就可以完成關卡。」亡靈們再度齊聲說：「或者，選擇替罪羔羊，八種族該有人爲此負責。」

男人旁邊陸續出現其他木架，每個上面都釘著一個人，其中有幾個盜版了學長他們的部分五官。

我有點強迫症發作，成年版的學長和目前的他差異滿多的，至少要捏得像三王子那樣啊！看著要像不像又顏值下降的外表，超級想壓著它們重捏一隻。

「只要殺死一個，亡靈即可被撫慰。」

環顧周圍八個人，我笑了聲。

這種狀況下，或許我殺我自己會是最好的選擇。

但……

「吃大便吧，現場沒有人必須爲此負責。」

我在老鬼面前丟下尖刀。

都不知道是幾千年前的戰場了，干現今的其他人什麼事。

一刀下去，五聲響。

學長等人倏然出現在我面前，每個人手上的尖刀都在地上，學長、夏碎學長、西瑞和哈維恩，一個不缺，大家不約而同都把尖刀丟了，複製版尖刀變成一小堆。

「你就不要多嘴那句。」學長對夏碎學長發出抱怨。

夏碎學長笑了笑，「即使不說也會分別測試呢。」

「不爽度會變高。」學長說出大家心裡的話。

「現在呢？打爆它們？」西瑞按按脖子，甩出獸爪，看起來心情不太美妙。

不知不覺間，亡靈大軍把我們層層包圍，不知道究竟有沒有通關，但看得出來它們超不爽，大概是反悔想把我們就地弄死；藏在裡面的實體逐漸增多，感覺有些很像先前我們遇過的喪屍，可能是這個關卡眞正的戰力。

「打。」

五人認眞起來，碾掉這裡的亡魂實體就很快。

最後剩下那幾個眞正的亡靈。

「好好和你們說話不聽，非得要我們暴力通關就是。」我看那幾個捱打後變很淡的亡魂，雖然它們可憐，但它們可以選擇放下去安息之地，或是被動地我們幫它選擇。「換我們給你們選擇，一，幫你們開路去安息之地；二，把你們打到爆。」

「咳。」夏碎學長拍拍我的肩膀，替代發言：「諸位可以思考一下，通關之後是否由我們替幾位淨化，並開啓安息之路，或是我們協助幾位永遠脫離苦海。」

美化過的說明有比較好嗎？

有。

但這要放在我開口之前。

我都講完了修飾個屁！聽起來更沒誠意了好不好！

亡靈們大概也是這種想法，看我們的視線更不善了，一整個很想把我們全弄死在這裡；然而它們不行，從先前躲躲藏藏還被捉住這點來看，它們並不強。

最後這群亡靈只能選擇被超渡——夏碎學長新的提燈都拿出來了，反正全都被捕，它們還不是得人爲上西天。

收好亡靈們，待離開此地禁制後再送魂，一轉頭就看見通關的大門在我們前方開啓。

白火符文圈燃出，捲出一個大大的箱子，以及傳送陣法。

「走吧。」

學長看著我們，說道。

「該離開這個鬼地方了。」

雖然目前還不曉得。

不過很久很久很久之後的某一天，我突然想起地底九十九問事件，去了一趟燄之谷探訪眞相，才知道更久以前，某位公主曾拿著本子遊走燄之谷上下，到處詢問記錄炎狼們所謂信任與各種友人相處之間的親密問題，以及趣味試煉的設置。

九十九問與試煉關卡＝燄之谷腦子有毒集合體。

但現在的我還不知道這件事。

不然我當天離開就去攻打神經病的燄之谷！

總之現在無知的我與學長等人踏過脫離試煉區的傳送陣。

迎接我們的是一片白光，白光消散後，展現的是廣闊又壯麗的巨型空間，可見之處全都是數不盡的滿滿水晶柱，各式淺淡深濃不一的色光在水晶柱裡游動浮現，華麗非常。

正中央，還是那個眼熟的白火陣法圖跳動燃燒，火焰組成的女性端坐其中，似乎正靜靜地等待通關的我們。

「哎呀，比預計快很多呢。」

火焰女性等所有人站定，隨後傳來帶著笑意的嗓音，這道聲音極為耳熟，先前聽過幾次，更像是與阿法帝斯同行那時聽見的歡愉聲音，而不是我們在上方入口處聽到的那種無機發聲。

「巴瑟蘭公主。」夏碎學長向女性微微躬身行禮，我們也趕緊各自表示該有的禮儀。

「嗯～這是哪一位後輩呢？」女性揮揮手後，面向旁側的學長，語氣柔和地說：「原先我預計若我離去，應該是小阿法，或者父親到達這裡，但你的年紀很小，卻與我有相同的血脈，是……孩子嗎？」

「母親。」學長低聲地開口。

白火瞬間散開。

一位遠比雕像更加鮮活、優雅又艷麗的女性倏然出現在我們面前，整個人如熊熊烈焰般耀眼奪目，身穿一身輕便的緋紅戰甲與火光流動的外袍；她的模樣與狼后有七、八分相似，但外貌更為年輕洋溢些，可能僅僅二十出頭。五官深邃，眉眼張揚自信，烈焰般的極長紅髮瀑散飛舞，火紅瀲灩的眼眸閃爍著柔和笑意，渾身上下充滿驚人的蓬勃生命力與高雅華貴的風範魅力，即便在萬千人裡也很容易一眼就辨識出她的身姿，完全無法忽視。

雖然學長與三王子的容貌幾近複製貼上，不過與公主面對面猛一看，某部分的輪廓與眼形居然又與公主隱隱有些相似。

火焰般的公主優雅地傾身，手指在學長面頰邊劃過，紅眼高興地彎起：「美麗的小孩，原來我未來的孩子長得如此，那麼你的父親還眞令人期待。」

「……嗯。」學長點點頭，目露懷念地看著年輕版的母親：「阿法帝斯錯過了。」

「唉，都可以預見小阿法躲在角落的模樣了。」公主如此感嘆，耀眼的美麗面孔沒出現什麼可惜，反而興致勃勃。「在你的年代，小阿法順利成長了嗎？成為座前武士了嗎？」

「嗯，阿法帝斯有好好地繼承妳的交託，但被岡茲壓著，目前是菁英武士。」學長想了想，補充：「我亦認為他還是先作為菁英武士比較好，否則目標太大，他又是很認眞的炎狼。」

「唔，也是，我讓小阿法承擔的東西太多了，他很辛苦。」公主點點頭，語氣不太意外。

「那孩子很會勉強自己，和你很相似，你身上的感覺很壓抑，太沉重了喔。」

「我沒有。」學長皺眉。

一邊的夏碎學長冷笑了聲。

我也很想翻白眼，最好是沒有。

「你的朋友們都不同意呢。」公主還落井下石。

「……」學長乾脆閉嘴了。

從短暫交談內容可以得知，公主在設置這些術法與意識留影時學長還沒出生，甚至不認識三王子；這時的她或許還在少女時期，整個人顯得更為活潑一些，但已具備領導者的模樣，雖然留影刻意收掉多餘力量，然而透出的壓迫感仍舊很強，這是長時間在戰場奔馳才會形成的外顯氣勢。

「總之，先恭喜小朋友們通關，雖然人數少了些有點可惜，沒法拿取更多的小寶藏。」公主飄回她的陣法圈裡，白火染為紅金，四散開來像棉絮般鬆鬆散散地飄浮在公主身邊，畫面很美。「不過百年後，試煉之間會重新開放，如果你們有興趣，可以帶更多朋友來試試。」

我們幾個沉默地互看一眼，沒敢說那個試煉之間被她兒子拆了，鬼知道這些被拖成串的關卡百年後還會不會復原開放。

「我們把亡靈們帶走了沒關係嗎？」夏碎學長取出塞滿紅球的提燈。「亡靈的記憶關卡。」

「沒關係的，通關條件原本就是須要將它們送向安息之地，未來那個關卡會以其他形式取代。」公主看著提燈，露出安慰的神情。「一直以來，我非常掛心這幾位，它們是難得能堅定地在非人折磨中保持一絲清醒的悲哀魂靈，但當時不願意前往安息之地，甚至幾近扭曲，唯有將它們放置在時間凝止的關卡裡，望能夠在未來某一日放開執念。」

其實它們沒放開。

是二選一。

強塞或是爆破。

我覺得還是不要告訴公主眞相，雖然這只是殘存意識的留影。

「即使用非常手段，但結果依舊不錯。」公主突然對我眨眨眼，露出有些壞壞的笑容。

好喔，看來她也覺得毆打是條路。

「關卡有時間種族插手嗎？」一直很安靜的哈維恩突然很認眞地開口發問：「除了時間靜止，還有許多符文內都有時間種族的刻印。」

「有的，所有關卡都有正統時族的協助，你們想在裡面增強實力也可以，但在最後關卡會付出一些代價，畢竟增強會間接地影響軌跡。」公主替夜妖精解答：「這些代價不一定，或許是一些你們還未發現的，也或許是某些很重要的，皆交由時間收取。當然，在設置前，我也已付出相應的代價，可確保不會影響到你們的生命。」

設置代價是什麼公主並沒說。

但這麼大一個時間靜止的試煉地，恐怕所謂的代價並不小。

「所以試煉只是開來玩的嗎？」西瑞歪頭也跟著舉手發問。

「當然不是呀。」公主微笑著說了一個很可怕的答案：「如果幾位沒有通過，以極端手段來到此地，我留在此地的機關就會把你們絞殺。」伴隨著她殘酷的回答，驚人的壓迫感猛地拔高，瞬間下摀的無形恐怖壓得我的骨骼發出細微聲響，這一刻我竟然毫無抵禦之力，保護術法全被穿透，幾乎是以肉體接打。

威嚇只在短短瞬間，眨眼所有壓力又煙消雲散，恍若錯覺。

「這僅爲我留存在此地力量的五分之一，讓你們體驗一點點，未通過的入侵者將會被全力誅殺唷。」說著，公主又湊到學長身邊，她似乎對學長的臉很有興趣，伸手摸了摸，順勢還摸到他的頭頂。「眞羨慕未來的我，可以每天揉小小又可愛的狼，你小時候一定毛毛的，揉起來很舒服。」

「很抱歉，我並沒有狼形。」可能在某個平行世界會被擼好擼滿的學長用極平板的聲音回應他媽無法實現的野望。

「啊！這部分被精靈取代了嗎？」年輕的公主一個震驚，流露出不能擼兒子的憾恨表情。

「您這時候就知道要釣精靈了嗎？」因爲她表現出的反應很歪，我不知不覺跟著歪。

「這必須追溯起我還是幼狼時的故事了。想當年，偶遇路過的精靈，得到了有趣的回憶，精靈眞是輕飄飄又好看又聰明又好玩啊……我就想如果未來可以選擇同行者，就去搶一個很厲害又漂亮的精靈回來好了，我肯定會超疼他。當我繼承父親成爲女王後，他就是我的王君，可以生很多可愛的小小狼，永遠在一起直到盡頭。」公主長話短說，濃縮了一段聽起來很不得了的往事結論。

不得不說，年輕的公主有夠豪爽奔放，也有夠啖之谷。

如果三王子早幾年遇到公主，現在應該是在當壓寨王子。

到底是戰爭年代終究扭曲了狼性，或是狼長大後性格變異，未來成長後的公主竟然變得比較溫柔優雅人妻嗎？

至少就我所知，當年三王子沒有被打包帶走。

大人的世界眞複雜。

「好了，讓我們回歸正事吧。」

第一公主一擊掌，氛圍又再度回歸一絲嚴肅。

我注意到這處留影雖然可以進行一些交談，但似乎不同於先前獵日大祭司那種有深度資訊貯存與高自由應答意識，所以當我們想再多說點什麼時，公主留影便會有些生硬地轉回正事上。

而且我還發現，留影術法設置能量有限，雖然有循環利用的符文，但這抹留影恐怕不是可以一再重複使用的設計，極爲可能經過一次或兩次便會自毀，還有「她」觸發的方式……

偷偷地看向一直盯著公主看的學長。

觸發的方式應該是擁有相同血脈的血親，如狼王狼后，或者額外被加入的阿法帝斯等人；從前面公主的對話來看，其餘不相干的炎狼即使通關，很大機率不會直接面見到公主，而是白火組成的那道影像。

第一公主轉變爲通關狀態時，臉上表情也微妙地有些細小差異，與亂聊天時相比，少掉了一點情感，看著就眞的是設置下的留影產物。

「諸位應該都已經見過最後關卡的殘留記憶了吧。」端正姿態的公主以視線一一掃過我們幾人，瑰麗的容貌勾起很輕的微笑。「這僅僅只是冰山一角，在我歷練探索時，曾在不同亡魂身上見過類似的過往。」

「背叛的部分嗎？」我想想，提問。

「不，是當最大戰役來臨時，你們是否能夠守住初心而不退畏，即便面臨死亡。」公主抬起手，白皙的掌心張開，金紅色的火焰在上頭跳動圈轉，最後形成幾個符文圖騰。「你們既然走到這裡，那麼默契絕對足夠，也彼此信任，但你們出乎意料地年輕，且其中有位身負侍奉誓約，其實並非最佳隊伍。我並不認爲你們繼續向下走是好選擇，或許在此地休歇後，帶著試煉獎勵往那道離去之路會更好。」

「誓約不會影響什麼。」哈維恩微微皺眉，似乎不太喜歡被挑出這件事。

「會的，誓約存在即表示你的心中永遠有第一選擇，而這個選擇將會在某些情況下讓你以誓約爲優先，進而拋棄其他選項。」公主凝視著夜妖精，語氣雖溫和，卻不親切，相當直白地說：「如同私心，在那場可悲的戰役裡，妖師爲何反叛他的同伴們？不清楚。但結果就是他在明知同伴，甚至外面有更多戰士血濺大地時，依然做了選擇。誓約也是如此，若你的誓約中帶有強制力，那你將比你的侍奉者更加危險，是這支隊伍最須要排除的存在。」

哈維恩動了動手指，最終沒有說什麼，若有所思地安靜下來。

「我並不認爲誓約會危害到我們，事實上，哈維恩協助大家很多次。」夏碎學長看了眼學長，微笑道：「我與冰炎也有盟約和誓言，這麼說起來我們同樣有私心，先前也因此牽連、拖累不少人，卻也由此受到很多幫助。」

「嗯。」學長點頭，淡然地補充：「沒有人絕對安全，所有的人都會犯錯、搞砸很多事，但我們可以具備處理危機的能力，儘可能彌補與挽回珍視的事物。這是……妳和父親的教導。」

「對啊，征服世界又不是啥簡單的事情，不小心打錯了可以回頭補打嘛。」西瑞歪著腦袋，用一種懷疑的目光上下掃視公主：「一個獸王族哪來這麼多婆婆媽媽，妳假的嗎？看起來一臉……」

我直接用手肘撞掉西瑞後面沒講出來的幹話。

適可而止喔！

雖然是意識幻影，但好歹是學長媽媽！

我咳了聲，重新看著公主：「哈維恩雖然和我有誓約，但他絕對自由，他很知道自己該做什麼，不存在妳擔心的問題，通常扯後腿的是呃、我比較多。」

「聽起來你們還是決定繼續往下走。」公主收起五指，跳動的火焰被捏熄。

「按照我對您的了解，下面才是我們眞正該去的地方，前面的一切都僅是小打小鬧，不是嗎。」學長突然笑了聲：「您甚至連緩衝休息的地方都準備了，就在這裡。」

公主停頓了兩秒，同樣笑了起來，這瞬間母子露出的謎之狡猾之笑還眞的非常相似。「被你發現了啊，看來未來的我也這樣捉弄過你。確實，這裡是爲你們準備的時間凝止之地，代價已經支付過，從你們進入開始計算，一共可停留五日整，如果有什麼增強的方式，抓緊時間吧。」

第一公主的話剛說完，整片水晶空間迸出蘊藏在裡面的各式各樣元素力量感，無論是基礎元素，或是進一步的冰之元素，更甚黑暗元素全部具備，每個水晶柱都存滿了無主的豐沛能量，我們在試煉之間拿到那些反而算是小巫見大巫了。

饒是做慣任務的學長等人，面對此擁有滿滿純淨能量的巨大空間也有瞬間怔然。

意識留影見我們有點被驚呆了，露出小惡作劇達成的滿足笑容。「震驚吧小孩們，這可是我遊走六界精心收回來的一部分私產，存放此處無法帶離，五天內能消化掉多少，就看你們手段了。」

收回前話。

公主的精神狀態超棒，超超棒！

※

接下來幾天裡，我們幾乎是抱著水晶柱狂嗑能量的狀態。

原先我想著我和哈維恩應該會撞元素，後來才發現夜妖精的構成不全然是純黑暗，他也有很多替代元素可用，例如我曾在幻獸島看過他曬月光，可吸取月之能量和部分綠能量等物質，所以他只圈了一小部分的黑色水晶柱，大部分都讓給我了。

不得不說公主這個收藏眞的非常厲害，我不知道她去哪裡抽來這麼多純粹黑暗，反正有一整片黑暗區，並不比那些水火土等等元素少。期間還將米納斯放出來吸水元素，因爲找回心臟，米納斯對能量的需求遠比以前更高，因此吸取水晶也不手軟。

另外魔龍雖然在沉睡，但小飛碟還可用，所以我們拿出飛碟開掛，把沒人吸的其他水晶柱灌給小飛碟，等離開後再反向抽取或是增幅都可以。

這幾日我先暫停了體內能量塊的吸收，而是用水晶柱提升我的能力值與體質，再來便是壓縮黑暗存進體內，幸好學長之前幫我做的能量封印還留存，可以重新壓縮並封印成新的能量塊，等待日後吸取……精純黑暗吸起來比魔神核舒服太多了，恨不得把全部水晶柱都給吸乾。

其他人大致也是如此，邊提升體質上限，邊製作能量塊，偶爾可以看見學長與公主留影交談，可能是聊些自身的事情，很常聽見公主追著學長詢問一些日常瑣事。

第四天早晨，我邊聽著公主問學長「那我們一家三口有沒有一起去拆解過冰牙族的禁地封印」、「月凝湖凍屍是不是全屍會保存得很新鮮」，邊閉上眼睛，讓意識下沉。

黑暗深處，藏於血脈裡的金眼殘影與我對視。

我腦袋裡還留著剛剛最後聽到的凍屍，與對方對上目光時突然腦子一殘就開口：「最後你們屍體都去哪裡了？」妖師一族逃了千百年，跑得歷史都忘了，大概也沒有自己先祖們的埋屍處記錄，或者說，不要曝屍荒野就算很好了，凡斯那種待遇反而比較罕見。

傳承幻影笑了聲。

「……當作沒聽見吧。」拍了一下腦殼，我把裡面的凍屍格式化。

雖然第三塊能量塊只吃了一點，但水晶柱提升體質的效用很明顯，加上吸收進來的黑暗能量擴充了上限，所以傳承又打開了一些。

屏除亂七八糟的其他想法，我如同先前一樣靜心學習。

再度睜開眼睛，是第五日將滿。

遠一點的位置有些聲音，是其他人已經開始準備離開的輕微動作。

陪伴我們這幾天的意識幻影變得很淡了，即使學長他們重新描繪了符文或是增加輔助能量都沒用，設定好的時間一旦用盡，此地的「公主」即將永遠關閉。

看學長沒什麼難過的樣子也不太意外，對於父母的事情他早已看淡，這次額外所得讓他雖然懷念，但不到會影響心態的地步。

我站起身跟著做離開準備，隨著體內黑暗填充滿滿，我精神超級好，原本試煉關卡釣出的嗜殺和破壞慾望再度降到最低，看著元素繽紛的水晶空間，有種耳目一新的明亮感。似乎很久沒有心情這麼悠哉過，打從古戰場回來後一直都是灰灰暗暗外加包一層膜，現在好很多了。

用力伸了個懶腰，我走向學長等人。

「看來你們都各有收穫。」公主噙著愉快的笑意，環顧著少掉二分之一能量的水晶空間。

「希望這次試煉對未來可以有更多幫助。」

「非常有幫助了。」夏碎學長躬身道謝，我們隨即跟上，致上深深謝意。

雖然沒有吃完整個空間，但這五天肆無忌憚地瘋狂吸收能量絕對不能說是普通收穫，我都有種馬上去暴打重柳族可以全身而退的感覺。

「雖說此地比較特別，我刻意留下巨量元素，但……其他地方也不是沒有，雖然少了些。」公主飄浮在空中愉快地對我們眨眼睛，然後看著她身前的學長，伸出手掌。「小亞一直有在尋找我與你父親走過的足跡，我年輕時走過的地方不在少數，也許之後我們還有很多機會可以再見面——呼喚吾之眞名，屬於吾的門扉將再度爲你開啓。」

握著第一公主的手，學長將額頭貼在對方的手背。「好的，如您所願，母親。」

「最後，由我來爲你洗去炎之血脈的雜質與傷痛吧。」公主捧著學長的臉頰，輕輕地在他的額上一吻。

女性的形體平空化開，瞬間爆發金火與白焰往四面八方噴炸，火焰狂潮迅猛擴散到整個空間，幾乎到達邊界極限剎那又全部逆向回捲，正反螺旋交織著將學長團團包圍，形成劇烈的金白火焰漩渦往上高沖。

術法運行期間，空間中不斷掉落星星點點、像雨一樣的小碎光。我張開手，小碎光落在掌心時變成一顆顆細小、很像星星糖般的結晶體，有金有紅也有白；落在地上的那些則是直接消融，被地面完全吸收。

時限將至，急速龍捲的火焰散開，剩下紅色系的學長孤單地站在原地，面前是一個火焰色的傳送陣法靜靜轉動著。

我走過去把星星糖塞在他外套口袋，然後走向傳送陣。

其他人也做了類似的動作，連西瑞都不知什麼時候撿了一大堆。

最後漫步而來的夏碎學長拍了下他搭檔的肩膀，微笑道：「乖啊。」

學長無言地拍開某紫袍的爪子，快步跑開了。

※

傳送陣將我們帶到與滿滿元素的快樂水晶空間完全相反的地方，或者說感覺是到了另外一個世界。

最後一個目的地是地下洞穴。

一到達，迎面先來的是冰涼且潮濕的空氣，挾帶了一股描述不來的奇特氣味，接著入眼的空間很昏暗，隨著照明術法丟出，首先入眼的是高聳又壯闊的洞頂及大量垂掛下來的鐘乳石，奇形怪狀的天然石柱多到讓人感到震撼，不時還能聽見斷斷續續的水滴聲。同樣地，地面也滿滿都是朝天石筍，隱約好像可以看見某種生物藏匿在遍布的石筍群後，更爲陰暗處則有些折射光源的眼睛發出暗光，無聲地窺探我們這些外來者。

洞穴極廣，蜿蜒曲折的道路深陷遠端深黑中，一時之間好像沒有盡頭似地，異常幽深的彼端吹來更冷的涼風，以及某種低吟。

可能是風聲，也可能是錯覺。

我好半晌才回神，然後就想到應該不會這麼倒楣，我們等等開始摸路時就地震掉尖石柱吧。

學長的手掌蓋在我的後腦殼上。

「我什麼都沒想！」怕太大聲真的掉石柱，我很小聲地先抗議。

「最好是。」學長收回手，還來不及讓我們觀摩一下洗過的炎之血脈有什麼變化，就轉成爲白色系。

他的調色盤切換越來越熟練了，醫療班如果知道他養傷期間這樣玩血脈轉化，應該會先掐住他的脖子。

所以說，真的沒問題嗎？

「你是不是覺得這樣很帥？」我看看半精靈，終究忍不住一個嘴賤給對方氣音。

「你是不是覺得骨頭很癢？」殘暴的白色系抓住我的後頸，目標是會癱瘓的頸椎骨。

我馬上捂脖子閃到哈維恩身邊，自由的夜妖精用看智障的眼神撇開視線，然後走到一邊去觀測地底空間與此處沉澱千萬年的寂靜黑暗。

西瑞左摸摸、右摸摸，戳戳旁邊一根超長的石筍，但沒有拔下來做紀念，反而露出奇妙的神色注視著有三個他寬的大石筍。「應該是大爺的場。」

「嗯？」我看著某殺手。

「此地有獸王族的氣息。」夏碎學長邊說邊牽動周邊水氣，被震動的濕潤空氣波動到那根石筍，一層微光由下至上，揭開刻印於石柱裡的古老敘事圖。

我的第一個反應是第一公主難道留了更多東西嗎？很快就發現不是，因為這張敘事圖上方的獸族印記與炎狼慣用的爪印差異很大，乍看之下更像是獅子那類的掌印。

接著向下看，看見敘事圖描繪的是一隻……很奇怪的東西，有點四不像，好像有三、四種不同動物各剁了一部分拼貼在一起。

「啊，是個麻煩的傢伙。」西瑞歪著腦袋，雖然嘴上說麻煩，但表情看起來不像有麻煩。

「從外廳開始，為孤獨之道。」夏碎學長唸出上頭極少的字句，文字和圖都刻得很倉促，加上刻圖雖然有術法保護，但也出現些微侵蝕，看來歷史相當悠久。

「由左方往前走，可以到另個空間。」哈維恩說道。

「大爺看看。」西瑞甩出爪子，把自己的獸爪按到那枚大很多的掌印上，黯淡的黃光自他爪下掃過，接著左方石筍柱出現了線狀光絲，一路指向哈維恩說的位置。「衝啊！」

說完，某殺手就跟著光絲跑了。

「等等！」我連忙追上去。

因爲長年沒有外人進入，這裡其實沒有什麼路，又不能野蠻地夷平，一眼望去都是凹凹凸凸，大多時候要跳石筍，上上下下鑽來竄去地通行。

西瑞跑得很快，可能是前方某種獸王族氣味引起他的興奮，逼得我臨時捏出黑鷹直接空中穿行，才跟得上這傢伙的車尾燈，途中順便往後丟幾隻給學長他們代步用。

地底洞穴比想像中深，即使急速奔跑也跑了幾乎一分鐘左右，昏暗的光線隱約照出一道弧形「巨門」，後頭似乎有更高、更寬的大型空曠地域，深藏在該處陰影裡，傳來極度霸悍、不講理的猛獸壓迫。

「漾～止步！」

跳過巨門的西瑞朝我的方向丟了個小煙火，逼停黑鷹的衝勢，我打掉差點噴臉的煙花，一抬頭就看見混蛋傢伙散掉人形模樣，釋放凶猛的凶獸形態，咆哮聲遍傳洞穴，連帶整個地底不住震動。

下秒，超大型空間裡衝出另一隻同等巨大的怪異四不像，兩隻凶獸轟然對撞，衝擊力震出地鳴嗡響，掀起的颶風把我和黑鷹往後颳開一大段距離。

我緊緊抓著黑鷹朝側邊一掀，避開因強烈震動與天搖地動而斷裂的鐘乳石。

馬的！果然開始掉石柱了喂！

「褚！」

學長的叫聲猛地傳來。

我下意識回頭，看見他們三個身上都被動地出現暗黃色的術法圈，接著我身上也有一模一樣的東西，雖然愣了下馬上祭出黑暗阻隔，但這個術法竟然不為所動，死死纏住我們四人，並且立即啓動。

時間、空間、風與大地——是一個非常高級的強制傳送術。

被迫驅逐出地下空間的最後一秒，我只來得及往西瑞方向丟出水色小飛碟。

最後一眼看見的是相互碰撞、嘶咬的羅耶伊亞家凶獸，以及沉寂在地底不知幾千年的奇美拉。

接著，我們被彈出地下空間。

《特殊傳說Ⅲ・09》完

番外　試煉途中

滴答。

滴答。

他緩緩睜開眼睛，不意外自己仰躺半浸在一池暗紅色的濃稠液體當中。

極高的頂端緩慢地掉落血珠，砸出細小但明顯的聲響，有幾滴則是不客氣地落在他的臉頰上。

閉眼前就已經是這樣令人鬱悶的環境。

無可避免。

更別說他是主動進入這無底的液體池。

——到底基於什麼想法會把出口和新關卡入口用血池銜接呢？

饒是感覺自己平時脾氣與情緒還算穩定的夏碎也不免想要深究，並有著讓對方也嘗嘗這種滋味的想法。

只是這些設置很有可能是友人母親所製，所以這點小小的願望大概很難實現。

他坐起身，抬起左手臂，雖然一直維持隔離術法的運作，將各種負面影響阻絕在外，但異常黏稠的血色觸感依舊令人難以忽視，好像一張不透氣的膜緊貼在皮膚上；周圍過濾不完的生物腐朽惡臭第一時間瀰漫、包圍過來，似乎想要侵蝕或同化這名新來的入侵者。

嗯，他可以預見搭檔即將血管爆裂的模樣，如果他們也碰上這種環境，對方的忍耐度可能會下降得很快，並且在觸底時猛爆反彈。

震動身上的守護術法把血漿全都甩離體，夏碎拍拍衣襬站直，在周邊設下結界，隨即環手支著下頷打量起新的試煉關卡。

從最初始起點的九十九問裡他就意識到，這些試煉除了測量武力與術法的擅長程度以外，更重要的應該是對於團隊默契的考驗，雖然那些問題似乎把他們的學弟惹得很惱怒，並消耗掉大大的精力。

「臭臭的。」

黑蛇沿著手臂爬到他的肩膀，像條毛巾般掛在頸後，抬起小小的腦袋說道：「都沒遇到其他人，想吃掉！」

「嗯，說不定很快就遇到了，不過這裡的東西不能吃。」夏碎抬起手指，把小腦袋按回外套裡，繼續打量這個偌大的空間——除了地面血池，入眼所見，四面八方全是鏡面與蜿蜒通向未知處的許多通道，如同迷宮。不、應該說就是迷宮，這是一座大型鏡子迷宮，數百、千個一模一樣的人或近或遠地沉默注視著、背對著，透出一股怪異不安的氣息。

總之，讓人不是那麼舒服呢。

邊這麼想著，夏碎邊甩出鐵鞭，乒的聲打掉平空出現的利箭，接著附近有道影子嗖地下縮進某面鏡子後。

迷宮以外，還有許多陷阱與刺殺。

腳下血池不斷傳來下拉的吸力，但被結界隔開，加上逐漸擴張瀰漫的毒霧……

冷眼看著灰紫色的霧升高、覆蓋鏡面，模糊掉裡頭身影，夏碎同時感覺到四周元素快速分解、重組、架構。

看不見的地方正在啓動各種試煉術法。

夏碎夾出張冰系符紙，輕飄飄的特殊紙張落到血池上，無聲無息地平貼液面，下秒以人類爲中心、約五百公尺左右的範圍瞬間凍結。

原先下方想破水突襲的數個物體來不及躲避，直接被冰凍在血液裡。

接著回過頭，與站在結界外的「人」來個正面相對。

「兩個主人。」黑蛇探出半個頭，單眼直勾勾盯著結界外與人類完全相同的臉。「吃掉！」

夏碎把黑蛇再度推回去。

這還眞的不能亂吃，即使要吃也得先處理過。

「……出來啊。」結界外的人露出友善的微笑，似乎並不打算做什麼暴力舉止，只是很平常地進行邀約。

「不如你進來吧。」夏碎回以同樣的笑容，接著將結界打開一道口，使對方可以順利踏進陣法當中。「鏡中者。」

被稱爲「鏡中者」的不明試煉物悠悠哉哉走進了結界，不急不忙且動作優雅，幾乎就像本人平常走路的舉止儀態。

夏碎抬起右手，掌心上出現一條血線，對應的鏡中者也做了相同動作，不過抬的是左手，血線呈現相反方向。

「這是一個投射的試煉，按照周圍術法分布判斷，我或『你』受傷，另一個就會有對應的相反傷，顯然你可以殺掉我，我卻必須考慮要如何規避大部分傷害，把你消除。」夏碎彎起唇，露出好像有點苦惱的笑容說：「但這個關卡到目前爲止沒有出現提示，這是否表示其實不是我這邊啓動了單人關卡，而是兩人以上的團體關卡。」

「是的，這是一個雙人關卡。」鏡中者伸出手指，在半空中勾了一個圓，隨即火焰沿著軌跡擴大了空心圓，裡頭出現人類的圖騰。「從現在開始，五分鐘後，我將對你進行誅殺。」

「五分鐘內，我可以自救，也可以等待同伴救援。」夏碎偏頭想想，說道：「但自救有相當高的機率會自傷，所以我選擇……擺爛。」

鏡中者沒想到「本體」會是這種反應，一時之間沒有出聲，只能微瞇起眼判斷對方究竟說的是眞是假，並詭異地感覺到好像遇到請君入甕了。

在鏡中者暗暗思考是不是要先出手給對方試探性一擊時，「本體」直接原地打開野餐墊坐下了，從容自在地放置了矮桌，再取出一些看起來像是食物和茶水的東西，一條黑色的蛇沿著他的手腕從袖子裡滑出來，在點心盤旁邊盤成一圈，極爲熟練。

「……？」雖然透過竊取到的部分記憶知道「本體」確實會幹這種事，但在敵人面前眞的這麼做，剛複製出生沒多久的鏡中者還是無師自通地感受到人類所謂的無言心情，尤其是對方壓根沒打算開嘲諷，徐徐泡起茶後。

「對了，你不好奇外面的世界嗎？」夏碎微微瞇起笑眼，看著小心翼翼學著他坐下來的鏡中者。「如果是我，會更想要掌握新的情報，不是嗎。」

居然還打算策反他。

鏡中者接過茶水，腦袋裡出現了很多問號，但不得不說，被這麼一問，不知是否因窺探了對方記憶被影響，或是赫然驚覺未曾見過的外界似乎眞的有某些吸引力，他確實隱隱浮起一絲極淡的好奇。

「那麼，五分鐘，聊聊吧。」

※

你認為你最好的朋友在哪裡？

「哈？」

西瑞．羅耶伊亞看著面前圓圈裡莫名其妙的問題，一爪子直接撕裂讓人煩躁的白痴問題，火焰在他爪子下發出滋滋聲響，最後不敵獸王族天然的強悍氣息而熄滅。「大爺沒必要跟你這個縮頭縮尾的妖道角交代！」

一個試煉術法，竟然妄想繼續搞他這個世界之王！

在上面配合大家忍耐九十九問已經是西瑞的底限了，如果不是因爲他僕人在那邊乖乖作答、好像想要揭開最終謎底的樣子，他第一時間就把整個地下空間拆掉。

各種屁問題。

從上一個關卡掉落，粗暴破關的西瑞興致盎然地看著四面八方的鏡子，以及腳底下濃稠的血池，一腳把浮出來的小怪物直接踩成肉泥。

先不管這裡是哪裡，看起來很像迷宮的地方搞不好有寶箱怪。

他記得很久以前他僕人在學校和那三個呆頭呆腦的愚蠢傢伙聊天時，似乎有講過什麼典型冒險故事要抓寶箱怪云云，所以現在有迷宮、有鏡子，還有怪物，看起來就很像他僕人說會出產典型寶箱怪的地方。

抓嗎？

抓吧。

雖然不是啥罕見玩意，只是寄生或僞裝成寶箱誘騙冒險者的小魔物。

不過可以拿來給僕人當玩具，讓他高興一點。

否則那傢伙看起來簡直要變成別種東西。

就這麼辦。

西瑞一擊掌。

在他短暫的考慮期間，越來越多的「他」從鏡子裡走出來，密密麻麻的繽紛顏色將他包圍，底下的血池浮出更多小怪物，數百、千雙的眼睛陰森森地盯著位於中心的殺手看。

「要仿也不仿好看一點，大爺的藝術頭髮是你們可以學的嗎！」感覺遭到了侮辱，西瑞覺得這些傢伙連他帥氣的配色都沒有學到百分之一，瞬間火大。

下秒，巨大凶獸凶殘地踩平一堆堆試煉怪物。

鏡迷宮似乎沒想到居然有試煉者不講武德直接開大絕暴力闖關，過強的力量全面壓制，折射出來的人形還沒出手就迎來結束，甚至附著其上的反傷術也直接爆開，竟然沒幾個可以反射在凶獸身上。

完全無法控制的傳說級凶獸踩過鬼王、打過邪神，還打過各式各樣的王神尊君等等……因此一座小小的鏡迷宮與鏡像術還真攔不住，當凶獸翻滾起來到處衝撞、大肆破壞，鏡迷宮被撞成碎片也是理所當然的事。

盡情地爆破迷宮好一會兒，直到歪七扭八的各種通道被碾得盡碎，活動完筋骨的凶獸才半滿足地甩甩身上各式各樣碎片，銳利的目光放到場內唯一完好的結界裡。

喔對了，試煉迷宮當然還有各種攻擊術法與陷阱，但凶獸天生防禦力極高，既然王級邪惡之前都沒對他造成太大傷害，試煉迷宮的攻擊自然也被隔絕大半。

爪子踩掉最後一隻小怪物，沒看見寶箱怪的凶獸遺憾地轉回人形，跳到結界圓球前，因爲結界默認友方，所以他毫無阻礙地直接走進去。

「是你啊。」

保護結界裡端坐著怡然自得的某紫袍，矮桌上放著茶水和糕點菓子等物。

西瑞不客氣地一屁股坐下，拿了點心就吃。

桌子旁邊捲著單眼黑蛇，不知道含著什麼的黑蛇正在喀嚓喀嚓嚼著某種物體，單眼滿足地瞇起，似乎吃得很滿意。

「這啥？」西瑞莫名覺得黑蛇好像在吃很好吃的東西。

「嗯……一個小考驗。」夏碎微微一笑，將手邊沒動過的小蛋糕推給對方。「意外相當簡單就能拆卸的鏡像術法，我將有害物質取出，剩下的倒是不錯的補充物。」

看著黑蛇把東西吞掉，西瑞歪著頭，想說那大概是眞的很簡單吧，雖然他看起來好像都差不多，凡是能踩爆的都很爛！

單眼黑蛇看看主人，又看看正在把點心都塞進嘴裡的彩色少年，繼續嚼嚼嚼。

點心好吃，但是術法碎片和元素能量也很好吃。

不遠處的火焰燃起，並拉開新的通道門扉。

西瑞看了眼門，無動於衷，仍舊塞點心，順便把帶在身上的也拿出來吃一波。

被分了一大盒高熱量奶油餅乾，夏碎沒拒絕，從容地拿了幾片出來放到自己與黑蛇的盤子上，配著茶水慢慢食用。

將所有拿出來的東西都吃完，問了對方不需要剩下的餅乾後，西瑞把盒子裡的都倒進嘴裡，最後把手邊茶水喝個精光。

夏碎再次幫對方倒茶水，「還要再吃一點嗎？」知道對方不斷補充食物的主因是須要填補凶獸力量的消耗，他好意地詢問道。

「免了。」西瑞舔舔唇，順手拍拍肚子。「這樣可以。」

「待會兒要維持多人試煉嗎？或是分開行走？」夏碎大致分析了周圍殘破的術法架構，多虧眼前這位殺手的大肆破壞，某些本來藏著的部分倒是都被拖出來暴露在外，很容易可以藉著這些看出大概的設計。「特定關卡似乎有獎勵。」

「這裡也有嗎？寶箱怪？」西瑞挑眉。

「嗯，這裡也有，但我想應該不是寶箱怪。」夏碎稍微整理了桌面，把所有器具與單眼黑蛇都收回，接著才踏出保護結界，將手裡已經繪製好的針對性水晶投進血池。

透明無色的水晶緩慢沉入黏稠污濁液體，約莫兩、三秒後，血池深處傳來很輕微的啵一聲，接著一顆氣泡上浮到表面破裂，很快底下接二連三又冒出更多血泡，散發腐臭難聞的毒氣，沒多久，池底出現顫動，震波自下向上，急速傳遞到上方空間。

下秒，整座血池轟的一聲巨響爆開，黑紅黏濁的液體四散飛濺，衝擊力甚至把原先那顆結界球炸得整個飛開破碎。

已經換了位置並提前設下大祭司給的陣地結界，避開所有外濺傷害的夏碎和西瑞兩人看著外頭的翻騰劇變，到處都是飛出來、被炸爛的池底怪物，使得結界外惡臭更加濃烈。

如果不是用這個方法攪弄整個血池，想觸動池底機關，恐怕就得經過層層包圍的小怪物群襲，雖不致命，但會很煩。

噴發約莫持續十多秒，整個試煉空間術法開始重組，原先通關的門也消失了，取而代之的是另一扇血紅色的雕花大門。

火焰燃起，在門上紋出字體。

你們敢挑戰彼此嗎？

西瑞爪子一甩，啪地下將火焰打滅。「囉嗦，大爺不需要廢話。」

傳說級凶獸的體質眞好用。

站在一邊的夏碎默默如此想著，雖然以前多次同行時也有這種感嘆，但每次看到依舊有些感觸，並再度思考起在某些特定戰場或環境，可以善用這具年輕有活力又很耐打的肉體。

「不要妨礙大爺征服世界喔。」踏進大門之前，西瑞突然想起來要交代兩句，可能是因爲剛剛對方眼神怪怪的，他皺眉說道：「站在原地就好，少礙手礙腳。」這麼弱，萬一衝出來沒看到就踩死了。

「好的。」夏碎點頭。

「走走走！」

※

血色的門後，利爪倏地往臉前甩來。

夏碎不慌不忙看著爪子撞擊在保護術法上，發出沉悶聲響。

走在前方的獸王族少年見一爪沒有擊中目標，咧開一笑，俐落向後跳開。

看對方打算發動二度攻擊，夏碎不慌不忙，轉動保護術法鋪開一條路，最後選了個比較喜歡的位置放下陣地結界，衝著外面搥打幾次未果的少年笑了笑。

「繼續呀。」

有點嘲諷性的話語讓陣地結界外又是一連串乒乓聲。

垂在肩膀上的黑蛇打了個哈欠，吃飽喝足後懶洋洋地把腦袋插進外套領裡。

伸手調整好黑蛇睡覺的位置，夏碎取出符紙，反手轉化爲一副弓箭，挽弓搭箭，看似隨意地對著外面的獸王族少年一放，筆直射穿來不及躲避的人，急速炸開的寒霜隨即把攻擊者就地冰封，直接變爲雕像。

接著後方也傳來試圖破壞結界的聲響。

回過頭，又是與少年一樣的面孔。

「依然是鏡迷宮的試煉啊。」隨著越來越多相同面孔的人環繞四周，夏碎看見連自己的臉都在其中，只是似乎不像第一次被他拐騙後拆掉的那個鏡中者有少許智慧。

不知道這個試煉是否只會顯像進入的人，總之並無除了他們兩人以外的其餘同伴。

冰雕一座座成形。

盯著無數被凍結的殺手模板看了一會兒，夏碎將箭尖指向「自己」，在箭矢穿透心臟時，他可以明顯感受到利器撕開皮膚的痛楚。

「陣地結界能抵銷一些折射的傷害。」瞥了眼底下運轉的法陣，他忍不住再次敬佩起製作這些術法的羽族大祭司。顯然在孤島數百年裡，身經百戰的大祭司其戰鬥經驗全體現在他製作的術法當中，連此類抵禦鏡像的防護都預先置入了，幾乎全面防護。

說起來，百分之百的鏡像傷害向來須建立在雙方有所連繫時才會成立。

果然是踏進試煉後就變相允許所有規則了吧。

剛剛拆解鏡中者時雖然花了點工夫，但結構其實與半精靈搭檔教學過的傀儡術有點相似。

……

……

夏碎腦袋裡五花八門的思緒轉了圈，面上沒什麼表情，手上試探的動作卻沒停，在射穿第三名與自己擁有相同面孔的化影時，他感到胸口衣服被血液濕潤，於是暫且先停下動作，待傷勢被陣地結界緩緩復元。

所以被抵銷的傷害足以殺死五至六個幻象。

在致命傷害出現前，用陣地結界自帶的癒療或以最低程度的治療術輔助，基本上便不須擔心鏡像攻擊的問題。

只是會有點不怎麼須要注意的痛感。

確認數量與攻擊方向後，夏碎再重新對峙蜂擁而來的人形時，架上了三枝箭，並在其上纏繞雷與火混合的爆裂攻擊術。

一時之間四處血肉翻飛。

「……你不擔心嗎？」

沒死透的「自己」躺在結界邊緣，破損半張的臉突然開口發出聲音：「其他人越來越強，但你只是個扯後腿的人類。」

夏碎淡淡看著那張血肉模糊的面孔，一箭射穿。

砰的一聲，另外一具「自己」撞在結界壁，繼續說道：「看看褚冥漾，他已經越過你，即將成為新的強者。你可以感覺到的吧……」

無法成爲雪谷地的傳人，捨棄了藥師寺家族的祕術，不具備雪野家的傳承。

「你可以感覺到的吧……」

當其他人越來越強，跨階段地往前躍進時，你再怎麼成長，依然是變弱的一方。

「拯救問題時，有人可是看向了你……」

曾經弱於你的人，現今已經下意識認爲你是須要被拯救的一方。

「說什麼需要，都只是表面話，實際上就是你逐漸跟不上其他人，即使再如何追逐、提升實力，你無法否認這個問題……」

「你即將被拋下……」

你可以感覺到的吧。

夏碎微微低垂眼睫。

可以。

從一開始就可以。

利箭再度穿透傀儡，血色在外套下與刺痛一起暈染開來。

「你認為你可以走到最後嗎？」

「這就不是你該考慮的問題。」弓與箭一轉，箭矢往後射出，貫入背後無聲無息出現的黑影怪物腦袋，並直接爆破與身體不合的巨大腦袋。

雖然怪物沒有侵入陣地結界，但在上面留下一個腐蝕的裂痕，時間久了或許眞的會讓它在結界壁上燒熔出一個洞。

「我一直都很清楚自己的位置。」夏碎勾動唇角，再次射下新出現的異形怪。「這與我會不會走到最後無關，而是即使我不想走，也會有人拉著我向前走。在他們放棄之前……我無法自己放棄自己。」

就如同他也不會放棄他的搭檔。

倒下了，就繼續扶起、揹起對方向前。

或許會猶豫，或許會擔心，但拉扯彼此這件事上，他們從來不曾懷疑過。

一隻手掌突然從說話的傀儡身後伸出，抓住傀儡的後腦袋，暴力地把整隻傀儡往結界壁狠狠撞擊，猛烈的力道與結界上附加的反擊術列把傀儡磨得灰都不剩。

結界壁那端，「自己」突然咧嘴一笑。

夏碎看著對方，也回以微微的友善一笑。

最終不知道多少傀儡被消抹，所有傀儡被撕碎倒地化為血池後，只剩下兩個夏碎在結界內外面對面，遙遙相對。

外面浴血那個突然大步走來，毫無遲疑地跨進結界。

夏碎收起弓箭，看著在法陣消除下，剝去假外皮的西瑞甩掉髒污的襯衫。

「很乖！」頂著一路假皮的殺手給了個大拇指，便開始換上新的閃亮襯衫，相當滿意對方沒有在這一波亂跑搞事。

「你怎麼知道我不在外面。」夏碎微笑著扣起外套，打算待會兒也尋個空檔換衣服。

「啥？你味道在這裡啊，大爺一開始就聞到了。」西瑞歪頭，有點疑惑為啥要問這種顯而易見的問題。一進來他就發現陣地結界裡面關了一個和自己長得一樣的東西，但這「東西」有這傢伙的味道，於是他判斷結界外的就是可以全碾的假貨。

那就很簡單啦。

結界裡面的不要打到就好。

很省事。

爽！

「原來如此。」夏碎點點頭，確實是非常顯而易見的方式。相較於殺手的判斷，他是先注意到對方很鮮活的表情與眼神，接著才是周圍的術法波動。「你有受傷嗎？」

他使用了陣地結界才免疫許多傷害，那對方呢？

「小意思，大爺才不怕那玩意。」西瑞一說到這個，腦袋刻意塵封的記憶讓他有點發毛。於是他甩甩頭，丟開不爽的想法。「以前臭老大把大爺丟進很類似的地方好幾次，也是這樣的，超痛，後來打久免疫了。」

因爲帶一眾毀滅級弟弟妹妹們的關係，羅耶伊亞新家主帶小孩的手段非常複雜且多元，等到他們開始成長後，被送入各種險地幾乎是家常便飯，因此原先就很強悍的凶獸軀體得到更多鍛鍊，一次次搥打讓他們外皮越來越堅硬，尤其是本體防禦力天生就最高的西瑞。注意到這點後，新家主改把他丟進奇奇怪怪的術法攻擊區，造就後來頭很鐵的凶獸高中生。

按他本人的說法，這麼做是爲了讓弟弟妹妹們習慣並加強免疫攻擊，而不是因爲西瑞和父親有點像所以公報私仇。

「果然是很好用的身體。」夏碎點點頭。

「……哈？」西瑞雖然覺得對方好像在稱讚自己，但看他的眼神又怪怪毛毛的。「對了，寶箱怪在哪裡？」

「我想應該沒有寶箱怪。」攻擊外面的化影期間，夏碎探測過這個隱藏關卡，發現了空間藏匿的物體，可以確認不是活物。「只有寶箱。」

「嘖嘖，走走去開寶箱。」抓著對方的手臂，西瑞大剌剌地往外拉。「先說好了，有好的、適合的東西要給漾，最好是一整隻寶箱怪。」

「你可以都拿去。」夏碎對這個倒是沒有很堅持。他有個地位很高的搭檔，加上公會出任務去過各種稀奇古怪的地方，真的要說寶藏或罕見物品，當然見過不少，所以不會在這方面爭搶，都送給學弟們玩也無所謂。

「哈？大爺又不用全部，你們可以用的當然就是你們的啊。」西瑞齜牙，「大爺僕人快憂鬱症了，你會找的話就找個好玩的給他。等他打起精神，再去征服世界！」

「……我可能也會呢。」夏碎露出禮貌性的笑容，凝視著被抓的手臂，對方抓得很緊，不好大動作掙脫。

接著一枝鮮艷的亮黃色花朵放在他面前，長得與向日葵很相似的大花瓣黃花發出淡淡的陽光香氣，是相當舒適明朗的味道。

「拿去，給你開心的東西，你們不是喜歡這種嗎。」西瑞把花塞給對方，然後拽著人繼續往前走。「大爺從臭老大那邊搶來的！很好吃，很難找。」

「專程找的？」夏碎還眞的非常詫異，沒想到會收到這種東西。

「要不是漾超擔心，本大爺才懶得管。」想想，少年補了句：「反正又不是大爺找來的東西，拿了就你的。」他知道愚蠢的僕人一直很擔心周邊的人，尤其是前陣子爆發的各種亂七八糟的事情，因此在搜刮家裡貨品時，下意識多拿了幾樣，雖然大部分都進肚子了。

夏碎沒有推拒黃花，「謝謝。」

「婆婆媽媽，大爺要寶藏！」

「好的，幫你找。」

「要活的！給漾！」

「嗯，我們慢慢尋找。」

❀

「你們兩個還眞能湊在一起找寶藏。」

水晶洞內，夏碎吸收一些元素力量後，他的搭檔望著在水晶柱裡到處亂跑的獸王族，嘖了聲，露出不解爲什麼他們兩個可以這麼默契通關的表情。

「嗯？西瑞是個好孩子。」夏碎把玩著手邊的小水晶石，將裡頭的風元素引導進新製作的符紙裡，爲接著可能要進行的關卡做準備。「與他合作相當愉快。」

其實只要弄清楚殺手少年的脾氣點在哪裡，對方眞的是很容易配合的人，尤其是在部分傷害性較高的關卡時，簡直天然盾牌。

「……」半精靈沉默兩秒，但無法反駁。

扣掉無法控制這點，獸王族確實是個超強助力。

「而且很好吃。」取出一片黃色的花瓣，夏碎直接塞到搭檔嘴裡，愉快地看著友人無奈的眼神，讓他的表情變得很有趣。

獸王族培育的天楊花很稀少，雖然長得像向日葵，但這種植物長在火元素濃度極高的區域，且需要特定的伴生種族固守，大約十年才長出一朵，藥用價値很高，市面流通極少。但有相同功效的可取代植物非常多，所以並沒有出現什麼高價囤貨的狀況，除非有心人刻意收購。

可能就是這個緣故，在少年眼裡看起來僅僅是好吃、難找而已。

「你很喜歡這個？」半精靈挑眉，不理解爲什麼友人會突然塞花瓣。

「以前還好，現在滿喜歡。」夏碎彎彎唇角，心情挺好。

黑蛇順著手腕抬起頭，眼巴巴地望著主人，直到也得到一片花瓣，才開開心心啣著亮晶晶的黃色花瓣回到水晶柱上繼續汲取力量。

「天楊花呀。」一邊的公主化影飄了過來，笑吟吟地用食指點點單眼黑蛇的腦袋。「我以前也很喜歡，獸王族會將天楊花送給喜歡的朋友，因爲好吃，可以提供的能量也很高。」

「原來如此。」夏碎看向遠處，兩名學弟靠在一起不知道在說什麼，主要是殺手把中途短暫清醒的學弟搖起來分食物，可能同樣想到黃花的事，掏出另一枝大黃花塞給對方，快樂地比手畫腳一番。

公主分享了一會兒天楊花的食譜，又慢慢飄走了。

指尖轉出花瓣，夏碎輕輕放進嘴裡。

同樣看見彼端獸王族的黃花，半精靈突然知道搭檔的花哪裡來了，沉默了一會兒，說道：

「回去拿一些給你。」燄之谷裡面有一堆呢。

「開始比較了嗎。」夏碎笑笑地看著搭檔。

「並沒有。」半精靈無言地跑了。

「小亭喜歡這個。」黑蛇轉動小腦袋，把自己盤出更舒服的姿勢。

「嗯。」夏碎摸摸單眼黑蛇。

在水晶洞中的時間過得很快，五人分別壓縮了不少元素塊，然而公主儲備得太多，即使是他無所不能的黑袍搭檔也盡力了，依然沒法把整片元素水晶群吸收殆盡。

夏碎正在點算水晶洞收穫時，殺手少年又靠過來了，聲音壓得很低，像是避開他的好友說悄悄話。

「如果又有關卡……」

「找寶藏嗎。」夏碎也很配合對方，小聲地說。

「上道！」西瑞比了個大拇指。

夏碎回以同樣的拇指。

之後，試煉之門再度開啓。

〈試煉途中〉完

很介意

當年小小狼的遺憾

腳本／護玄

繪／紅麟

國家圖書館出版品預行編目資料

特殊傳說.III / 護玄 著.
——初版.——台北市：蓋亞文化，2024.10
冊；公分.

ISBN 978-626-384-125-3（第九冊：平裝）

863.57 113012761

悅讀館 RE399

vol. 09

作　　者　護玄
插　　畫　紅麟
封面設計　莊謹銘
主　　編　黃致雲
總 編 輯　沈育如
發 行 人　陳常智
出 版 社　蓋亞文化有限公司
地址：台北市103承德路二段75巷35號1樓
電話：02-2558-5438　傳真：02-2558-5439
電子信箱：gaea@gaeabooks.com.tw
投稿信箱：editor@gaeabooks.com.tw
郵撥帳號 19769541　戶名：蓋亞文化有限公司
法律顧問　宇達經貿法律事務所
總 經 銷　聯合發行股份有限公司
地址：新北市新店區寶橋路二三五巷六弄六號二樓
電話：02-2917-8022　傳真：02-2915-6275
港澳地區　一代匯集
地址：九龍旺角塘尾道64號龍駒企業大廈10樓B&D室
電話：+852-2783-8102　傳真：+852-2396-0050
初版一刷　2024年10月
定　　價　新台幣 299 元
Published and printed in Taiwan

ISBN 978-626-384-125-3

蓋亞文化　讀者迴響

感謝您在茫茫書海中選擇了蓋亞，您的支持是我們最大的動力。
不要缺席喔，讓我們一起乘著夢想的羽翼，穿越時空遨遊天地！

姓名：	性別：□男□女　出生日期：　年　月　日
聯絡電話：	手機：
學歷：□小學□國中□高中□大學□研究所	職業：
E-mail：	（請正確填寫）
通訊地址：□□□	
本書購自：　縣市　書店	
何處得知本書消息：□逛書店□親友推薦□DM廣告□網路□雜誌報導	
是否購買過蓋亞其他書籍：□是，書名：	□否，首次購買
購買本書的動機是：□封面很吸引人□書名取得很讚□喜歡作者□價格便宜□其他	
是否參加過蓋亞所舉辦的活動：□有，參加過　場　□無，因爲	
喜歡出版社製作什麼樣的贈品：□書卡□文具用品□衣服□作者簽名□海報□無所謂□其他：	
您對本書的意見：◎內容／□滿意□尚可□待改進　◎編輯／□滿意□尚可□待改進　◎封面設計／□滿意□尚可□待改進　◎定價／□滿意□尚可□待改進	
推薦好友，讓他們一起分享出版訊息，享有購書優惠　1.姓名：　e-mail：　2.姓名：　e-mail：	
其他建議：	

廣告回信　郵資免付
台北郵局登記證
台北廣字第00675號

TO：蓋亞文化有限公司　收

103 台北市承德路二段75巷35號1樓

Gaea

Gaea

GAEA

Gaea

特殊傳說 特典

晝夜循環 09

護玄——著

《晝夜循環》屬於不同世界番外。

與《特殊傳說》本傳劇情無任何關係，純屬「假如他們在另一個世界」會如何歡樂生活的平行文。

請帶著一顆被洗腦過後什麼都不記得的心服用本文。

17. 偶遇的新朋友

席雷．戴洛，社會打工人。

雖說自認爲平凡的上班族，與路上擦肩而過的其他社會人沒什麼不同，但有位不怎麼平凡的弟弟，讓他從小到大註定人生彷彿有幾百條分岔似地，一點都平凡不了。

至少人生二十多年來，近百次進出警局的經歷就很難普通，更別說數不清的校方約談、家庭訪問等等……諸如此類，弟弟總能在最日常不過的生活裡，突然蹦出完全不日常的事故，以至於他年紀輕輕，就養成了超高的執行與處理事故的能力。

例如前幾日，他那位看似溫柔帥氣又和藹可親，並且經常讓人一見如故、把祖宗十八代全盤托出的弟弟，手持大鎖，優雅地將邪教信徒差點送去見眞神，讓他在工作中不得不緊急請假，趕到警局了解前因後果，決定要怎麼解決新世界的居民。

雖說體貼的弟弟老早以前就與他討論過，是否可以用不驚動哥哥的方式自己處理這些麻煩。畢竟他都已經長大了，蒸發一、兩個威脅生命的加害者，還是挺有信心。但所謂「不驚動」，聽起來更可怕了，戴洛瞬間渾身發毛，請弟弟務必要好好聯絡他，不管他在做什麼，都會以弟弟爲優先。

然後得到弟弟一點點的嫌棄。

自小到大，戴洛已經很習慣弟弟想甩開他、單獨去送人上天的反應。

爲此，戴洛不得不慶幸他有一位腦袋不太好但體貼的老闆，允許他臨時請假，否則他就必須留下公司、換掉老闆了。畢竟自己當老闆的話，緊急請假什麼的會更容易一點，還好在聯合股東準備炒掉吉祥物老闆的過程中，老闆釋出善意表示可以無條件通過他的假單，人眞的非常好。

再次去警局確認狂信徒後續進度的週末下午，因大部分問題都處理得差不多了，狂信徒腦袋也正常不少，戴洛邊與人寒暄邊從局裡出來，看著天氣不錯加上心情一好，突發奇想，要不然去弟弟打工的地方看看吧。

這麼決定後，他沿著街道往餐廳方向而去，邊嗅著空氣中各種香香甜甜的氣味，意外地在商圈附近發現似乎是餐廳的工讀生兩人組。兩人穿著同樣的員工制服，一人低頭認眞研究手機畫面，一人東張西望像是在找些什麼。

略微靠近之後發現矮的那個不斷碎碎唸「新鮮有機的橘子店到底在哪裡」。

戴洛笑著輕咳了聲，大致知道他們在找什麼。較矮的男孩聽見聲音看過來時，他立即好心地開口：「如果你們是想找有機水果店，是在往前走兩百公尺左右，右轉後第二條很小的小巷內。沒有招牌，只掛了一串水果模型，那裡位置很偏，導航找不到。」如果沒錯，這是他弟弟的愛店，以前有次弟弟刁鑽指名要買這裡的，他也找了有一會兒。

「啊對！就是這個！感謝您！」男孩眼睛一亮，拉著身旁同伴的衣襬，「哈維恩我們快去，阿利學長說那邊可以買得到。」

較高的男性員工朝戴洛微點頭道謝。

戴洛揮別兩人，思考著今天弟弟好像不是這時段上班，看來只是指引同事去水果店臨時採購，小孩的樣子看上去有些著急，餐飲業還眞是辛苦。

因爲弟弟的微笑禁止，家人至今沒去過他打工的地方，而戴洛因事故去拜訪過一次，其餘時候則是和餐廳老闆們在其他店家約見。

戴洛還滿喜歡餐廳的餐點，尤其是特製套餐，平時工作忙、弟弟又剛好沒班時，經常會幫他外帶，但餐點類果然現場吃更好吃。

不然還是去好好用個餐吧。

這麼一想，戴洛的行程從去看看改成了去用餐，因此得先撥個電話問問有沒有位子。正要解除螢幕鎖時，不遠處突然傳來一陣騷動，打斷午後商店街的悠閒氣氛，越來越大的聲響立即吸引不少人的注意，大夥兒開始往騷動處擁去，原先還在慢慢散步的戴洛也被周圍人流推擠了下，往那方向走了幾步，於是便順其自然地多走幾步去看熱鬧了。

被人群包圍的地方是商圈的一小處造景空地，平常不算起眼，就是大家偶爾會歇腳坐一下的地方，不怎麼特別。但今天被做了簡單的布置，地上鋪滿不同色彩的玫瑰花瓣與細細碎碎的亮片，空氣中瀰漫著刻意發散的某種香氣，放置在旁的音響播放著浪漫輕柔的旋律。

在人群簇擁與引導下，一名穿著白色洋裝的漂亮女孩緩緩走來，周邊一人接著一人，一朵一朵玫瑰花遞送到她手上，她的懷裡逐漸被花朵塞滿，最終沿著這條人流路線走至玫瑰花圈中央，一名身穿西裝的年輕男子正在那裡等她。

男子同樣抱著一束玫瑰花，看上去有點緊張，看熱鬧的人們不約而同紛紛為他打氣，整體氛圍相當好，有種眾人期待的矚目感。

雖說好像氣氛很好，但戴洛留意到女孩騰出一隻手緊抓著裙子、微微皺眉，反應似乎並不如其他人預想般喜悅，反而流露出相當尷尬的僵硬笑容，看向男子的目光異常陌生，若是細看，會發現她其實一點都不開心。

在女孩右側方的位置，戴洛意外看見剛剛去找水果店的兩名餐廳員工，較高個子的那位手上提著略有些重量的環保袋，顯然兩人確實找到水果店並購買到需要的物品，但不知道爲什麼陷在看熱鬧的人群裡，還被擠到大前方。

一開始，較矮的店員滿臉錯愕、活像走錯片場想要找縫鑽出去，但周邊的人看熱鬧看得很起勁，討論也非常熱絡，他探頭幾次後居然不知不覺跟著看起了熱鬧，一旁高個子店員則是見同伴就定位了，一臉無奈地跟著停留在原地。

熱鬧的求婚現場很快就從浪漫無比逐漸轉變成匪夷所思。

「你、你眞的認錯人了……」洋裝女孩見事態越來越不可收拾，滿頭冷汗，不斷想把手上的玫瑰花塞回給對方，「我聽不懂你在說什麼……」

「沒關係的綿綿，我知道那些都不是妳的錯，當時妳和我借錢想治療家人，最後不告而別只是妳不放心家人，想專心一意照顧家人，我理解妳爲了家人的付出，妳只是更愛他們勝過我。」男子搖搖頭，先聲奪人，非常深情地看著連連倒退的女孩，似乎看不見周邊圍觀民眾越來越迷惑的目光，極爲大方地繼續說：「我懂妳，一切都懂，所以不管妳做了什麼，我都可以原諒妳，只要妳願意與我一起重拾我們的夢想，共攜此生，我可以等妳慢慢還錢，不追究妳拖欠的事。」

「不不不大哥你眞的認錯人了！我沒有跟你借錢啊！」環顧周遭赤裸裸「這女的是詐騙」的眼神，洋裝女孩一臉要死了今天是不是水逆的痛苦表情，試圖講道理：「我不是什麼綿綿，我也不認識你，剛剛這些人說他們是啥店員然後我中獎了，我才過來的，我眞的不是你那個騙、欸、女朋友。」

四周的竊竊私語更大聲了。

戴洛聽著旁邊的婆婆媽媽開始談論：該不會眞的是八點檔那種騙錢騙情的女騙子吧？看男的感覺就是一臉很好騙，怎麼她家女兒都是被渣男騙的那個，騙一個這樣給錢的北七多好云云……

人群討論得很認眞，提出各式各樣的見解，還有人要男方快點報警。他卻越來越感覺洋裝女孩不像在裝死，女孩的態度與反應相當眞實地從錯愕到驚嚇最後轉爲驚恐；然而男子認眞的模樣也不像作假……喔，不是指他認眞想求婚共度一生的模樣，是他眼裡隱隱透露出某種惡作劇、報復的火苗。

是的，求婚的西裝男子不知道是什麼想法，但他確實是用求婚這個方式在報復這名一頭霧水的洋裝女孩。

圍觀民眾正在錄影或直播，讓原本美好的戶外求婚轉變爲奇怪的感情詐騙報復現場，觀看人數不斷向上直飆。

洋裝女孩眼看解釋了八百遍都沒用，單膝跪著的男人大概是想豁出去和她玩，她又不能眾目睽睽之下一高跟直接踹在男人臉上並叫他去死，除非她想直接進警局和法院，但她朋友要千里迢迢趕來救她顯然還很久……還是報警吧。

「妳真的不顧我們往日的情誼嗎？妳想想我們過去的快樂時光。」男人抱著玫瑰花，一臉深情又受傷害的模樣，立刻引起眾多人的同情。「我什麼都不追究了，只希望妳回來，妳這半年用各種理由借錢的事情我也不追究了，這樣好不好？」

圍觀民眾議論聲更大了，不少人甚至開始對女孩進行勸說或批評，說年紀輕輕騙錢不好等等，快點把錢還人家，不要當感情的騙子，否則會下地獄。

「我真的——！」洋裝女孩顯然瀕臨抓狂邊緣，這時她看見旁邊有個人踉蹌出場，她腦袋一熱，直接跳過去抓住對方的手臂，「哥！你終於來了！這個神經病一直纏著我！」

被身後看熱鬧看到憤慨激昂的人群擠了下，直接獲得新妹妹的高個子店員瞬間皺眉，旁邊的小店員手足無措。

反應很真實。

戴洛覺得有點好笑。

「綿綿妳根本沒有哥哥！」西裝男子跳起來，氣憤地說：「妳借錢該不會是因爲他吧！」

「我有！」洋裝女子拽緊高店員，如同抓著水中浮木、雪中熱炭，死都不放手。「這就是我哥哥！」

「……」高店員皺緊眉，似乎很想把手上的多餘物剝下去。

「那個、這個……」矮店員大腦完全當機，看起來很呆滯。

此情此景，戴洛忍不住拿出手機拍了幾張，並發給餐廳的小店長一起看熱鬧。

「該不會是騙完一個換一個吧。」圍觀人群附加旁白。「小心啊，那個女的是騙子！」

就在現場一片混亂、你一言我一句、防範詐騙人人有責時，某個方位突然又傳來騷動，有勇士摩西開海，在洶湧的人群中破開一條路。

一名穿著休閒服的男性突然頂著各種瞪視勇往直前衝入場，手上還拽著另一名綠色洋裝女孩，並且對已經站起來的西裝男子大喊：「佑明我抓到了！騙你的女——」

現場十目相對，狀況從難以理解變得更加難以理解，腦子原先有結的話，現在恐怕已經變成有劫。

仙氣飄飄的綠色洋裝與仙氣飄飄的白色洋裝面面相覷，兩人相似度高達八七趴的漂亮面孔乍看之下有點複製貼上，讓圍觀民眾倒吸一口氣。

靠，爲什麼別人家的基因都這麼好？

「……表姊？」白洋裝，發出大大的問號。

「……簡佑明？」綠洋裝看著捧花在向別的女孩求婚的西裝男子，也發出大大的問號。

「林綿？」逮人的休閒服男子指著白洋裝。「呃、二號？」

「你他媽才林綿二號！你們誰啊靠！」白洋裝女孩憤怒了，被圍觀當猴還遭各種指責的怒火一下砰地炸開。「恁祖罵不叫林綿！都說認錯認錯！你求婚討錢都可以認錯對象，你要不要考慮孤老終身不要害人啊！智障！」

高店員無言地甩開白洋裝女孩的手，他才想問這些人是誰。

「你有病嗎！我們早分手了！」眞正的林綿綠洋裝瞠大眼睛看著一地的玫瑰花瓣，滿臉震驚，不敢置信前男友還可以從墳墓裡死不瞑目跳出來搞事：「還有，你連是不是我都分不出來！就隨便找個長得很像的女人求婚？」

「你連你女友都認不出來嗎？」休閒服男子愕然地看著自己好友，這輩子大概第一次遇到朋友求婚可以求錯人。

當然，實際上是要報復，但還是認錯人啊！

「我當然認得出來！」西裝男子連忙說：「她帶走我的錢和人……」

「等等！誰帶走你的錢！」綠洋裝甩開手邊男人，抓著自己表妹後領把人連同高店員丟到一邊，氣勢洶洶地一高跟鞋踩爛地上掉落的單支玫瑰，啪嚓一聲彷彿踩斷人類的骨骼。「來！說清楚！當時你劈腿，我把你甩了，我們交往時連礦泉水都AA，誰踏馬帶走你的錢！」

「妳隔天晚上求我復合，我們並沒有分手，後來……」

綠洋裝猛地抬起手，制止西裝男子，然後瞇起圓滾滾的大眼睛，用懷疑的眼神看前男友：「老娘隔天早上就出國散心，連手機都換了一支，你是卡到陰？鬼在跟你隔天復合？我還有機加酒可以證明。」

西裝男子愣了兩秒，大概是女方態度過於認眞、不像說謊，他連忙掏出手機，調出收到的信件朝向對方。「妳說妳手機掉了，換了新帳號，帳號用的也是以前的照片。」

「……你腦殘了吧！這看起來就不是我的語氣！我才不會吃回頭草，而且我們分手原因就是你劈我學妹，只要是腦子正常的人都不會求復合好嗎！你是什麼加長加厚加蓋的臉皮才會以爲被害者腦子灌水回頭低聲下氣找你復合啊！」綠洋裝直接把手機甩回西裝男子臉上，劈里啪啦迎頭罵過去：「還當街求婚……等等！你爲什麼知道我今天會在這裡！你跟蹤我？」

婚事開始轉向刑事，四周民眾直播得更亢奮了。

一場街頭求婚，最終報警落幕。

戴洛在警局門口投飲料機，走出來的員警正好是這幾年因各種事件混熟的朋友，員警見附近還有很多直播跟著來的看熱鬧的民眾不斷來回徘徊，不得不過去驅散。

「現在的人玩得眞亂。」趕走一批人的員警回頭也投了一罐飲料，露出不知道看了鯊小的表情。

「不是詐騙案嗎？」戴洛雖然用問句，但不意外案子有問題，畢竟男女雙方的說法一聽就不太對勁。

「感情糾紛、詐騙案，還外加今夜你睡誰。」員警搖搖頭，大概也覺得這個報案事件解壓縮後很離譜，感慨了兩句歹年冬多蕭郎。「對了，那兩個店員確定與案情無關，可以走了。」

「謝謝你。」戴洛拍了下友人肩膀。

案件繁多，員警偷懶了五分鐘又匆匆跑回局裡。

戴洛在門口站了一會兒，沒多久就迎來另外兩人，一人穿著餐廳員工的制服，另外一名年紀較長的則是便服正裝，看起來也是匆匆趕來。

穿著制服的男孩朝戴洛點頭致謝。「麻煩你通知我們了。」收到看熱鬧相片他就覺得十之八九要出點事，沒想到還眞的接到電話說店裡員工被警察叼走了。

年紀較長的男性先進警局辦理後續。

「原來老闆今日在店內啊。」戴洛看著餐廳老闆之一的男人背影，有點意外，今天果然是個去餐廳的好日子。

「嗯，凡斯來做店內常規檢查。」代理小店長認眞說道：「阿斯利安晚上有班，待會兒過去用餐嗎？我們有保留內部人員的專屬座位，你知道的。」

「當然好，今天本來就打算去滿足一頓。」戴洛微笑著回應：「剛剛電話忘記提了，想趁阿利還沒上班前突襲一下。」

「……」小店長沉默了一瞬，猛地有種更不好的感覺。

「放心，我與阿斯利安今天絕對不會在店內惹出是非。」戴洛抬起飲料罐保證。

「……」總覺得特地這麼說好像還眞的會出點什麼是非呢。

天天都在計數哪邊又有餐廚用品意外毀滅的代理店長如此想著。或許應該先做點什麼準備，上次狂信徒衝進來時，雖然沒有造成人員受傷，但圍毆狂信徒也耗掉他們一些碗盤，後來還發現狂信徒很窮賠不起，現在店內又來一個自帶物品蒸發DEBUFF的工讀，或許是該考慮多買點保險的時候了。

可能這幾個人湊在一起，餐廳將迎來直接爆破的時刻。

「學長！」

最近不知道進幾次警局的高中生看見門外有認識的人，很高興地揮著手跑過來，還不忘提著他們先前買的水果，快快樂樂地說：「阿利學長介紹的店眞的買到超棒的橘子耶，還有櫻桃和西瓜，哈維恩選了超漂亮的哈密瓜。希克斯說可以做總匯冰淇淋水果盤。」

「……你只想著吃嗎。」小店長有點無言，剛進警局那個瑟瑟發抖的反應呢？

「呃，不然好像也沒有其他的事可以做。」工讀生想想，他剛剛在裡面除了聽了好大一個八卦以外，就只能垂涎一下廚房晚點要做的特製點心，接著就注意到旁邊站著、看起來很親切友善的男性。「咦？你是那位指路的大哥？」

「他是阿斯利安的哥哥，叫戴洛。」

雙方互相禮貌地交換姓名，戴洛得知較高的店員叫哈維恩，矮的叫褚冥漾，後者是他弟弟最近一直笑著和他分享的新學弟。

例如今天路過置物櫃，櫃子突然裂開了，彈出來的螺絲差點釘到學弟腦門上；又或者是外場有客人打翻飲料，結果彈起來的碎片戳進學弟的襪子裡，當場變成唯一的傷者……諸如此類，幾乎每一、兩天就可以聽見一個慘慘的倒楣小故事，簡直讓人同情。

「原來你就是褚同學，久仰大名。」戴洛看著工讀生，想到弟弟在家抱著抱枕在沙發上滾動說著各種小事故的模樣，感覺這孩子真的有些可憐。「阿斯利安有點小惡趣味，多謝褚同學平日包容他。」

「咦？沒有啦，阿利學長人超好，還常常帶好吃的去學校給我們，而且每次有問題，阿利學長也都會幫忙。」工讀生連忙揮手擺頭，非常忠厚老實地表示自己是被照顧的那個人。

「……你眞是好孩子。」戴洛想想，眞誠地說。

「你們要不要回店內說。」高店員看見老闆走出來，於是說道。

「大家先回去吧。」

18. 下集

褚冥漾回到餐廳正打開員工用的側門時，冷不防被放了一個五顏六色、閃閃發亮的拉炮，彩色紙片噴了他一臉。

「……這是怎樣？」

頂著閃光小紙屑，褚冥漾看著自己的同班同學兼同事對自己露出大大的笑容。

初見時，如同天使，熟悉後，如同惡魔。

果眞人生不如初見。

長大的過程中總是得經歷朋友發病的陣痛。

「恭喜漾漾多次警局一日遊成就完成！」米可蕥握緊拳頭，興奮地拍手，製造通關的歡樂氣氛。

「……」要不要聽聽看妳在說什麼？

褚冥漾不只一次認爲，他與友人們的世界壁大概是雙層的，以至於他經常無法理解大家的腦迴路而感到孤獨。

「嗯？原來是新手每日任務嗎？」尾隨大家走員工通道的戴洛非常合群地一起鼓掌。「恭喜今天一之一。」

「不，並不是，請不要同化。」褚冥漾冷眼看著這位人模人樣、兩分鐘前還滿正常的同事的哥哥。

「戴洛！」誰都認識的米可蕥朝後頭的員工家屬也補了個拉炮，張開友善的歡迎雙臂。「阿利今天沒有挖陷阱喔，他不知道你要來。」

「嗯，我是臨時起意。」戴洛點點頭。「他可能挖在家裡。」

一邊正在撿小亮片的褚冥漾猛地看向快樂寒暄的兩人，並感到剛剛自己是不是幻覺聽錯。

「先進去了。」不打算參與任何奇怪對話的哈維恩繞開幾人，提著袋子往廚房走去。

因爲進了趟警局，再回餐廳天色已晚，比較年輕的工讀們假日值班時間也差不多到了，正好可以交接或輪替，與戴洛一起到沒開放的自留席用餐，順便聊起今日送人進局的八卦。

員工晚餐依舊很豐富。

得到了遲來的新鮮水果，廚房罵罵咧咧了幾句，與吧台人員們很完美地應用在各式餐甜點、飲料上。

戴洛也是這時與上晚班的弟弟見到面。

「聽說今天大家經歷很有趣的事件啊。」阿斯利安點算在場的人頭，於二樓吧台簡單地替大家調製了各人平常喜歡的飲料口味，順便靠在一邊吃幾口哥哥豐盛的特製套餐。

「是，眞的非常、慘無人道。」褚冥漾一想到在警局聽來的八卦，就深深體會到人類的多樣性，以及匪夷所思的行爲套路。

時間回到了幾個小時前。

兩位長得很像的洋裝表姊妹和求婚男及其友人交叉詰問之後，牽扯出連他們本人都沒想過的神奇事件。

「林綿和簡佑明曾經是一對情侶。」事件中的綠洋裝女孩和西裝男大學至畢業後交往過兩年，兩人都屬於理智戀愛派，不論去哪裡、用什麼，皆是AA，原本如此這樣交往下去，兩人說不定會走向婚姻。

沒想到這段看似好像很穩定的戀情，會在一年前一場學弟妹們辦的社團活動出事。

大致就是他們帶出來的學弟妹熱烈邀請畢業的學長姊回校一起參與三天兩夜聯歡大會，結果第三天一早起床，林綿直接抓姦男友和學妹全脫躺在一起，氣得她秒分手回家。

正好當時她原本就有出國旅遊的計畫，加上不想聽渣男賤女嘴碎解釋，手機一關，換了支只有家人知道的手機號，出國蒸發世間。

沒想到當天簡佑明就接到女友求復合的信件，大意是她冷靜下來後覺得兩人先分開一段時間，讓她靜靜，他也好去處理學妹的事情；不過她早上太氣了手機掉了，先更換了另支手機，讓簡佑明加了另個帳號。

因爲當時寄信的信箱確實是女友曾用過的，於是簡佑明沒有懷疑，就這樣重新與「女友」的新帳號聊了起來。隨著時間過去，兩人慢慢復合，然而四、五個月後女友就用各種理由向他借錢，多半是家人疾病臨時須要用錢，前前後後借了三十多萬，等到簡佑明終於覺得哪裡怪怪的、提出疑問，女友就瞬間蒸發了。

這段期間，林綿回國後搬家也換了工作，所以簡佑明幾次堵人都撲空、沒找到人，詢問她的好友也因爲被先入爲主地認定是渣男騷擾，沒問出個所以然。

最終男方深思了幾個月，認爲應該是女方假裝復合，對他進行騙財報復。

越想越氣，越氣越想，越想越過不去。

以至於前不久從學妹那邊無意間聽見林綿的下落後，他就決定設計一個公開求婚，但實際上是要當眾爆料林綿騙錢的事，讓前女友攤在陽光下社死的計畫。

當然，配合堵人的就是那位休閒服男與若干其他朋友。

萬萬沒想到快一年沒見，求婚男路上隨便一抓，抓到的不是本人是分身。

「眞的十分尷尬。」褚冥漾嘖了聲。

如果今天換成是他，他當場直飛波蘭。

鬼知道林綿搬家的地點是老家，表妹家也在附近，好死不死兩姊妹今天都休假出門逛街，於是一前一後被兩傢伙堵個正著，爆發後面一連串事故。

隨著雙方人馬在警局拍桌對質，終於發現事情不對勁的地方了。

學妹。

簡佑明表示那天早上他起床，發現學妹全裸躺在旁邊他很震驚，但他可以確定絕對沒有和學妹發生進一步的關係，畢竟他前一天又沒喝，總不可能裏人格突然跳出來爆發小宇宙，何況學妹不是他喜歡的類型，一直以來除了社團事務，私下沒怎麼接觸過。

林綿則表示那個信箱雖然她用過，但並非主信箱，而是在校參加社團時，因有社團公關及發公文給其他人的需求，特別另外置辦的半公用信箱，爲了方便尋找文件，好幾個同社團的幹部都知道密碼，包括學妹在內，而且都同個社團的，學妹當然也有大量她的照片。

「後來他們聯絡到學妹的雙親，直接找到本人，學妹電話裡承認因爲愛慕學長多年，本來想趁活動給他一發仙人跳、實現野望，哪知道這傢伙毅然決然拒絕她，還說他的裸體也被看了、互不吃虧，一氣之下學妹想起林綿正好要出國，瞬間想到可以利用時間差騙心騙錢，給簡佑明一個終生難忘的回憶。」總之就是一個街頭求婚、求錯還暴露出來的血案。

「好厲害啊這個求婚。」米可蕥雙掌貼著面頰，瞇起漂亮的眼睛。「人生大概就只能體會一次吧。」

「……這種求婚是想體會幾次啊喂！」褚冥漾再次無法搞懂友人的邏輯。

「所以是感情分歧、騙財騙色、道德綁架、盜用個資等等集於一身的社會體驗。」千冬歲下叉戳走一顆鳳梨蝦球，總結。

「表妹也太衰了吧。」希克斯端著盤子走進來，放飯時也聽了幾耳，整個就是很扯，這年頭眞的什麼鬼事情都會發生。

「爲什麼簡佑明不知道林綿要出國，而學妹知道呢？」阿斯利安接過哥哥給的小盤，裡面是幫他挾好、盛放整齊的各色菜品。

「似乎是因爲林綿想去的地方較貴，半年前討論時，簡佑明與她想法不合、不願意去，後來林綿另外約了朋友私下去玩，沒有告知男友，學妹也是偶然在女生們聚餐時才聽到一點，主要是林綿抱怨男友囉嗦，對於旅遊不願意花錢。」褚冥漾當時也有這疑問，認真偷聽後得知原來他們本來財務觀就有點落差。「學妹好像也是聽多了林綿的抱怨，心生不滿，因此盤算在活動時勾引簡佑明。」

男方友人和女方表妹大概也沒想到內幕如此精采，兩人目瞪口呆之餘，還眞的都雙雙留下來等案件釐清。

沒能聽完後續的褚冥漾與哈維恩作爲無辜路人，自然是直接被請回去，無法聽到下集。

太可惜了！

褚冥漾深深惋惜著。

「下集的話……」

戴洛取出手機，果然警局的友人回了他好幾條訊息。

✕

「你們在幹什麼？」

輪換上來吃飯的美人學長一進未開放區，就看見一群人圍著手機，嘰嘰喳喳地不曉得又在搞什麼事。

「在看下集呀！學長快來。」米可蕥叼著一小塊餅乾，連忙揮揮手，吃好相報。

「……？」

戴洛看著小店長一臉迷惑，輕笑了聲。

其實上集就把故事介紹得差不多了，下集也就是他們去把同樣住在附近的學妹弄過來解釋一切而已。

哪知學妹到場後手一攤，無法還錢，深感遺憾。

不是因為她大花特花，事實上，學妹是個很節儉的人，騙來的錢其實一開始一毛都沒花，她原先打算耍完男方之後再把錢全都還他，沒想到放在家裡的存摺被寄住的舅舅看見，不知道用什麼辦法提領一空，全拿去喝酒賭博。

鬧也鬧過了，家裡也戰爭過了，錢還不出來就是還不出來。

「又多一個偷竊。」千冬歲補充。

接著警方一查，賭博的地方居然還是非法聚賭，順手抄了一批業績。

「繼續下去不知道會發生什麼事，總覺得很有趣呢。」阿斯利安彎起笑容，感到一絲絲期待。

「應該不會再有什麼了吧……」褚冥漾抓抓腦袋。

「不好說。」米可蕥愉快地看向她的好朋友千冬歲，後者則是一通電話出去，主動追蹤案件後後續。

重新把衣服稍作整理，阿斯利安拍拍兄長的肩膀，笑笑地說：「那你們慢慢吃喔，我休息時間差不多了。」主要也是聽見了有人不斷在詢問吧台開放沒。

「晚點一起回去。」戴洛反拍了弟弟的手臂，繼續用餐。

「嗯？哈維恩怎麼都沒上來吃飯。」八卦暫先告一段落，褚冥漾突然發現今天一起苦難相伴的同事兼鄰居沒輪過來吃晚餐。

「我上來時，外場有個女的找他。」美人學長如是說。

「女朋友嗎！」褚冥漾一驚，每天強制他去倒垃圾怎麼還有時間找女友！難道在追垃圾車時有什麼他沒參與到的環節嗎？

「下午那個白洋裝的女生。」

「……追到這個地方來了嗎？」

無論如何，褚冥漾還是抱持著好奇的心態，悄悄地溜過去看一眼。

人已經被哈維恩帶去就座了，確實是那位倒楣的白洋裝表妹，可能後續事故和八卦聽得差不多了，因此她提早離開警局，還買了點東西過來。

「下午眞是抱歉啊，當時只是想擺脫那個神經病男，給你造成麻煩了。」洋裝女子將提袋遞給哈維恩，一臉重新簡單描繪過妝容的美貌，小心翼翼地看著對方：「這是一點小心意……」

「不需要，菜單在這裡。」非常冷漠的哈維恩直接把該放的放好，扭頭走人，硬生生卡掉美女沒說完的話。路過吧台時正好看見噙著奇妙笑容的同事及躲在一旁偷窺的鄰居。「……」

「這樣會不受女生喜歡喔。」阿斯利安接過點單，好心說道。

「……不需要。」哈維恩無言地走去與輪值的店員交接。

白洋裝女孩不斷地往店內探頭，過了一會兒終於乖乖地看起菜單，可能後來突然發現這是平常很難訂位的店，開始拿起手機拍照了。

最後她點了一份套餐及今日特別甜點，悠悠哉哉地吃起來。

褚冥漾觀察了一會兒後，好像也沒什麼後續，於是就溜回大家吃飯的地方了。

這時哈維恩已安安靜靜地在離大家比較遠的位子吃晚餐，周邊彷彿開了結界，連空氣都和別人不一樣。

「結果沒有約會嗎？」米可蕥悄悄發問。

「沒有。」褚冥漾悄悄回答。

「你們眞的很閒。」美人學長看著竊竊私語的學弟妹們。

「和上次一樣，餐廳還是很熱鬧呢。」已經用餐告一段落的戴洛喝著弟弟調的酒，喝了兩口才發現是超高濃度，弟弟眞是一天不放倒他不放棄啊。如此想著，他繼續慢慢品嚐被調得沒酒味的月光色碎金華麗飲料。

「戴洛哥是上班族嗎？」褚冥漾對於親切的社會人士感到很好奇，雖然大家有簡單自介過，不過還眞不知道阿斯利安的哥哥是什麼工作。

「嗯，算是特別助理喔。」戴洛微笑著回答好奇的小朋友。

「戴洛哥掛名助理，實際做執行長工作。」米可蕥湊過來幫忙補充，「戴洛哥好忙的，而且和我們家族的企業、千冬歲家也有合作喔。」

「據說董事會寧願開除老闆都不願意開除他。」千冬歲跟著點頭。

「……」是什麼董事會啊竟然要直接開掉老闆嗎？褚冥漾忍不住重新打量同事的哥哥，果然可以創立邪教一日集滿千名信徒的同事哥哥不會是簡單角色！

「只是謠傳呢。」戴洛相當客氣含蓄地笑了笑。

眞的嗎？

褚冥漾看著溫和的社會人士，看著看著，突然覺得有點毛骨悚然。

眞想問他現在是第幾代老闆。

感覺老闆是消耗品呢。

「下次可以來我們公司玩喔，公司有很大的娛樂區，還採購了幾台最新的ＶＲ。」戴洛與小朋友們互加了好友，然後看向在角落獨自吃飯的高個子店員，有些興趣地勾起唇。「還有很棒的餐廳與圖書室，不來可惜。」

「不要隨便勾引小孩。」餐廳的高中代理店長皺起眉，總感覺這傢伙好像還不死心，上回來差點騙走他們家幾個店員。

邪惡的社會人士，只想來偷挖角。

畢竟餐廳裡好幾名店員其他能力也都很足，經常有不同工作領域的人來挖角，當然最多還是藝能界。

戴洛笑了笑，沒有反駁。

一天也就這樣快快樂樂地過了。

下班後褚冥漾一邊換衣服，一邊思考要怎麼告訴老媽今天又進警局的事。

感覺過火盆已經沒用了，老媽不知道會不會叫他跳火圈。

「當作在集點就好了。」千冬歲給了個完全不實用的意見。

集個屁點！

每日任務就很扯了好嗎！

褚冥漾決定把他們的幹話都當放屁。

等離開要回家時，正好看見阿斯利安的哥哥在外面打電話，見到他離開，還友善地抬手打招呼。

經過對方時，褚冥漾很清楚地聽見對方說了一句：「……那把他開掉吧，當老闆無法好好給實質建議……」

……

………

所以老闆眞的可以開掉的嗎！

還沒出社會的工讀生，開始對未來感到疑惑了。

《晝夜循環》未完待續

作者／護玄
插畫／紅麟
出版社／蓋亞文化有限公司
地址◎ 台北市103承德路二段75巷35號1樓
電話◎（02）25585438　傳真◎（02）25585439
蓋亞讀樂網◎ www.gaeabooks.com.tw
臉書◎ www.facebook.com/Gaeabooks
電子信箱◎ gaea@gaeabooks.com.tw
郵撥帳號◎ 19769541　戶名：蓋亞文化有限公司
法律顧問／宇達經貿法律事務所
出版／2024年10月
Printed in Taiwan